HAYMON verlag

Lydia Mischkulnig

Schwestern der Angst

Roman

HAYMON verlag
Innsbruck-Wien
www.haymonverlag.at

ISBN 978-3-85218-642-9

Umschlag- und Buchgestaltung:
Kurt Höretzeder, Büro für Grafische Gestaltung, Scheffau/Tirol
Mitarbeit: Ines Graus
Coverbild: Leonor Fini, „Due Donne, 1939“ / © VBK, Wien, 2010

Gedruckt auf umweltfreundlichem,
chlor- und säurefrei gebleichtem Papier.

"Have you pray'd tonight, Desdemona?"
William Shakespeare, *Othello*, V,2

"O cursed slave!"
William Shakespeare, *Othello*, V,2

I

Die Firma, bei der ich arbeitete, produziert Trickfilme für einen Konzern. Ein Projekt bewarb Medikamente, mit denen sich die Intelligenz steigern lässt. Das menschliche Gehirn ist eine Goldgrube. Digitale Effekte können seine Leistungen erklären. Die Vorarbeiten zum Trickfilm führten Regisseur, Assistenten und sogar mich in die Tiefen der menschlichen Psyche.

Die pharmazeutische Abteilung des Konzerns hatte dazu Fachzeitschriften geschickt. Ich schmökerte schon eine Weile darin, obwohl ich selbst nur für die Werbefilme banaler Nahrungsmittel zuständig war. Wie durch magische Kraft angezogen, blätterte ich immer schneller. Glückshormone tummeln sich im Synapsenspalt und treiben uns zur Höchstleistung an. Irgendetwas lockte mich. Mein Gehirn war durch das Wort „Glück" stimuliert. Ich befeuchtete die Spitze des Zeigefingers, um die Blätter besser in den Griff zu bekommen. Dann ertappte ich die Seite, nach der ich suchte, die Substanz, diesen besonderen Botenstoff, der mich bis aufs Äußerste reizte, der gemischte Gefühle auf höchstpersönlicher Ebene erregte und mich süchtig machte. Keine leistungssteigernde Droge, keine wissenschaftliche Erkenntnis, sondern ein simples Interview. Ein Festredner und eine Festrednerin waren abgebildet, unter den Porträts standen die Namen.

Ich erkannte Marie sofort, obwohl ich sie seit Jahren nicht mehr aus der Nähe zu Gesicht bekommen hatte. Sie trug eine Brille. Ich las den Bericht über Serotonin mit angehaltenem Atem. Marie hielt offenbar Vorträge auf Englisch und Französisch. Sie war Professorin und wurde als Koryphäe unter den forschenden Ärzten des Konzerns bezeichnet. Der Mann an ihrer Seite war der, den ich für mich erwählt habe, Paul.

Ich erhob mich von meinem Schreibtisch und ging in die Betriebsküche, trank Wasser, um das aufgebrachte Gemüt zu kühlen. Dann ging ich ins Büro meiner Chefin. Sie war nicht an ihrem Platz. Ich öffnete die Lade des Schreibtisches und zog die Lupe hervor, mit der sie das Kleingedruckte auf Rechnungen studiert. Ich legte die Lupe auf die Gesichter der Festredner und beugte mich, den Fokus auf die Münder richtend, hinunter. Im Bildtext wurden Marie und Paul als Paar bezeichnet, doch von Ehe war nicht die Rede. Sie glichen einander nicht durch die gemeinsam verlebte Zeit, sondern durch die Dünnlippigkeit. Marie hatte einst sinnliche Lippen gehabt und Paul auch, soweit ich mich erinnerte. Immerhin besaß er noch sein energisches Kinn. Ich entdeckte in den Zügen bitteren Ernst. Beide Sprecher waren durch engagierte Strenge gezeichnet. Die Lupe verrutschte und die Buchstaben verdeutlichten: Marie war nicht nur Ärztin, sie wurde dazu auch noch als modebewusste und attraktive Wissenschaftlerin vermarktet.

Gewiss, ich war eifersüchtig und aggressiv wegen Paul gewesen, aber dass sie so nachtragend sein würde, meine Marie, hätte ich nicht vermutet. Im Interview stand kein Hinweis auf mich. Wie konnte meine Schwester so gemein sein und mich aus ihrer Karriere löschen, indem sie meine Identität verschwieg. Man fragte sie im Interview, weshalb sie sich mit Neurophysiologie befasse. Und was für ein Gefasel über das Geheimnis der Seele des Menschen gab Marie hier zum Besten? Peinlich. Wir wussten es beide besser: Ich war der Anlass für ihre besondere Hingabe an dieses Fach. Sie verstieß in weiteren Sätzen nicht nur gegen mich, sondern auch gegen meine Würde als Frau, denn alle Ermutigungen, die sie in ihrem Leben erfahren hätte, verdanke sie ausschließlich dem Zufall und Pauls Förderung, sagte sie. Ihre Familienverhältnisse beschrieb sie als eng und erstickend. Meine Sorge um sie handelte sie als „Unterdrückung durch gewisse Familienmitglieder“ ab. Das konnten unmöglich die Worte meiner Marie sein. Paul sprach aus ihrem Mund. Er stand ja zwischen uns, er hat uns entzweit.

Das Telefon klingelte, die Chefin riss mich aus meiner Betrachtung. Sie brauchte mich für einen anderen Werbefilm, Tierfutter, der am nächsten Tag gedreht werden würde. Kostüme und Requisiten mussten noch besorgt werden. Ich war zuständig für diese Nebensache, zog mich warm an. Draußen schneite es, pünktlich zur Adventszeit.

Als Marie auf die Welt kam, sie sich mir als Familie schenkte, steckte ich mich zu ihr unter die Decke, um sie zu wärmen in jener kalten Jahreszeit. Im Bett schwor ich, sie nie zu verlassen. Die kalten, nackten Wände im Haus hauchten uns an. Marie schlang ihre Ärmchen um meinen Hals und ich drückte das zarte Körperchen an mich. Marie roch nach Vanille, Puder und Creme. Sie trug einen flauschigen, blau gestreiften Pyjama. Dieses Design gilt als Klassiker und garantiert anscheinend bis heute Umsatz. Marie nuckelte an ihrem Schnuller und grunzte zufrieden, wenn sie zum Einschlafen meine Stimme hörte. Ganz nah an ihrer süßen, wohlgeformten, anscheinend mütterlicherseits vererbten Form der Ohrmuschel erzählte ich von dem Dorf, in dem ich aufgewachsen war. Dort lebten nur alte Leute, Omas und Opas mit ihren Enkeln. Die Mütter arbeiteten als Putzfrauen im Ausland. Wir Enkelkinder waren eine kleine elternlose Gesellschaft. Im Bett mit Marie und angesichts der

Ruhe, die das Kleinkind im Schlaf verbreitete, empfand ich ein intensives Wohlgefühl, in mir erwachende Liebe für jemand Anvertrauten, als hätte meine Mutter ihren Wahn, ich wäre ihr mobiles Eigentum, durch Marie wieder gutgemacht. Ich war nun auch Besitzer von jemandem.

Was erwartete sich dieses Baby von einem Mann? Noch dazu einem wie Paul. Er war ein perverses Schwein. Ich musste aufpassen, nicht im Büro auszuflippen. Ich wusste, dass ich unter dem Verlust von Marie sehr litt und dazu neigte, meine Enttäuschung in Wut umzumünzen und diese auf einen Menschen zu übertragen. Vielleicht war Paul nicht der Sündenbock, zu dem ich ihn machte. Ich hatte mich damit abgefunden, Maries Unabhängigkeit zu akzeptieren, doch das war nichts gegen den jetzigen Schmerz, sie an ihn verloren zu haben.

Ich konnte mich schon ganz gut beherrschen und Impulse zur Kontaktaufnahme weitestgehend unterdrücken. Aber damit war es vorbei, als ich sie in der Zeitung sah. Marie war also wieder aufgetaucht aus meinen Tiefen. Auch wenn ich sie nicht mehr belästigte, meine Gedanken waren ein Gefängnis für mich.

Die Chefin hatte mir den Auftrag erteilt, ein Kleid für unsere Schauspielerin zu besorgen, ein klassisches Modell, nichts Ausgefallenes. Sie herrschte mich an. Kein Wunder, dass ich nicht wusste, wo mir der Kopf stand, dass ich Fehler machte und der Versuchung nicht widerstehen konnte, meine Schwester aufzuspüren, wenn sie so berühmt war, dass sie mich in der Fachliteratur zu Trickfilmen für pharmazeutische Produkte heimsuchte. Ich fühlte mich schwer wie der Stein, der meiner Schwester vom Herzen gefallen zu sein schien.

So stand ich also im Kaufhaus und suchte das richtige Kostüm für unsere kleine Darstellerin. Ein blaues Kleid mit weißen Tupfen. Die Kinderabteilung lag im dritten Stock. Die Fenster zeigten Richtung Norden. Die gegenüberliegende Hausfassade war etwas mehr als dreißig Meter entfernt. So nahe durfte ich ihr gar nicht kommen. Wenn ich ans Fenster trat, überschritt ich bereits eine Grenze.

Ich suchte nach der passenden Kleidergröße für die Darstellerin. Eine Verkäuferin beriet mich, ging mit dem Entwurf der Kostümbildnerin ins Lager, um vergleichbare Modelle zu holen. Sie war jung, aber freundlich.

Ich lenkte mich ab, suchte in den Körben nach Sonderangeboten und fand ein paar blaue Kleider mit Punkten. Das Fenster war verhängt. Ich fischte weiter in den Stoffen herum. Die Verkäuferin kam wieder und zeigte die Ware aus dem Lager. Ich behauptete, dass dieses Kleid nicht schick wäre, und hielt ihr mein Fundstück hin.

Das sehe ja aus wie ein Sträflingsgewand, sagte sie.

Ich war überrascht, Punkte erinnern doch nicht an Gitterstäbe. Und dann erschrak ich. Wie konnte denn das passieren, dass ich plötzlich einen blau gestreiften Pyjama in der Hand hielt und dabei doch das blau getupfte Kleid ausgesucht zu haben glaubte. Ich schüttelte den Kopf und stammelte etwas von schlechtem Licht. Ich vertuschte meine Verwirrung, befühlte den Stoff, prüfte das Material, gab vor, dass ich ja zusätzlich auch einen Pyjama für ein Mädchen suche.

Der Pyjama sei aber viel zu klein, meinte die Verkäuferin, der sei für ein Baby. Ein Mädchen sei kein Zwerg.

Die Verkäuferin legte das Modell auf den Haufen Wäsche zurück. Die Etiketten drückten sich durch den weichen Stoff. Der Pyjama war gestreift und mit Rüschen um den Kragen verziert. Wie ein Zeichen aus der Vergangenheit, solange ich nicht endgültig mit ihr abrechne. Unbändige Freude erfüllte mich, als läge Glück in diesem Haufen vor mir. Ich war versucht hinzugreifen, spürte ein Kitzeln in der Hand wie von Seidenpapier, als ich die Rüschen berührte und das Gefühl hatte, Geschenke auszupacken. Mir wurde heiß und übel gleichzeitig, Schwindel befiel mich, und deshalb wirkte ich wohl unwirsch, als ich die Verkäuferin aufforderte, mir das blau getupfte Kleid in passenden Größen zu bringen. Ich brauchte drei Stück davon. Feminin und dennoch kindlich. Blau. Punkte.

„Neunjährige Mädchen mögen das nicht", sagte die Verkäuferin. „Glauben Sie einer Mutter! Alle Freundinnen meiner Tochter verachten Kleider mit blauen Punkten. Kaufen Sie lieber Lack, das ist sexy."

„Ihre Tochter tut mir leid", sagte ich.

Die Verkäuferin schaute mich irritiert an.

„Lack", sagte ich zur Erklärung, „tragen Nutten."

„Meine Tochter ist neun und die meisten ihrer Freundinnen tragen Lack einfach so und passen hinein, wenn sie nicht schon aus dem Lack herausgewachsen sind", sagte die Verkäuferin beleidigt.

„Ich bin auch Mutter", sagte ich.

Die Verkäuferin war vielleicht Mitte zwanzig. Sie trug keinen Ring. Bestimmt Alleinerzieherin, immerhin Verkäuferin einer Ladenkette, die für Mode und Fairness garantiert. Trotzdem schlecht bezahlter Job und deshalb die billigen Lack-Leggins für die Tochter? Damit sie sich einen alten geilen Mann aufreißt? Die Luft war stickig, muffig vom Textilstaub. Mein Gesicht spannte. Das Neonlicht betonte die blau geäderte Haut rund um die Augen der Verkäuferin. Wie entsetzlich musste erst ich in diesem Licht aussehen?

Ich suchte nach anderen Klamotten. Das Kleid ließ ich mir einpacken und bezahlte. Dann wollte ich frische Luft schnappen, trat ans Fenster, öffnete es.

„Halt!", rief die Verkäuferin hinter mir. Sie schüttelte gebieterisch den Kopf. Ich nahm das Kleid und verließ das Geschäft fluchtartig, um ihrem Machtbereich zu entkommen.

Ein paar Gören standen am Eingang herum und schüttelten weiße Milchkannen, Sparbüchsen. Die Kirche ist ein großer Bettelverein. Ich hasse das Betteln. Ich ziehe Wohltäterschaft aus freien Stücken vor und lasse mich ungern mit aufgezwungenen Schuldgefühlen erpressen. Ein schlechtes Gewissen ist Angst vor Strafe. Die Mädchen blockierten den Ausgang des Geschäfts, klimperten mit den Sparbüchsen. Der Lärm störte mich. Ich drängte mich an ihnen vorbei, um eine andere Filiale in noblerer Gegend aufzusuchen. Draußen lungerte ein junger Mann auf seinen Unterschenkeln hockend herum. Der Boden war nass vom Schneeregen und der Karton aufgequollen. Dieses Elend der Obdachlosigkeit belästigte mich. Ein Schild hielt er hoch und lamentierte mit singender Stimme. Auf dem Schild stand: Ich habe Hunger! Danke.

Ich spendete ein paar Cents und machte ihn auf das lächerliche „Danke“ auf seinem Schild aufmerksam. Bedankte er sich dafür, dass er Hunger hatte? Anstatt sich für meine Cents zu bedanken, kniff er die Augen zusammen.

Ich versteckte mich in der Menge vor seinem bösen Blick. Da schrie jemand hinter mir: „Haltet sie auf!“ Es war die Stimme der Verkäuferin, ich nahm sie noch wahr, wie sie mir nachhetzte. Ich begann zu laufen und mir schien, als ich ein Zigeunermädchen beinahe umrannte, dass die Göre ein „Schleich dich“ ausspuckte, weil ich ihre Blumen, die sie mir aufdringlich entgegenhielt, umknickte. Eigentlich mag ich Blumen. Gerührt ließ ich mich stoppen. Die kleine Rumänin überreichte mir die Rose mit dem gekappten Kopf und ich nahm sie an. Es war Ende November, kalt, ein grauer Dämmerzustand. Ich hätte das Mädchen ans Herz gedrückt, hätte sie nicht unter ihrem schäbigen Anorak den dicken Bauch einer Schwangeren gehabt. In gebrochenem Deutsch sagte sie: „Biiittte,

Huuunger, Kiiind, Huuunger, Biiiittte." Ich spürte in mir ihre Tränen aufsteigen. Und als sie aus meinen Augen tropften, roch ich einen nassen Hund.

Ich schaute mich um. Im Werbespot, der am nächsten Tag zu drehen war, würde Hundefutter beworben werden, das auch für Menschen und Katzen geeignet war. Keinen Modediktaten, sondern echten Werten wurde so entsprochen. Liebe geht durch den Magen, sagt ein Sprichwort, und das gilt auch für Tiere und Schlüsselkinder. Liebe ist keine Ware, die man horten kann. Wir können jedoch Waren teilen und durch das Teilen entsteht Liebe.

Ich öffnete meine Handtasche, um Geld zu spenden. In diesem Augenblick schrillte der Alarm des Kaufhauses. Ich suchte das Portemonnaie in der Tasche. Es war nicht da. Als ich aufschaute, war die Zigeunerin weg. Mein Herz klopfte bis zum Hals und trommelte in den Ohren. Ich fühlte mich verloren, nicht wegen des vermutlich von dem Mädchen gestohlenen Portemonnaies, sondern weil in meiner Handtasche der Pyjama lag. War ich eine Diebin? Hatte ich ihn gestohlen? Selbstverständlich bezog ich das Sirenengeheul auf mich.

Die Hetzgasse lag auf der Rückseite des Kaufhauses. Diese Gasse wollte ich eigentlich meiden. Hier wohnte Marie. Ich geriet jedoch auf der Flucht vor dem Security-Personal in die Schlucht. Schmale und unsympathisch feucht glänzende Fenster gliederten die sonst matte Fassade. Ich versteckte mich in einem der gegenüberliegenden Hauseingänge vor den Detektiven. Eine dunkelschlündige Gegend. Hier trieben sich neuerdings Drogensüchtige herum. Marie sollte hier nicht wohnen.

Ich hatte mir zwar verboten, Marie zu bewachen, aber heute konnte ich nichts dafür, ich landete zufällig hier. Punkt sieben Uhr würde das Sicherheitspersonal die Suche nach mir aufgeben. Der Blick ist nur während der Dienstzeit auf Diebe gerichtet, sie abzuschrecken, zu orten und zur Strecke zu bringen, ist ein Prozess, der auf einen Schlag endet, wie auch jedes Leben einmal auf einen Schlag aus ist. Ab sieben Uhr wäre ich den Sicherheitsleuten egal. Dann galt die Aufmerksamkeit allen Einkäufern, die fallweise kontrolliert werden mussten, wenn sie das Geschäft verließen, oder daran gehindert werden mussten, es nach Geschäftsschluss noch zu betreten.

Ich wartete und las die Namen auf dem Klingelbrett. Da streifte mich mein Blick im spiegelnden Metall. Das Gesicht wirkte frisch, die Haut durch die Aufregung gut durchblutet. Ich hatte nur ein geiferndes Grinsen aufgesetzt, das sonst an mir nicht üblich war. Der Unterkiefer war vorgeschoben, die Zahnreihe bloßgelegt und die Oberlippe geschürzt, wie bei einem angriffslustigen, bissigen Tier. Die ganze Partie wirkte aufgemalt. Ich erinnerte mich an einen Nussknacker. Hässlich auszusehen ist ein Grund, nicht sich, sondern alle umzubringen, die einen so sehen. Ich fiel in meine dunkle Tonart und brummte mir zu: Entspanne dich.

Ein Fenster schlug irgendwo zu. Geklirre. Der Alarm des Kaufhauses schrillte noch, gedämpft hörte man ihn, dann schwoll er ab. Stille. Abrollgeräusche der Räder auf der nassen Straße. Zischen. Zischen. Zischen. Unten am Kai. Der Blick fiel auf die Fenster von Maries Haus. Die Fenster waren geschlossen. Tote Augen. Die Schwärze warf sich auf mich. Ich blickte mich um. Kein Mensch. Kein Hund. Dafür Scheiße am Boden. Ich trat vor und spähte hinauf.

Die Fenster begannen zu schimmern, als antworteten sie meinem Blick, als hießen sie mich willkommen. Regen. Glitzer. Reflexionen irgendwelcher Lichter. Rotes Blinken. Grünes Blinken. Am Ende der Gasse rauschten die Autos durch den schmalen Ausschnitt zwischen den Häuserfronten. Die Geschäfte schlossen. Ich stand an die Wand gelehnt da und schaute die schwarzen Fenster an, verfolgte die grünlich aufglimmende Farbe der Fensterstöcke. Das Schwarz hinter dem Glas reichte tief in die Zimmerfluchten, der Wind heulte um das Haus und das Geheul breitete sich aus, drängte gegen mein Trommelfell, und wenn es den Druck aushält, würde nichts weiter geschehen. Dann fiel der Blick auf das mächtige Tor. Die Klingelleiste. Die Schlitze der hölzernen, schweren Haustür, eingeschnitten in den linken Flügel des meterhohen Leibs, die aufleuchteten, als das Ganglicht anging.

Ein schrilles Heulen löste mich von der Hausmauer, ein Peitschenhieb schnalzte, ein Quietschen ging durch die Luft. Die Tür öffnete sich und ein Mädchen mit flachsblonden Haaren entschlüpfte dem

Spalt. Ich schluckte und tat beschäftigt, als suchte ich etwas in meiner Tasche. Vielleicht den Schlüssel? Ich tat so, als wäre ich hier zu Hause. Das Mädchen nahm keine Notiz von mir – oder war das nur eine Phrase, um mich zu beruhigen? Ich sah dem Mädchen nach, das zum Zeichen seiner Unbekümmertheit den Rucksack lässig über die Schulter schwang. Sie war vielleicht vierzehn. Ihr Gang, die leichtfüßige Berührung des Bodens, als tupfte eine Katze mit ihren Pfoten über das Pflaster, hätte Maries Gangart sein können. Vielleicht war dieses Mädchen Maries Tochter, schoss es mir durch den Kopf. Dann wäre ich nicht nur Tante, sondern hätte zugleich eine weitere Aufgabe, nämlich mich auch von ihr fernzuhalten. Das Verlangen, in das Haus einzudringen, Marie aufzusuchen und sie nur für eine Sekunde zu sehen, flammte in mir auf und verbrannte die jahrelange Abstinenz, die Mühe, die es gekostet hatte, mich zu distanzieren.

Ich lechzte nach einem freundlich grüßenden Blick, vielleicht auch des Mädchens, aber anstatt es zu verfolgen, war ich mit einem Satz bei der Tür und schob den Fuß über die Schwelle, bevor sie ins Schloss krachte.

Missbrauch gehört zu unseren Leben wie das Amen zum Gebet. So wurde auch ich von meiner Mutter missbraucht, weil sie ein besseres Leben wollte. Erst verließ sie mich und verdingte sich als Putzfrau im Ausland. Dann kehrte sie zurück und entwurzelte mich. Sie benützte mich als Entschuldigung für ihre Sehnsüchte.

Ich verlebte die Kindheit im einst ungeliebten Osten Europas. Fast alle Kinder des Dorfes im vor langer Zeit noch österreichischen Gebiet lebten zurückgelassen von den Müttern, und falls es Väter gab, auch zurückgelassen von diesen bei den Großeltern. Mein Großvater war krank, arbeitslos und Alkoholiker. Doch dann kam der Tag, an dem meine zweite Kindheit begann. Die deutschsprachige Mutter erschien, ich hätte sie nicht erkannt. Fotos verfälschen, aber Fremdsprachen verwandeln.

Die Frau war zwar schlank, doch roch sie ganz anders als unsere Seife, ging aufrechter und flotter und unerschrockener auf uns zu, als wir es gewohnt waren, heiter und Freudentränen in den Augen. Sie redete deutsch und polnisch durcheinander, der Lippenstift duftete nach Erdbeeren. Sie trug Jeans und eine Lederjacke. Sie wirkte jung und reich, weil sie ein Auto besaß, um die Entfernung zu mir zu überwinden. Es gab Zeiten, da hatte sie für einen schlechten Platz im Autobus eines Schleppers bezahlt, um irgendwo so viel zu verdienen, dass sie einmal ein Auto kaufen konnte. Sie hatte keinen Führerschein, dafür einen Mann, der fuhr. Ein ganz Fremder.

Ich sah diese Mutter zum ersten Mal wirklich. Wir waren allein im Schlafzimmer und sie fasste mich und drückte mich an sich. Küsste mich von oben bis unten ab, was mir äußerst unangenehm war. Sie verlangte, ich solle mich ausziehen, sie wolle mich untersuchen, ob ich unversehrt sei. Als wäre sie Ärztin. Sie glaubte an unsere Intimität, an unser Verhältnis oder Vertrauen, nur weil ich aus ihr herausgeschlüpft war. Ich war überrumpelt von ihrem Ansinnen, hatte jedoch Angst, dass etwas mit mir nicht stimmte, und wollte meiner Mutter gehorchen. Sie drückte mich nackt an sich. Sie atmete mich, Haut an Haut, ein. Um die körperliche Nähe nachzuholen, beschnüffelte sie mich, als wäre ich ein Baby. Sie hatte mich einst verlassen, weil sie keine Arbeit gehabt hatte, und nun wollte sie mich holen als Lohn. Sie verlangte von mir Unmögliches.

Sie genoss meine Unschuld, wie ich vermute. Denn ich sah ihren ernsten Blick, als sie über meinen gespreizten Beinen aufschaute und mir lächelnd bekundete: Alles in Ordnung. Und sie küsste mich auf die Stelle der Ordnung. Unschuldig mag für sie sogar die darauf folgende Umarmung gewesen sein, für mich war sie purer Schock und Graus. Mutter war vermutlich verführerisch anzusehen, mir ekelte nur vor dem perversen Geschmack dieser Begegnung.

Großmutters Reaktion gab mir Recht. Sie wollte ins Schlafzimmer, riss nichts ahnend die Türe auf und sah uns auf dem Bett. Sie tobte in ihrer Sprache, die Hände über dem Kopf zusammenschlagend, rief, das sei Sünde, als sie die eigene Tochter mit der eigenen Enkelin im Bett entdeckte, wie sie mit mir, einem großen Mädchen, Baby spielte. In einer meiner grauenhaftesten Erinnerungen hat sie sogar versucht, mich zu stillen.

Die Tortur wurde durch Großmutter nicht wirklich beendet. Ich angelte meinen blau gestreiften Pyjama und nähte alle Schlupflöcher zu, dass man ihn auch nicht mehr aufknöpfen konnte, nähte mich darin ein wie in einen Panzer. Durch die Tür hörte ich die Frauen miteinander brüllen. Ich wurde Zeuge, als meine Mutter ihrer Mutter gegenüber grauenhafte Vorwürfe erhob.

„Du hast mich nicht beschützt!“, brüllte sie. „Du hast mich deinem Mann zum Fraße vorgeworfen.“

„Sei still, das ist lange vorbei“, flüsterte meine liebe Oma. „Hauptsache, er hat die Kleine in Ruhe gelassen. Ich habe aufgepasst.“

Ich stürzte darauf in Fragen und tiefe Verzweiflung, gleichsam aus meinem Paradies. Ich hatte mit dem Großvater das Bett geteilt. Sehr oft war mir dabei unwohl gewesen. Weshalb? Meine Mutter hatte mich untersucht und sagte nun, ich sei ihre Tochter und sie könne mit mir machen, was sie wolle. Sie holte mich fort und fühlte sich als meine Schutzpatronin. Trotzdem hat sie mich nie wieder so angefasst.

In Österreich gewöhnte ich mich schnell an die Sprache. Ich war sehr rasch eingegliedert und hatte auch Freundinnen unter den In- und Ausländerinnen. Der Chauffeur meiner Mutter wurde mein Stiefvater. Er war Eisverkäufer und wir bewohnten sein Elternhaus in einem Fremdenverkehrsort am See. Es war alles sauberer hier, weil die Wege asphaltiert waren. Ganz zu Hause watete man bei jedem Regen durch Morast. Dort musste man sich dauernd die Füße waschen. Hier nur die Hände vor dem Essen. Ansonsten glichen die Provinzen meiner alten und neuen Heimat einander. Erstaunt darüber, wie nah einander im Grunde unsere Örtlichkeiten atmosphärisch waren, nur sieben Autostunden entfernt, bedaure ich heute die Ausgeliefertheit an politische Verhältnisse, die unser aller Leben prägen. Wie hätte ich mich entwickelt, wären wir voneinander frei entbunden gewesen und nicht durch Grenzen und Systeme genötigt, so zu tun, als wären Familienvereinigungen die Erlösung. Ich litt unter meiner Umsiedelung, hatte keine Gelegenheit mehr, Großmutter zu besuchen. Meine Sehnsucht war so groß nach der verlorenen Geborgenheit, wie wohl Kleinstkinder ihre Mutterinstanz vermissen.

Nachdem der eiserne Vorhang nicht mehr existierte, bestand kein Grund mehr, das Grab der Großmutter nicht zu besuchen. Meine Mutter fuhr trotzdem nie hin. Mit ihr erlebte ich dennoch eine interessante, wenn auch nur mehr kurze Zeit. Sie wurde nämlich immer dicker, ihr Bauch schwoll an. Sie begrapschte mich nicht und belästigte mich auch nicht mehr mit Küssen, sie hatte jetzt einen Mann und war schwanger. Dafür wurde ich weitergereicht. An andere Frauen, an Putzfrauen aus dem Ausland, Freundinnen meiner Mutter. Ich wurde deren Tochterersatz. Die Frauen lebten hier abseits ihrer Familien. Ja, meine Mutter war beneidet, sie hatte mich und eine neue Familie. Sie hatte Fuß gefasst. Mir war ihre Nähe schnell zudringlich und ich war froh, wenn ich außer Reichweite im Spiel vertieft war.

Der Verlust meiner Heimat schmerzte, doch die Aussicht auf einen neuen Menschen, meine Halbschwester, tröstete mich. Sie wäre auch für mich geschaffen und sie würde länger halten als eine Puppe aus üblichem Stoff. Dass unser aller Leben nur ein Verdauen von Verlusten ist, begreife ich heute, weil es keine Annahme ist, sondern eine Gewissheit, die auf Erfahrung beruht.

Marie kam gesund auf die Welt und wurde erwachsen. Nun hat sie eine andere exklusive Intimbeziehung als Lebensbegleitung erwählt. Sie hat ihre Schwester ersetzt, das heißt, ich war und bin zu wenig von allem für sie. Sie löste sich nicht, sie ließ mich übrig.

Was nützt das Hirn, wenn das Herz schmerzt. Ich sagte mir oft, dass Marie ihren eigenen Weg gehen müsse. Doch bedeutete das nicht, dass ich zu vergessen war.

Obwohl seit damals viel Zeit vergangen ist, berührte es mich tief, für ein junges Mädchen Wäsche kaufen zu dürfen. Ich arbeitete erfolgreicher, als Marie dachte. Sie empfand mich als unselbstständig. Erzwang, dass meine Wirkung aufhörte. Andere Leute lehnten meine Fürsorge nicht ab.

Die Darstellerin aus England wusste um meine Verlässlichkeit. Wir kannten einander nur von Fotos und über das Telefon. Das Mädchen entsprach den Anforderungen, die Zuschauer an Hunde fütternde halbwüchsige Mädchen stellen. Drolligkeit und Fürsorge kurz vor Ausbruch der Pubertät. Die Potentialiät dieses Körpers zu einer Sehnsucht stillenden Erfüllung auszugestalten, befriedigt verkappt pädophile Männer und im Kinderwunsch steckende Frauen ebenso wie Alleinerzieherinnen, die ohne Partner zurechtkommen müssen, auch einsame alte Herzen, die sich die Betreuung eines Haustieres erst mit einer Altersvorsorge zutrauen. Und nicht zu vergessen die vielen Familien, die Entlastung benötigen, um zusammenhalten zu können.

Für den frechen Charakter sind rothaarige Kinder mit Sommersprossen gefragt, für eine seriöse Erziehung spricht dunkles Haar. Ich war guter Dinge gewesen und hatte in den Katalogen der Modelagenturen nach der passenden Besetzung für die „Kiddy Catty Doggy Crackers“ geblättert. Es gab wenige Kinder, noch dazu hübsche, mit Lockenpracht. Das englische Kind erfüllte die Ansprüche. Es hatte langes schwarzes Haar, eine weiße Haut und den Rest konnte man aufmalen. Der Mund war blaßrosa und wirkte sehr appetitlich. Das Mädchen war intelligent und verantwortungsbewusst. Ich buchte es. Es würde ein Schlüsselkind spielen, das von der Schule nach Hause kommt. Nur der Hund ist in der Wohnung. Die Begrüßungsszene imponiert durch die Freude des Hundes. Er umarmt regelrecht das Mädchen, das seinen Ranzen in die Ecke schleudert. In der nächsten Einstellung bereitet das Mädchen das Mittagessen zu. Cracker rieseln aus derselben Packung in Hundeschüssel und Suppenteller. Sie sind für Mensch und jedes Tier geeignet. Das ist der Clou des Produktes. Das

Mädchen salzt nur seine Menschenkost und gießt die Flocken mit Heißwasser auf. Der Hund frisst es pur. Man kann es als Suppeneinlage verwenden, und später nascht das Mädchen vom trockenen Kraftfutter wie der Hund, während es die Hausaufgaben macht. Der Hund schmatzt genüsslich zu seinen Füßen. Der Schlusssatz lautet: Vegetarisches Glück.

Ein Geruchsgemisch aus kaltem Fett, Fisch und Erdäpfeln schlug mir aus dunklem Schlund entgegen, als ich in das Haus drang. Die Tür war so schwer, dass ich sie mit beiden Händen von mir stemmen musste, um den Fuß aus der Klemme zu ziehen und über die Schwelle zu treten. Ihr Leib fiel hinter mir mit Wucht ins Schloss zurück.

Die Fliesen schimmerten hell, der Marmor hauchte die Kälte eines Mausoleums. Auf Zehenspitzen schlich ich über die alten Kacheln, damit ich nicht als Eindringling ertappt würde. Ich nahm rechts die Treppe, die mich zum Hochparterre führte. Die Türritze der Hausbesorgerwohnung leuchtete dottergelb. Ich vernahm ein Zischen und knatterndes Brutzeln von kaltem Fleisch in heißem Fett. Den Lift meidend, um nicht die Aufmerksamkeit des Hausbesorgers auf mich zu ziehen, stieg ich lautlos im Finstern die Treppe hoch. Die Wände eines Mietshauses haben ja Augen und Ohren, als wären Mauern die Sinnesorgane der Hausbesorger. Ich hörte ein Atmen und roch Gewürze. Radionachrichtensprecherstimmen klangen durch die Küchenfenster, die auf den Gang schauten. Kramen und Schaben so knapp hinter einer Tür, als kröchen Würmer im Holz. Erster Stock, Stille. Zweiter Stock, Stille. Das Summen der Türglocke, das Abheben des Hörers einer Gegensprechanlage. Reparieren Sie die Heizung?, fragte eine dünne Stimme hinter der Tür, Hallo, Hallo, Stimme, Stimme, Summen, Brummen.

Dritter Stock. Bevor ich zum nächsten Schritt ansetzte und den Treppenabschnitt hochstieg, hörte ich das Klicken einer Klinke, das Drehen eines Schlüssels, das Schleifen und Fegen eines Bartwischs, das Schnalzen eines herausschnappenden Bolzens. Auf einen Schlag fiel Licht durch die geöffnete Tür einer Wohnung in das Dunkel und erleuchtete das Segment des Podestes haarscharf vor mir. Erstarrend spürte ich ein Flattern im Sonnengeflecht. Die Angst vor Entdeckung erregte die Lust auf Entdeckung. Der Lichtkegel blieb wie ausgestochen liegen, kein Schatten tauchte auf, keine Schritte, kein Geräusch eines Bewohners, es herrschte Ruhe. Ich hielt den Atem an, zog den Bauch ein, presste mich an die Wand.

„Ist jemand hier?“, rief plötzlich eine Stimme herunter zu mir. Die Stimme war weder männlich noch weiblich. Ein Knistern und Rascheln und Hauchen, als drängte der letzte Atemzug aus verknöcherten Bronchien. Sanftes Hinsetzen eines Plastiksackes und Klirren von Glasflaschen ertönten. „Hierher!“, rief es plötzlich durchs Stiegenhaus. Ich erschrak. „Komm!“, rief die Stimme. „Komm!“, hallte es durchs Stiegenhaus. Ich sah nach links und nach rechts nur die Augen bewegend, schwieg, aber schnaufte. Das Knistern wie ein Seufzen und ein sattes Aufsetzen von etwas Schwerem, gefolgt von einem dumpfen Plumps, auf den Kacheln vor der Tür. „Meidest du mich? Warum fliehst du vor mir?“, rief es aus meiner Ecke im Stiegenhausschlund. Ich gab mich nicht zu erkennen. Der Ton war mir zu pathetisch, kein Mensch spricht so. Dann ertönte noch ein sperriges Angebot: „Wir wollen hier uns vereinigen.“ Das war mir wie aus der Seele gesprochen und ich war versucht zu antworten, aber die Stimme kam aus dem Radio. Das Echo ertönte. Ich meinte, darin Maries Stimme zu erkennen, und wollte aus dem Dunkel in das Licht steigen und in ihre Arme laufen, sie an mich drücken und ihr verzeihen, dass sie mich vergessen hatte. Zum Glück war ich zu beeindruckt von dem Pathos und verunsichert und meine Wahrnehmung allzu sensibilisiert auf Nebensächlichkeiten. Da bemerkte ich einen Staubknäuel, der per Zugluft durch den Lichtkegel fegte und mir signalisierte, dass ich mich nicht hinreißen lassen dürfe, denn meine Schwester verdiene meine Liebe nicht. Da tönte es von oben herunter, durch die geöffnete Tür: „Fort! Hände weg! Lass die Umarmung! Eher will ich sterben! Als mich dir schenken!“ Das war wieder die Radiostimme, doch trotzdem beleidigend für mich.

Ich schluckte zerknirscht und fühlte Dankbarkeit in meinem Herzen wallen, allein meiner Selbstbeherrschung gegenüber, mich solcher Abweisung nicht direkt aussetzen zu müssen, die ein Paar auszutragen hat. Und Dankbarkeit diesem Staubknäuel gegenüber, weil er mich auf die Banalität der Sachverhalte zurückgeworfen hatte, in wirkliche Verhältnisse, Zugluft, Staub zu Staub, und alle Menschen sind gleich. Ich. Du. Sie. Und er, dieser auch von mir einst verehrte Hirnforscher.

Die Wohnungstüre fiel ins Schloss. Das Echo folgte. Schloss. Schloss. Die Stimmen waren verstummt. Ich presste die Fingerkuppen auf die neuralgischen Punkte meiner Schläfen. Der Türknall blitzte durch das Trommelfell in den Nasen-Ohren-Gang und in der Stirnhöhle entlud sich der Knall als Donner. Ich hielt meinen Schädel fest, dann tasteten sich meine Pfoten zur Handtasche fort und schlüpften hinein und suchten nach den Tabletten, die ich für derartige Anfälle bei mir trage.

Ich hob den Kopf und starrte wieder ins Dunkel. Dann schlich ich mich durch den finsteren Halbstock zur Treppe aufwärts und nahm den prall gefüllten Müllsack mit den Flaschen wahr, der in sich zusammensank und knisterte, als wäre der Müll lebendig, der hier vor der Türe lagerte. Der Müll des Nachbarn vor der Tür im Dunkel verströmte keinen Geruch, während ich das Ohr an der Tür anlegte und eine weibliche Stimme vernahm, die sagte: „Dreh endlich ab." Darauf wurde der Wohlklang einer männlichen Erzählstimme immer leiser und erstarb bei den Worten: „Ersaufe nicht im eigenen Antlitz, erkenne dich selbst."

Es folgten ein Zirpen und dann Stille. Das Haus umhüllte mich farblos und kalt, mit dunklen Fensterrahmen, eingeschnittenen Milchglasflecken in den

Oberlichten, die mich an blinde Augen denken ließen. Im obersten Stock stand ein Spaliergitter offen. Ein blaugrün gestrichenes Faltgitter, wie Vater es im Eissalon verwendet hatte, im Ton von Curaçao-Likör, um die Auslagen zu sichern.

Das Gitter konnte einen Teil des Flures absperren und den Zugang zur Wohnung am Ende des Gangs verhindern. Doch es stand offen wie ein zur Seite geschobener eiserner Vorhang. Eine Feder auf dem Fensterbrett zog meinen Blick an. Sie lag auf dem Rücken mit durchgebogenem Kiel und die Härchen wogten hin und her wie Tentakeln im Wellengang eines Korallengewächses. An der schwarz lackierten Tür hing ein indianischer Federschmuck. Silbergraue Geierfedern zur Abschreckung böser Geister. Die Federn steckten in einem ledernen, mit türkisen Steinen besetzten Köcher.

Und dann stand ich vor Maries Tür. Das Türschild aus Messing mit Maries Namen in kursiv schlankem Schriftzug war abmontiert. Bevor ich den Türstock abtastete, die Finger über die Verblendung des Rahmens gleiten ließ auf der Suche nach der Klingel, richtete ich mich entschlossen auf. Ein Rumpeln. Von wo kam es? Ein Quietschen. Jemand verrückte Möbel. Wasser rauschte und eine Therme fauchte auf. Dann schien mir, als riebe jemand Hände aneinander und irgendwo zerknüllte man Papier, etwas klickte, und nicht nur in meinen Ohren, denn schon gleich hörte man wirklich Feuer knistern, das plötzliche Aufflammen und den heulenden Sog der Kamine. Ich spitzte meine Ohren, das ganze Haus fror, und da ging ich in die Knie, weil mir die polierte Messingklappe ins Auge stach, und schob die Fingerspitzen in den Briefschlitz, drückte die Messingklappe hinein, legte das rechte Auge an. Brandgeruch kroch durch das Stiegenhaus über den Gang, nach frischem Feuer und Zeitungsasche. Nichts bewegte sich hinter der Tür. Marie war vielleicht nicht zu Hause. Sie war ein erfolgreiches Mitglied der Gesellschaft, auf meine Kosten natürlich, denn ich hatte mich ganz und gar für ihre Erziehung aufgeopfert. Der geschliffene Steinboden schimmerte glatt und mondbeleuchtet wie ein Grabdeckel. Schon seltsam, in eine Abwesenheit zu glotzen.

Oh, wie ich diese Spurensuche verabscheute. Aber nachdem ich schon einmal so weit vorgedrungen war, wollte ich weitere Auskunft und konnte nicht anders. Ich klingelte, wartete, klingelte, klingelte. Mir war zum Lachen zumute. Denn die Glocke war tot. Es gibt keinen weiblichen Jagdinstinkt, wird oft gesagt, aber das stimmt nicht, die Frage ist nur: Lockt die Beute oder die Befreiung von ihr? Ich bewies, dass ich dort ins Lot bringen wollte, wo Missverständnisse zu Zerwürfnissen führten, Ordnung ins Chaos bringen, Gerechtigkeit in die blöde Entzweiung. Ich hatte mich nie von meiner Weiblichkeit und Hingabe verabschiedet, aber dafür wollte ich Anerkennung meiner lieben Marie. Ich läutete Sturm – kein Ton erklang, und ich unterwarf mich nicht diesen unterbrochenen Stromkreisen. Ich hatte ein Recht auf Aufklärung, Lebensgemeinschaften, zumindest auf die Freuden einer gewöhnlichen Adoptivmutter, wenn man mich nur als Halbschwester Maries gelten lassen wollte. Sie brauchte mich. Wieso erwählt sie nur einen Mann und nicht auch mich? Gewiss, er hat Status, Hirnforscher, das könnte im Alter von erheblichem Vorteil sein. Ich wirkte jedoch auch als Gegenmittel zu Alzheimer. Liebe hält den Geist fit, auch die Sehnsucht nach ihr. Marie folgte der gesellschaftlichen Konvention und nicht meinem Kommando, das war ihr Recht, und ich hatte Pflichten. Sie sollte wissen, was geschehen war.

Nichts rührte sich in ihrer Wohnung, die Tür blieb verschlossen. Ich war bestürzt. Was sollte ich tun? Ich wusste, dass ich zu weit ging. Vor ihrer Wohnungstür trat ich einen Schritt zurück, hob das Knie, zog das Bein an, schleuderte es mit konzentrierter Kraft auf die Klinke. Die Tür sprang auf.

Als ich in die Stadt gezogen war, um in Maries Nähe zu sein, streifte ich ziellos durch die Straßen und mied das Haus meiner Schwester, weil ich genötigt war, es zu meiden. Bis auf dreißig Meter durfte ich in ihre Nähe. Und nun war ich trittsicher in ihrem Zuhause unterwegs. Wenn das kein Zeichen war für meinen gewachsenen Selbstwert und präziser Ausdruck für wahre Nähe.

Die Tür flog nicht allzu weit auf. Postwurfsendungen türmten sich auf dem Boden und bremsten den Schwung. Die effizienteste Technik, eine Wohnungstüre einzutreten, ist der Kick auf die Klinke, wenn keine Sicherheitsschlösser angebracht worden sind. Da ich auch an einem Werbefilm für die Sicherheit der Bürger Wiens mitgearbeitet hatte, hatte ich von einem Sicherheitsberater der Kripo die wichtigsten Knackpunkte herkömmlicher Tore kennengelernt. Kassettierte Vollholztüren tritt man am besten mit dem Absatz in den unteren Bereichen ein. Die Kassette ist aus dünnem Holz und selten mit Gittern gesichert. Die schwachen Bandeisen einer Wohnungstüre sind schuld daran, dass mit einem schwachen Fußtritt Einbrecherbanden leichten Zugang erhalten, was ich nur bestätigen kann. Im Übrigen kann man auch teure Sicherheitstüren einbauen, die aber nichts nützen, wenn die Außenwände der Wohnung nur aus Rigips bestehen. Durch Rigipswände kann man sich durchdenken, da braucht man als Einbrecher gar keine Tür.

Ich trat über die Schwelle und drückte die Tür wieder zu. Ich wartete und lauschte. Niemand hatte den Einbruch bemerkt. Ich wartete noch ein paar Minuten. Hier war schon lange niemand mehr gewesen. Ich schob die Flugblätter und kuvertierten Broschüren mit dem Fuß zur Seite. Der Boden war so sauber, dass man von ihm essen hätte können. Wer hatte ihn aufgewischt?

Noch an der Tür rief ich nach Marie. Die Stimme versagte mir. Dann flüsterte ich in die Zimmerflucht den Namen meiner Schwester, drehte mich hin und her und horchte tiefer in die Wohnung hinein. Die Garderobe mit ihren Haken. Die leeren Abtropftassen für Winterschuhe. Es roch nach Holzpolitur. Die

Küche lag zur Linken. Es duftete blass nach Citrus. Der Kühlschrank war abgetaut, staubtrocken innen und die Tür offen. Im Schlafzimmer stand ein Doppelbett, abgezogen. Im Arbeitszimmer ein Schreibtisch, plump, bockig und bis auf die Schreibtischunterlage leergeräumt. Wer in eine Liebe mit meiner Schwester verwickelt ist, steckt nicht im Chaos einer Amour fou. Was für ein langweiliges Schlamassel. So aufgeräumt, wie diese Wohnung hinterlassen wurde, ist es ein Symptom meiner Erziehung. Kurz zweifelte ich, ob ich doch zu streng war mit Marie, wenn ich sie mit meiner Phobie vor Schmutz malträtiert hatte.

Ich zog die Laden des Schreibtisches heraus. Alle Laden waren leer und die Ritzen staubfrei. Die Papierkörbe waren leer und der Mülleimer in der Küche appetitlich rein wie ausgeschleckt. Die Küche war billig eingerichtet, jedoch funktional. Ich öffnete die Kästen und Laden. Auch hier war alles ausgeräumt. Ich ging ins Schlafzimmer. Ich durchsuchte die Wohnung und nichts war da von Marie. Ratlos stand ich herum. Wo war all das Zeug hin? Ich suchte Zeichen, wollte nicht wahrhaben, dass sie ausgezogen war.

Ich ging zurück ins Arbeitszimmer. Auf dem Schreibtisch lag eine Schreibunterlage. Ich ging hin und hob sie hoch. Ein paar Blätter Büttenpapier und ein paar Kuverts versteckten sich hier. Mit roter Tinte stand da in Blockschrift auf dem ersten Blatt: Üblerweise. Ich bemühte mich, auch das durchgestrichene Wort darunter zu entziffern. Es lautete: Üblicherweise. Ich wendete das Blatt und stieß ein Grunzen aus. Es handelte sich um eine Hochzeitsanzeige. Paul und Marie gaben bekannt, dass sie einander das Ja-Wort geben würden. Wie elektrisiert ließ ich los und das Billet fiel auf den Tisch zurück.

Ich ging noch einmal ins Schlafzimmer zurück und öffnete wieder den Kasten. Bis auf ein blau-weiß gestreiftes Säckchen lag nichts drin. Ich nahm das Säckchen. Es klimperte in meiner Hand, ich legte es weg. Ich ging zurück zum Schreibtisch, zog eine Lade nach der anderen noch einmal auf, und es war und blieb alles ausgeräumt. Ich suchte in der Küche nach irgendwelchen Indizien für einen kolossalen Irrtum. Alles blieb, wie es war.

Ich ging nicht noch einmal ins Schlafzimmer. Ich bekam keine Luft. Die Luft war dick und ich hatte das Gefühl, die Atemzüge stopften mir das Maul. Ich riss die Fenster auf, lüftete die Räume, ging zur Tür und nahm die kuvertierten Hauswurfsendungen und Broschüren. Ich setzte mich an den Küchentisch, sortierte und blätterte in den Hauswurfsendungen. Ich drehte das Wasser auf und trank direkt von der Leitung. Wenn ich schluckte, gab es ein Klicken im Hals, das mich an das Entsichern eines Revolvers erinnerte und an das klimpernde Geräusch im Wäschesäckchen. Wo zum Teufel war Marie hin? Seit wann stand diese Wohnung leer? Ich wartete an ihrem Küchentisch sitzend auf eine Erklärung für ihr mir entgangenes Verschwinden. Ich war doch immer wieder im Kaufhaus gegenüber gewesen. Sollte sie meiner subtilen Kontrolle entkommen sein, hätte ich noch ein paar Tage

Zeit, um ihren Entschluss zur Vermählung zu korrigieren.

Ich kramte in meinen Manteltaschen, zog einen Kaugummi heraus, enthüllte ihn, kaute, war müde, eine Nebenwirkung der Tablette. Zurück beim Kasten holte ich das Wäschesäckchen hervor und befühlte die Perlen, die aufgefädelt darin aufbewahrt waren. Ein Relikt aus dem Urlaub. Es gehörte Paul. Ein Spielkettchen, wie es in Griechenland und der Türkei gern von Männern in nachdenklichen Stunden verwendet wird. Ich ließ die Perlen durch die Finger gleiten. Ihr Klimpern und Klicken, wenn sie aufeinanderstießen, erklang wie eine Melodie, die zu Paul gehörte. Er konnte ja sehr zärtlich sein und trotzdem zielsicher und fest, verschlossen und gültig wie ein stilles Versprechen. Ich legte das Kettchen weg, denn Perle für Perle bezeugte jetzt nur mehr Lüge für Lüge.

Ich nahm ein Kuvert vom Stapel Hauswurfsendungen und fächelte mir Luft zu, legte das Kuvert hin, öffnete es und zog einen Gutschein heraus. Er gehörte zum Altpapier, das Kuvert zum Restmüll. Ich studierte den Gutschein und die darauf abgebildete Nonne, die heiße Steine auf den entblößten Rücken einer Frau legte. Ich steckte den Gutschein in die Tasche. Berührte in meiner Tasche den Stoff des Pyjamas. Seine Flauschigkeit ließ mir meine Traurigkeit bewusst werden. Meine Schwester war verloren. Das trieb mir die Tränen in die Augen. Ich kaute an meinem Daumennagel, überlegte zu gehen und Marie zu vergessen. Was hatte ich ihr denn schon angetan? Und was hatte Paul uns angetan? Wieso kam denn niemand und störte mich hier bei meinen Durchsuchungen? Ich blieb sitzen. Auf Zehenspitzen abwärts zu gehen, bei den Postkästen vorbeizuschleichen und mit der Faust gegen das Fach von Marie zu donnern, um es zu knacken, hatte ich für später vor. Ich blickte auf und sah hinaus. Die Stadt war mir zu dunkel und ich fühlte mich trunken von der Tablette, torkelte. Die Übelkeit verstärkte mein inneres Verschmutztheitsgefühl.

Ich stand am Fenster, beglotzte die Gasse, suchte Schatten zu durchdringen. So war wohl auch Marie am Fenster gestanden und hatte mich beim Beobachten beobachtet, wenn es mich in ihre Nähe getrieben hatte.

Mit der Zeit hatte ich mich schon richtig zu Hause gefühlt in dieser Ecke da unten, neben dem Hintereingang des Geschäftes, in dem ich den hellblauen Pyjama plötzlich in der Tasche gehabt hatte, der Schuld unbewusst wie eine geisteskranke Kleptomanin. In dieser Gasse hatte ich mich oft aufgehalten, um Marie aufzulauern. Ich habe viele Stunden meines Lebens sehr nahe bei Marie verbracht.

Sie hatte sich von mir verfolgt gefühlt, wenn ich drüben im Kleidergeschäft am Fenster stehend herüberlugte. Doch hatte ich dort damals meinen Arbeitsplatz. Mein Job als Verkäuferin zwang mich zu dieser Position. Ihr bewegter Körper in den Armen eines Mannes, meines ersehnten Pauls, wand sich in meinem echsenhaft starren Blick, den ich durch den Operngucker fokussiert hielt.

Meine Neugier hüllte ich gern in die Rauchschwaden einer Zigarette. Das wirkte nicht aufdringlich, sondern kühl. Meine Strenge verriet das dünne, zu einem Rattenschwänzchen gebundene Haar, es könnte geföhnt fülliger sein, um die Sinnlichkeit zu verstärken, die man geschwungenen Hüften, wohlgerundeten Busen, einem schlanken Hals und langen Armen zuschreibt. Mir liegt aber nichts am Korrigieren von Äußerlichkeiten.

Liebe macht blind, heißt es. Daher wollte ich für Marie genau hinsehen und mir wie ihr die Augen für die Realität öffnen. Ich hatte die Kaufhausfenster aufgerissen und ihr zugewinkt. Das war ein Fehler gewesen. Sofort wurden drüben die Vorhänge zugezogen und wenige Minuten später wurde ich zum Gespräch in die Personalabteilung gebeten. Es habe eine Beschwerde gegen mich gegeben, da ich Bewohner des gegenüberliegenden Hauses belästigte. Ich leugnete den Sachverhalt. Nur der Operngucker verriet mich. Die Polizei verfolgte mich mit Klagsdrohungen meiner Schwester. Es stellte sich heraus, dass mein Arbeitsplatz für mich nicht geeignet war, da meine Abteilung in um ein paar Dezimeter zu geringem Abstand zur Wohnung meiner Schwester lag. Ich verlor wegen dieses lächerlichen Details einen guten Job. Eigentlich war ich durch Marie von Unglück verfolgt. Auf der Straße bildete ich mir oft ein, Maries Lachen zu hören. Es war hell, plätschernd und gurgelnd, der reine Spott.

Der Hauch aus meinem Munde beschlug das Fenster, als ich mir klar wurde, dass Marie mich von hier gesehen haben musste, als ich meine Berufskleidung ablegte. Da drüben unten stand ich, Marie erst auf den zweiten Blick hinter Gardinen entdeckend. Die Ausdauer, mit der sie diesen Mann geküsst hatte, in Mantel und Schal und Hut, hätte ich ihr nicht zugetraut. Die Erkenntnis hatte eine einfrierende Qualität. Ich musste näher heran, um festzustellen, ob das wirklich meine Schwester war. Ich verfolgte das Paar. Lauerte ihnen auf und ging auf sie zu. Das Paar ignorierte mich. Langsam hob ich den Arm, und in der Langsamkeit verfestigend, formulierend und Gedanken ausstoßend, um mich ins Gesichtsfeld zu rücken, sprach ich die Leute an. Wenn ich daran denke, wird mir heute noch heiß, wie er seine Hände unter ihren Pulli geschoben hatte. Bei diesem Gedanken kribbelte mir die Frage nach Altersvorsorge in den Fingern und dass ich etwas gegen mein Single-Dasein zu unternehmen hätte. Dass Liebespaare so leicht wütend würden, wenn man sie beim Geturtel in der Öffentlichkeit störte, hätte ich nicht gedacht. War die Wut plötzlich aufschießendes Schamgefühl? Als ich erkannte, dass die Frau nicht Marie war, unterließ ich die Aufforderung, sie in Ruhe zu lassen, und tat selbst erbost und sagte zum Mann: „Verzeihen Sie, aber ich habe Sie mit meinem Mann verwechselt."

„Zum Glück bin ich Witwer", sagte er und meine Betroffenheit erregte bei seiner Kokotte Heiterkeit, anstatt dass sie peinlich berührt oder zumindest traurig gewesen wäre.

Obwohl ich nicht mehr rauche, schmeckt meine Zunge selchig. Für derartige Momente trage ich stets eine Zahnbürste mit mir herum. Ich hatte sie auch in Maries verwaistem Eigentum bei mir und trug sie ins Badezimmer.

Ich putzte die Zähne, schrubbte die Mundhäute. Ich hörte den Chor der über dem Haus kreisenden Krähen. Als sich einer der dickschnabeligen Vögel auf dem Fensterbrett zu landen anschickte, wedelte ich mit den Armen, um diesen Schatten des Todes als Hirngespinst zu verscheuchen. Die Krähe flatterte davon. Ich hatte es mir angewöhnt, dunklen, modrig riechenden Blutreinigungstee zu mögen, um die Worte, auf die ich mich sofort einstimmte, aus dem Blut zu schwemmen. Scham. Wut. Schmerz. Lust. Bezeichnenderweise fand ich auch Teefilter in Maries Küche, und zwar ausgerechnet nicht neben oder unter, sondern über dem Kühlschrank wie bei uns zu Hause. Die Berührung des zarten Vlieses beruhigte mich und übertrug das Gefühl von Reinheit und Vertrautheit. Ich starrte mein Mobiltelefon an, nahm es auf, legte es wieder hin. Ich hatte sie hunderttausendmal angerufen. Im Spiegelschrank über dem Waschbecken fand ich Ohrenputzer.

Die trockene Gefühligkeit der Wattestäbchen, mit denen ich meine Ohren ausstrich, erzeugte Gänsehaut. Danach kümmerte ich mich um die Nägel. Die Feile entnahm ich meinem Schminktäschchen. Die

Messerspitze schob ich unter die Nägel und schabte den Trauerrand raus.

Ich bestimme, was ich fühle und wer wann abkratzt, woran ich glaube und wo ich sündige. Ich will nicht Ursache für Maries Verschwinden sein, wenn schon, denn schon, dann das Verschwinden selber. Ich möchte eine saubere Geschichte, eine selbst geschriebene Biographie und keine Anamnese.

Ich feilte die Fingernägel rund. Plötzlich wurde mir bewusst, dass ich in der Großmuttersprache betete. Da erhob ich mich und stellte mich an die Tür, schaute durch den Spion und lauschte auf Schritte. Ich vernahm das Klicken der Perlen, wenn sie durch die Finger liefen.

Maries Porträt neben Pauls. Ich hatte die Seite aus dem Fachmagazin herausgerissen und nun fügte sich die Hochzeitsanzeige dazu. Glücklich sahen die beiden Wissenschaftler nicht aus. Ich spürte Genugtuung durch den allzu ernsten Ausdruck ihrer Gesichter. Sie hatten als Vortragende nichts zu lachen. Doch als Liebespaar würden sie vor den Altar treten. Der Termin war in ein paar Tagen. Und wo? In St. Michel. Es gibt viele St. Michels auf der Welt.

Wenn Marie jetzt eingetreten wäre, hätte ich ihr gezeigt, dass sie ein grausamer Mensch ist. Hätte ihr nur den Spiegel hingehalten.

Man muss sich den Mund grausamer Menschen nur einmal ansehen, wie den von Paul. Manche Münder erinnern einen an zusammengekniffene After. Wie aus so einem Mund das klassische „ich lieb dich“ klingt, konnte ich mir vorstellen. War es nicht Wahnsinn, an solchen Lippen zu hängen? Hatte ich wirklich Lust, für heiße Luft mein Leben wegzuschmeißen? Gar für meinen Weg über seine Leiche zu gehen? War kein Stolz in mir?

Ich war müde und legte mich hin. Maries Mund schob sich vor mein inneres Auge. Sie bewegte die Lippen, öffnete den Mund. Die Lippen waren gespannt und platzten, Blut quoll in dickem Schwall aus dem Riss und die Zähne verfärbten sich rot. Ich öffnete die Augen, um nicht zu sehen.

Das Babygeschrei im oberen Stock riss mich aus dem Halbschlaf. Schritte trommelten auf dem Plafond. Das Kind weinte, holte rhythmisch Luft, brüllte, holte Luft, schlug den Ton an und machte Beine. Ich hätte gerne eigene Kinder gehabt. Am liebsten jedoch den potentiellen Vater. Babys waren mir Mittel zum Zweck. Kleine Geschöpfe, die nicht davonlaufen können. Die Schritte wurden schneller und das Geschrei lauter. Ein Mann brüllte, eine Frau brüllte, anstatt das Baby zu stillen. Sie ließ ihr Kind wohl nicht absichtlich schreien. Wahrscheinlich gab es Streit. Ein Rumpeln, ein Klirren. Vielleicht hatte der Mann zu viel getrunken.

Ich hatte Großvater betrunken zu Gesicht bekommen. Ich war oft zu Opa und Oma ins Bett geschlüpft. Das hat niemanden gestört, und ich war geborgen. Doch eines Tages, als ich sieben wurde und gerade das wöchentliche Bad nahm, begann Großmutter meine in der Küche liegende Wäsche wegzuräumen und bestand darauf, dass ich die Türe zum Bad zusperrte. Als Erklärung sagte sie: „Deine Mutter will das so." Mutter war mir so gut wie nicht vertraut und ich wunderte mich, wieso sie plötzlich über mich verfügen sollte. Doch ich gehorchte und bald wusste ich weshalb. Großvater kam besoffen nach Hause. Das Poltern der Schritte, das Gegröle, das Gejammere, dann das Geschrei der Großmutter, Handgemenge, das Aufklatschen von Händen auf Wangen. Schläge. Der Schmerzenschrei der Großmutter folgte. Ich stieg aus dem Wasser und riss die Tür auf. Großmutter raufte mit ihrem Mann, ich sah, wie er die Hände um ihren Hals legte. Ich schrie, so laut ich konnte. Er ließ los, nicht als er mich hörte, erst als er mich erblickte. Großmutter rang um Luft und stieß ihn von sich. Warf mir einen verachtungsvollen Blick zu, weil ich mich nackt zeigte, und stieß sofort einen Befehl aus, der alle Ängste überspielen sollte. „Ab ins Bett!", röchelte sie. Ich schnappte das Handtuch. Der Befehl war ein Zeichen ihrer wiedergewonnenen Macht. Ich flüchtete, kroch ins Bett, zog mir die Decke über die Ohren. Hörte nichts mehr. Stellte mich tot. Schlief. Erwachte aber, als ich kalte Hände meine Oberschenkel betasten fühlte. Ich hielt den Atem an. Das Telefon klingelte. Die Großmutter rief ihren Mann. Der stinkende Alte ließ von mir ab. Trollte sich hinaus in die Küche.

Großvater lebte fortan in der Küche und schlief auf dem Diwan. Ich vermied es, allein mit ihm in einem Raum zu sein. Die rauen Hände wurden nur feinfühlig, wenn sie schlanke Flaschenhälse oder Mädchenbeine berührten und Schnaps einschenkten. Großmutter hätte ihn verjagt, wäre das üblich gewesen. Alkoholismus war normal in dieser hoffnungslosen Gegend, und was sonst noch an Missbrauch in den Häusern geschah, darüber wurde nicht gesprochen. Großvater saß schweigend am Tisch, wetzte das Messer, hielt die Klinge ins Licht. Er fixierte mich aus dem Augenwinkel. Sein Zwinkern forderte mich auf, ihm näher zu rücken, mich ein wenig an ihn zu drücken. Ich war starr, einerseits vor Angst, andererseits vor Neugier. Ich wusste, dass mir nichts passieren würde, weil Großmutter im Raum war. Sie hatte uns aber den Rücken zugewandt, schälte Kartoffeln. Großvater grinste und setzte die Klinge an seine ordinäre Zunge. Ich war wie gebannt vor Schrecken und Lust am Schrecken, ob er sich wirklich die Zunge abschneiden würde. Die Sekunden dehnten sich zu Minuten. Als die Klinge in der rechten Hand sich auf die Zunge senkte, schluckte ich lustvoll gebannt meinen Speichel, bis die geschärfte Schneide auf der ersten Hautschicht aufsetzte. Als dann das Blut quoll, schrie ich auf. Blitzartig steckte er das Messer weg, die Zunge verschwand im Mund, so dass Großmutter seine perverse Selbstverletzung nicht sehen konnte. Sie erhaschte nur mit einem Blick das Messer in seiner Hand, schnappte mich, stürmte mit mir aus dem Haus. Sie erklärte nichts, aber ich spürte ihre Wut und Angst. Die Nachbarn beobachteten uns, wie wir aus dem Haus jagten. Großmutter hielt sofort inne, sog die Luft durch die Nase ein, richtete sich gerade und sagte: „Komm wir gehen in den Garten und jäten Unkraut." Wir hörten dumpfe Schläge und Klirren im Haus. Auch die Nachbarn hörten es, aber sie nickten nur tröstend, hoben die Schultern und ließen sie ratlos wieder fallen. Jeder wusste, was los war, und ich wusste, dass Großmutter log, wenn sie sagte, dass der Großvater nur ein Versager war, aber ansonsten liebevoll. Er war ein gedemütigter Mann. Hätte er seine Arbeit nicht verloren, wäre seine Tochter nicht genötigt gewesen, ins Ausland als Putzfrau arbeiten zu gehen. Ich weiß heute, hätte er sie nicht angefasst, hätte sie nicht das Weite gesucht. Sein Versagen als Suchtkranker der Familie gegenüber bleibt unentschuldbar. Er drohte, uns umzubringen, wenn wir seine Lüste nicht befriedigten. Auffüllung der Defizite durch Missbrauch. Ich selbst war vor Mangel und Vernachlässigung beschützt, meine Großmutter sorgte für meine Gesundheit und Unbeschadetheit. Marie soll niemals behaupten, dass ich ein Opfer wäre! Was Paul anbelangt, gelten andere Kriterien.

Ich roch Rauch. Irgendwo qualmte eine Zigarre. Schwaden zogen durch das Loch in der Decke, wo der Haken für die Lampe steckte. Diese Mutter über mir kochte ihrem Kind womöglich Breie, die sie selbst mixte, so wie ich es einst für die kleine Schwester tat, anstatt auf das Wichtige im Leben, die guten Gefühle, zu achten. Die Frau dort oben sprach. Dann weinte sie. Mit dem Kind redete sie kroatisch. Vielleicht war sie selbst Alkoholikerin. Meine Mutter war zwanzig, als sie mich verließ. In meinem Kopf schlummerten die tausend Splitter jenes Bildes, das ich von ihr hatte. Ich zwang mein Gehirn, die Konzentration auf eine Facette zu versammeln, und ich schaffte es nur unter Kopfschmerzen.

Die Mutter als Nabel meiner Welt. Er ist gewölbt und ragt aus einem runden Bauch heraus. In dieser Rundung reifte ich zum Säugling heran. Die Mutter war meine Bucht, wärmend, sanft und nährend. Und dann war sie fort und kam als gefräßige Qualle wieder, stülpte sich mit ihren feuchten Lippen über mich, als wollte sie mich zurückholen in ihren Ozean. Ich widerstand und blieb in meinem Zimmer an Land. Wenige Zeit darauf war ein neues Wesen im Gefäß dieser Frau. Der Nabel stülpte sich aus der Kugel, der Nabel sah für mich aus wie ein Schnuller.

Mutter war schwanger mit Marie. In meiner kindlichen Theorie ließ sie deshalb von mir ab, weil sie ein neues Kind im Bauch hatte. Widerwillig legte ich das Ohr daran. Spürte die subkutane Welle, die Marie durch ihre fötalen Bewegungen auslöste. Dieses Baby wollte auf die Welt, und zwar zu mir. Ich brauchte sehr lange, um einzusehen, dass Kinder in Bäuchen hausen, genau wie ungeborene Katzen. Dass das nichts Besonderes und auch nichts Ekeliges war, war mir nicht klar. Ich schämte mich dafür, diesen Bauch so angestarrt zu haben und diesen Nabel, der mich an einen Schnuller erinnerte. Ich kam mir pervers vor.

Das Gesicht der Mutter hatte keine klare Kontur, Nase, Augen, Mund, alles verschwommen, eine Frau, bereit zum Leben am Herd, ein Allerweltsgesicht mit dunklen Haaren, aber was sie auszeichnete für mich, war der gefüllte Bauch mit dem herausgestülpten Nabel, in dem ich von Anbeginn Marie heranwachsen sah. Ich stürzte mich auf die Leibesfrucht und meine Mutter gab mir eine Ohrfeige. Sie war eben böse und dumm und verstand mich nicht. Der Nabel war mit mir auf Augenhöhe, ich hatte mich kindgerecht in die Zusammenhänge verstrickt. Mutter mochte mich nicht, sie war reserviert, ausgebucht für Marie und ich war nur ein Möbelstück aus der Heimat, das sie sich geholt hatte und jetzt für eine Wiege zur Seite schob.

Das Baby war bereits geboren. Ich erinnere mich unscharf an die Frage nach dem Verbleib der Mutter, bevor ich den Babykörper in den Arm gelegt bekam. Ich rief ein fröhliches Hallo, wie um das Baby aufzumuntern. Es schlief und schnaufte durch die winzigen Nasenlöcher, und später würde es schnarchen. Das war also ein Baby und keine lebendige Puppe, es wuchs.

Der Mann, den ich Vater nannte, schluchzte.

Ich war verwirrt. Ich hatte noch nie einen Mann schluchzen gehört, schreien, kreischen, schlagen, das schon, aber niemals schluchzen.

Ich versuchte mir einzureden, dass der Mann gar nicht schluchzte, dass er lachte. Aber weswegen denn? Das Baby verbreitete Fröhlichkeit, Lebenslust, allenfalls Rührung. Wenn ein Mann weinte, dann musste etwas Schlimmes passiert sein, eine schwere Krankheit vielleicht? Würde er das Baby damit anstecken? Ich schlich mich an das Kind heran, hob es aus der Wiege und verkroch mich in eine Ecke, wartete ab, bis er sich von seinen Eruptionen beruhigt haben würde. Sollte seine Stimmung umschlagen, war ich gewappnet und bereit. Wenn er das Baby wollte, würde ich es ihm nicht geben. Wenn er mich schlagen würde, dann würde ich zurückschlagen. Wenn ich starb, würde das Kind mit mir sterben. Doch da der Mann weinte und weinte, begann ich seiner Verzweiflung zu vertrauen. Der Tod schlich im Haus herum und er hatte Mutter geholt. Ich wartete auf den Tod. Ich legte mich flach auf den Boden und hörte das Holz knistern. Das Zimmer drehte sich um mich. Das Fenster, die Balkontür, das Waschbecken, der Handtuchhalter, das Doppelbett, in dem wir schlafen würden, meine Schwester und ich. Ich schloss die Augen. Ich blinzelte und die Welt zitterte um mich herum. Ich faltete die Hände und betete murmelnd. Auf Deutsch, um in der neuen Welt mit dem neuen Menschen neu geboren zu werden. Damit der Tod nicht käme. Die Verse kamen mir leicht über die Lippen. Ich betete nach der Schrift. Die Sprache des Glaubens.

Man hatte beschlossen, mich einzudeutschen, damit ich es einmal besser haben würde. Mutter hatte sich bemüht, mit mir hochdeutsch zu sprechen, obwohl diese Sprache für sie selbst eine Fremdsprache war. Ihr Akzent blieb fremd, die Schriftsprache war stumm, von Anfang an hörte ich nur auf mich, mein

Klang machte mich in der deutschen Sprache lebendig. Die Konturen der Worte verflossen im Ohr und mischten sich zu einem mir eigenen Ton. Er bestand aus Missverständnissen und falschen Übersetzungen im Austausch der Sprachen und fand seine Bedeutung aus meinen Erfahrungen. Der völlig vorbehaltlose Umgang mit der deutschen Sprache unterschied mich von Mutter. Ich konnte mich abgrenzen über die Perfektion. Das Sonntagsdeutsch der sogenannten Erwachsenen klang bemüht und holprig. Ich sprach nach der Schrift, meine Stimme war glockenrein, was meinem Deutschlehrer sehr gefiel.

So betete ich, mit meiner Babyschwester im Arm auf dem Rücken liegend, um die Aufnahme in das Himmelreich, bevor die Schrecken des Todes und des Vaters uns überfallen sollten. Ich betete und überwand die Angst durch die Deklamation sinnloser Verse: „Liebes Jesulein, lass uns dir Fohlen sein!" Ich stellte mir dazu eine grüne Weide vor, in hügeliger Landschaft mit dahinplätscherndem Bächlein. Das sanftbauschige Grün frischen Birkenlaubs in den Kronen der Haine umrandete eine Koppel. Dort weideten zwei Fohlen, ich und Marie, gefahrlos, im Paradies. Ein dunkelbraunes Fohlen, in goldenes Licht getaucht, und meine Babyschwester ein kleiner Rappe, der noch unsicher auf seinen Beinen dahinstakste, mit seiner Schnauze meinen Bauch stupsend.

Ich mochte keine Pferde und wollte mich weder in ein Pferd verwandeln noch darum beten, in eines verwandelt zu werden. Ich hasste diese Phantasie, in der ich noch dazu nicht nur Fohlen, sondern auch Stute war. Obwohl dem weiblichen Tier erhöhte Aggressivität nur attestiert wird, wenn es seinen Nachwuchs schützt, kannte ich eine aggressive fohlenlose Stute. Das Tier hatte es auf mich abgesehen und verfolgte mich, sobald es mich erspäht hatte. Heute ist mir klar, dass dieses Pferd sehr empfindlich war und auf mich reagierte, weil ich ihm mein Gesicht, in Angst erstarrt, frontal zugewandt hatte. Ich wusste nicht, dass Pferde nur erkennen können, was seitlich von ihnen ist. Da sie neugierige Tiere sind, lockt sie das Unerkannte an. Damals hatte ich Angst vor den Hufen und dem Biss. Ich rannte und das Pferd setzte mir nach. Die Zäune boten keinen Schutz. Und Großmutter auch nicht, weil sie nicht verstand, dass das Pferd es auf mich abgesehen hatte. Sie drohte mir, mich in der Küche beim Großvater sitzen zu lassen, um selbst auf das Feld zu gehen. Ich war erpresst, ausgeliefert und wütend auf Großmutter. Ich holte mir eine Rolle dünnen Drahtes aus dem Schuppen und ging auf das Kartoffelfeld am Rande des Dorfes. Keinesfalls wollte ich mit Großvater allein in der Küche zusammentreffen. Lieber ließ ich mir etwas einfallen, um mich zu rächen und die Stute zu beseitigen.

Ich spannte den Draht zwischen den Pfosten des elektrischen Zaunes über den Weg. Es dauerte keine Minute, bis die Stute meine Witterung aufgenommen hatte. Ich starrte dem Tier förmlich entgegen, wie es seine Mähne schüttelte und den Kopf in den Nacken schleuderte, bevor es loslief, vom Trab in den Galopp.

Ich hätte nicht gedacht, dass meine Falle zuschlagen würde. Deshalb nahm ich die Beine in die Hand, jagte davon, bis ich in meinen Gummistiefeln auf dem feuchten Gras ausrutschte und stürzte, als das Pferd die Hufe in der Höhe des dünnen Drahtes hob und im Drall der Bewegung vorwärts strebend schon den Schnitt durch die Haut ins Fleisch und die Sehnen spürte. Das Pferd verhedderte sich in dem Draht und knickte im Sprung ein, krachte sich aufbäumend und wiehernd auf den Boden. Das war's. Ich war mehr über meine Fähigkeit zur Tat erschrocken als über ihr Gelingen. Das Tier kam nicht mehr auf die Beine. Ich traute mich näher heran, es blähte seine Nüstern und hob den Kopf nach mir. Ich löste den Draht und wickelte ihn auf, dann lief ich nach Hause. Großvater kam aus dem Wirtshaus. Er wirkte nüchtern und gefasst. Er holte sein Gewehr, lud es und ging los.

Das Pferd tat mir, wie es so am Boden lag, leid. Es hob hilfesuchend den Blick und wandte den Kopf ab, wie um mich endlich von der Seite erfassen zu können. Ich spürte den Drang, das Tier zu streicheln. Mir war unwohl, weil ich plötzlich ahnte, dass die Welt von einem tief innewohnenden Missverständnis geprägt war. Heimlich weinte ich über den Tod des Pferdes, noch mehr aus Schuldgefühl. Obwohl es erst durch seinen Tod möglich war, zu dieser Qualität von Trauer zu geraten.

Wieso man auf Deutsch darum betete, dem Jesus ein Fohlen zu sein, verstand ich trotzdem nicht. Musste ich etwa zum Fohlen werden, um für den Mord an der Stute von der Schuld freigesprochen zu werden? War Jesus vielleicht ein Fohlen? Gott ein Hengst? Ich kam nicht weiter und leierte das Gebet herunter, bis der Unsinn im Kopf zerstob und in ein Summen umschwang. Ich döste in einer Niemandssprache aus Begriffen, die mir unlogisch erschienen und mich verwirrten. Ich war einsam und litt an Unverstandenheit und Unverstehbarkeit. Ich drückte Mariechen an mich. Wir hätten beide eine richtige Mutter gebraucht, die uns nun aufklären hätte können.

Der einzige Mann, der mich je im Ernst des Lebens behutsam unterrichtet hat, war Maries Vater. Er hockte sich zu mir auf den Boden, nahm mich in seinen Arm und sagte: „Heute kommt deine Mutter nicht nach Hause. Und sie kommt nie mehr nach Hause." Mutter war tot, verstorben, wie es hieß, also wieder verschwunden.

Ich war enttäuscht, aber nichts anderes gewohnt als ihre Abwesenheit, und blieb daher gefasst, ja eigentlich war ich froh. Der Mann, Maries Vater, war mir angenehm und ich ihm.

„Wo ist sie denn?", fragte ich.

„Im Krankenhaus", sagte mein Vater.

„Und dort bleibt sie?", fragte ich unschuldig, obwohl ich schon kapiert hatte, wieso er Tränen zu unterdrücken versuchte. Sie war an den Folgen der Schwangerschaft gestorben. Man könnte es auch so ausdrücken: Von Marie erledigt.

Ich legte Marie in seine Arme und meine um seinen Hals und schluchzte mit, wie er es sich wohl erwartet hatte. In der Umarmung spürte ich Trost und gab Trost. Wir wuchsen in diesem Augenblick zusammen. Mutter tot und Vater traurig. Trotzdem war es schön, mit ihm ganz allein, so dass ich nichts dagegen hatte, an seinem Hals die Stirn anzudrücken und mich zu entspannen, denn er hielt mich bloß umschlungen, ohne mehr zu verlangen. Ich war Waise und er versprach mir, Vater zu sein, mit diesem starken Körper, der sich weich anschmiegte. Ich stimmte zu. Ich flüsterte betend in sein Ohr. „Vater, lass mich dir ein Fohlen sein." Ich lehnte mich an ihn und da plumpsten wir um.

Er lag auf dem Rücken und stemmte mich hoch. „Lass mich dir ein Fohlen sein?", wiederholte er und musste trotz der tragischen Situation lachen. Er wieherte und jauchzte. Die kleine Marie schien angesteckt von der guten Laune und die kleine Mörderin nuckelte zufrieden gurrend an ihrem Schnuller. Nun klärte der Vater das Missverständnis auf. Ich hatte die Worte von meiner Mutter falsch eingelernt, der richtige Vers des Gebetes lautete: „Liebes Jesulein, lass mich dir empfohlen sein." Vater wirbelte mich durch die Luft und die Jahre danach sollten die glücklichste Zeit meines Lebens sein.

Die Mutter war aus dem Weg geräumt. Meine Freude darüber irritierte mich, ich behielt sie für mich. Marie war zufrieden, ihr ging die Mutter nicht ab, sie war bestens versorgt, gebadet, genährt. Vater sagte bedeutungsvoll: „Du hast deine Mutter verloren, aber nun hast du eine Schwester bekommen, und nicht nur das, du bist jetzt auch eine.“ In meinem Kopf hörte sich dieses Credo so an: Mit ihr zusammen gehörst du auch zu mir.

Meine Schwester bewunderte ich bald dafür, das richtige Kind meines Vaters zu sein, aus seinem Körper im Körper der Mutter nicht nur entstanden, sondern als Triumphator über sie hervorgegangen zu sein. Sie war stark und hatte schon als Fötus gewonnen. Marie war das Ebenbild des Vaters, während ich dem Konterfei der Mutter glich, das sie mit dem ersten Atemzug zum ewigen Schweigen gebracht hatte. Das flößte Respekt und Dankbarkeit ein.

Marie gurrte auf meinem Arm und bewegte die süßen Lippen, wenn ich über ihrem Gesicht sanfte Worte flüsterte. Meine Hingabe an dieses Kind drückte sich darin aus, dass nicht sie meine Grimassen, sondern ich ihre imitierte. Maries Lallen, ihr Lachen, auch ihr Weinen, waren, wenn Mutter Natur sie quälte und Blähungen anrichtete, die Sprache meines Paradieses. Ich war wichtig, ja notwendig und zum ersten Mal zum Wohle eines schutzbedürftigeren Menschen als meiner selbst gebraucht. Noch dazu lebte ich in Sicherheit, und niemand machte mir meine Position streitig. Mutter war fort und ich an ihre Stelle gerückt.

Marie lag im Kinderwagen und die Räder drehten sich. Glitzernde Speichen teilten die Kreisflächen der Räder und wirbelten einen Stein mit sich wie die Kugel beim Roulette. Der Kinderwagen rollte über den betonierten Weg, auf dem die Mutter wegtransportiert worden war. Ich kümmerte mich um den Kinderwagen und die friedliche Marie. Sie schlief hingegeben, auch als die Erde auf dem Deckel der Kiste aufschlug. Ich weinte, an die mittlerweile auch verstorbenen Großeltern denkend, schaukelte den Kinderwagen meiner Schwester und legte meine Hand zum Trost an ihr Köpfchen, zupfte die Mütze über das Ohr. Jedem steht es frei, abergläubisch zu sein. Mir war es wichtig, Marie von den Klagen fernzuhalten, die die kondolierenden Freundinnen der Mutter lautstark ausstießen. Mein Vater war eine gute Wahl gewesen, denn er konnte meine Gedanken lesen. Er zwinkerte mir zu und gab die Erlaubnis, auf den Spielplatz zu fahren. Marie und ich verbrachten die Trauerfeier unter fröhlichem Kindergekreische. Im Anfang meiner neuen Familie hat die Chemie gestimmt. Marie konnte nichts dafür. Das Baby brauchte mich. Ich war einige Jahre älter als sie. Ich war einsetzbar als Kindermädchen und Vater behielt mich dafür. Er besaß ein Haus.

Als Marie sechzehn Monate alt war, sagte sie zum ersten Mal „Mama“, und zwar ganz von allein, zu mir. Sie hatte früh zu laufen, aber eher spät zu sprechen begonnen. Wenn sie mich suchte, damit ich sie ins Bett brachte, rief sie mich nicht, sie sah mich erwartungsvoll an, als würde sich an meiner Erscheinung gleich die Erfüllung eines Wunsches vollziehen. Ich stellte mich stets ganz überrascht, die süße kleine Marie zu erblicken, und fragte sie mit großer Verwunderung:

„Ja, meine liebe Marie, wo hast du denn deinen Bauch gelassen?“ Dann blickte sie mit großen Augen an sich hinab und suchte ihren Bauch. Marie besaß ein ausgeprägtes Gehör und verstand jedes Wort. Sie starrte auf den herzallersüßesten Bauch, der im blau gestreiften Pyjama steckte. Marie war von Anfang an sehr differenziert in ihrer Wahrnehmung, viel feiner im Verstehen als andere Kinder. Sie begriff sofort, dass es sich um einen Scherz handelte. Sie zerkugelte sich vor Lachen, wenn sie den Bauch herzeigte. Ich nahm das kleine Mädchen auf den Arm und trug es ins Bett, las ihm vor und schärfte meine Aussprache an den Märchen. Es war einmal. Bauch. Buch. Sphären leiblichen und seelischen Wohls.

Im Erdgeschoß des Hauses war der Eissalon untergebracht. Vater hatte in neue Geräte investiert, Rührmaschinen, Häcksler für das frische Obst gekauft. Die Messerchen rotierten wie das Fresswerkzeug eines Spulwurmes. Ich wurde mit der Aufgabe betraut, die silbernen Einsätze nach Gebrauch zu putzen, und ging also auch in der Eisküche im Keller zur Hand. Die Töpfe waren riesig, in einem hatte ich sogar gemeinsam mit Marie Platz. Noch als sie schon laufen konnte, kreiselte sie in dem Topf über den Küchenboden, während ich ein Kühlgerät bediente und Eiscreme fabrizierte. Freilich spielten wir nur mit den badewannengroßen Pfannen, Näpfen, Schüsseln und mannskopfgroßen Rührstäben, wenn wir allein waren. Schon aus hygienischen Gründen hätten wir das nicht gedurft, gar nicht zu denken an die Unfallgefahr. Der Häcksler hätte Marie in Sekundenschnelle geknackt und aufgeraspelt wie das Fleisch der Kokosnuss, hätte ich nicht immer aufgepasst.

Die Auslagenfront im Erdgeschoß war zur Theke umfunktioniert, hinter der Vater stand und das Eis verkaufte. Die Haupteinnahmen machte unser Unternehmen aber mit der Belieferung der Hotellerie im Seengebiet. Die Delikatesse unseres Eissalons war Eis aus frisch gepflückten Früchten der Saison. Die Früchte pflückten ich und Marie. Wie eine Plantagenarbeiterin hatte ich Marie auf den Rücken geschnallt und erntete im Himbeerland die Beeren.

Der Salon hieß „Beatrice“, und Vater war so verlogen, dass er sich vor den alleinreisenden Frauen aus dem Norden als Italiener ausgab. Italiener zu sein war reizvoller als ein banaler Einheimischer. Italien hat Flair und die Männer sind galant. Das richtige Image zieht Kunden an. Ich war nicht begeistert von Vaters Beliebtheit bei weiblicher Klientel, aber ich fand es gesünder, wenn er sich an den erwachsenen Touristinnen statt an mir bediente.

Es gibt niemanden auf der Welt, der Marie so in- und auswendig kennt wie ich. Sie wollte immer mit mir zusammen sein und war eifersüchtig auf die Welt. Vater hatte Zeit und Freundinnen, ich nie. Marie verscheuchte beides. Sie warf sich auf den Boden und schlug mit der Stirn so lange auf, bis sie blutete, zwang mich, Telefonate und Gespräche zu beenden, Treffen abzubrechen, mich ihrer erbarmend und sie in die Arme nehmend. Sie tat mir leid, denn sie hatte keine richtige Mutter, und ich kannte die bohrende Frage, wie es denn mit einer wäre, aus eigener Erfahrung. Ich besaß nur mein geschwisterliches Gespür und Gehör.

Als ich ins Gymnasium kam, erschien es mir an der Zeit, Marie aus meinem Bett zu verbannen. Marie wehrte sich. Sie erpresste mich. Sie hörte einfach auf zu atmen, wurde blau im Gesicht und kollabierte. Immer wenn ich ihren kleinen Atem nicht mehr hörte, ließ ich sie doch zu mir.

Marie zeigte mir die Zeckenbisse in der Leistengegend, die ich verarzten musste. Sie war dankbar. Aber als sie mich aufforderte, das Zeckengift herauszusaugen, wurde mir übel. Freilich, sie war ein Kind und unschuldig, doch ich konnte nicht umhin, Marie einer angeborenen sexuellen Besessenheit zu verdächtigen. Schon im Laufstall hatte sie sich, sobald sie mich erblickt hatte, wie ich von der Schule nach Hause kam, lustvoll an den Gitterstäben hochgezogen und sich daran vergnügt. Sie strampelte mit ihren kleinen dicken Beinchen einen Freudentanz, ich hob sie hoch und küsste sie auf Wange und Stirn. Sie ließ sich mit einer Apfelspalte zu den ersten freien Schritten verführen. Sie beobachtete jeden meiner Handgriffe und lernte Glühbirnen zu reichen, Putzmittel zu schlichten, Handtücher aufzuhängen, Waschbecken zu putzen und Kissen aufzuschütteln, sobald ich ihren Popo tätschelte. Lesen, Schreiben, Addieren und Telefonieren und „Eissalon Beatrice“ in den Hörer zu sagen, gelang ohne Probleme, wenn man sie mit einer Feder zu kitzeln drohte. Stimuliert und aufnahmefähig war sie dann. Sie ging mir fleißig zur Hand.

Doch hin und wieder erprobte sie ihr kleines Ich und sagte „Nein“. Dann mussten härtere Bandagen folgen. Ich wusste mir zu helfen. Da sie mich verehrte, zeigte ich ihr bei Ungehorsam die Strafe, die mich treffen würde. Fesselte und peitschte mich, bis rot und blau unterlaufene Striemen meine Beine, Rücken und Oberarme zeichneten. Es reichte ihr bald, wenn ich nur davon erzählte. Sie ertrug es nicht, wenn ich gepeinigt war. Schließlich stellte Marie jeden Trotz ein. Bis auf einmal, als wir Himbeeren pflücken mussten. Sie hatte keine Lust. Meine Selbstverletzung interessierte sie nicht. Sie sah mich erbarmungslos, ja gelangweilt an, während ich mir die Dornen ins Fleisch quetschte. Ich packte das kleine Luder. Zog ihm die Strumpfhose aus und fesselte seine Füße. Nun schlug der kleine Teufel mit dem Schädel auf den Boden ein. Sie zerkratzte sich das Gesicht. Ich stopfte ihr den Mund mit Himbeeren. Marie hörte zu schreien auf und schmatzte nur genüsslich. Kinder sind polymorph perverse Geschöpfe. Ich konnte ihr meine Finger zwischen die fest aufeinanderbeißenden Kiefer bohren, um den Mund zu öffnen und die süßen Beeren hineinzuzwängen. Meine Gewalt diente als Geschmacksverstärker.

Als Marie heranwuchs, in meinen blauen Pyjama hinein, erhob sie die Faust und ihre Ablehnung gegen mich. Ich musste viel Verständnis aufbringen. Marie hatte Schlafstörungen. Jede Nacht hatte sie Angst vorm Sterben. Ich konnte ihr die Todesangst nicht ausreden, aber wenn sie von Albträumen geplagt war, zwickte ich sie, um sie ihre Lebendigkeit erfahren zu lassen. Der blaue Pyjama war das perfekte Kleidungsstück für die Züchtigung, meine Nägel drangen leicht durch den dünnen Stoff.

Es war zu Allerheiligen, als ich sie mit entblößten Armen in der Veranda erwischte. Sie flüsterte geheimnisvoll, und Vater untersuchte die Wunden und Striemen. Ich hörte an seinem Ton, dass er sich nun mit Marie gegen mich verbündete. Ich wurde zur Rede gestellt, entschuldigte mich. Vater war kühl mir gegenüber, auch in seiner Bestrafung. Er ging dazu über, mich zu siezen. Das verletzte mich zutiefst. Marie hegte Misstrauen gegen mich, riss sich den Pyjama vom Leib und schrie hysterisch, sie könne nicht mehr neben mir schlafen. Ich wollte sie ohnehin aus meinem Bett haben, doch nicht mich wie verstoßen fühlen. Sie war ja bisher immer anschmiegsam gewesen.

Vater bestand auf unserer Trennung. Marie erhielt ein eigenes Zimmer. Sie litt weiterhin unter Albträumen. Sie fürchtete sich vor ihren Phantasien. Ich, die Ältere, blieb vor dem Fernsehapparat sitzen, auf Mutters ehemaligem Platz, auf der Couch neben dem Vater. Wir hatten beide die Füße hochgelegt und tranken Tee. Vaters Gesicht schimmerte silbrig im Licht. Ich fragte ihn, ob ich ihn etwas fragen dürfe. Er sah mich erwartungsvoll an und voller Milde. Ich zuckte mit der Schulter und lüpfte die Augenbrauen, und war ganz verschämt, als ich ein „Liebst du mich noch?" über die Lippen brachte. Er schmunzelte nicht einmal. Sein Gesicht wurde ernst, sein Blick traurig. Zweifel über seine eigenen Erziehungsmethoden stiegen ihm auf. „Ich kann sehr sehr lieb sein", sagte ich und kuschelte mich an ihn heran, während er bereitwillig seinen Arm hob wie einen Flügel, unter den sich das Küken schiebt. Da ich keine Ahnung hatte, wie weit eine Tochter bei ihrem Vater gehen durfte, legte ich meine Hand auf die Brust, öffnete den obersten Knopf meiner Bluse und zog den Saum des Rockes über das Knie, winkelte es, mein schlankes Bein darbietend, an.

Bevor ich die Schenkel entblößt hatte, nahm er meine Hand, schob den Rock übers Knie hinab und legte meine Hand in meinen Schoß zurück. „Renate", sagte er. „Du bist zwar schon eine junge Dame, aber nicht meine Frau. Das wirst du begreifen lernen, wir werden einen Arzt für dich finden. Du bist verwirrt, meine Liebe."

Tränen stiegen mir auf, ich schluckte.

„Du musst dich nicht schämen", sagte er.

Ich schämte mich gar nicht, ich war zutiefst gerührt, dass mich ein Mann um meinetwillen mochte, ohne mich für seine Erleichterung zu verwenden. Doch wozu wollte er einen Arzt für mich? Er sorgte bestens für mein Wohl. Er setzte sich aufrecht hin, drückte mich ganz stark an sich und sagte: „Ich habe dich genauso lieb wie Marie."

In diesem Augenblick stand meine Schwester in der Tür. Sie hörte die Worte und drehte sich auf dem

Absatz um, ging eifersüchtig aufschnaubend und ungetröstet zurück in ihr Zimmer.

Maries Abneigung wuchs. Wahrscheinlich wollte sie mich aus dem Weg räumen, weghaben, ermorden wie einst schon Mutter, indem sie die Chemie durch subtile Gerüchte störte. Sie behauptete Vater gegenüber, dass ich sie gegen ihn aufhetzen würde, sie davor warnen, mit ihm allein zu sein, von ihm missbraucht zu werden. Vater war erbost, doch er wurde zunehmend misstrauischer mir gegenüber. Seine Chance, den Töchtern eine sexuell gesunde Familie zu geben, suchte er in der Jagd auf Frauen.

Mama war dein erstes, Renate dein zweites Wort, und bald wird es dein letztes sein, liebe Marie. Das Gehör junger Menschen reagiert empfindlich auf hohe Töne. Und als der Ruf nach mir, Renate, durchs Haus gellte, stach mir der Name bis in die Hirnrinde. Marie tischte Vater gemeine Lügen auf. Wärme und Liebe verschmolzen in seiner Sprache zu Schimpfworten für mich. Bastard. Teufelskind. Hure. Er hatte mir weder das Sprechen noch das Laufen noch das Schwimmen beigebracht, geschweige denn Marie. Er hätte Dankbarkeit und Verständnis für meine Erziehungsmaßnahmen und Freizeitbedürfnisse zeigen können, um mich altersgemäß heranwachsen zu lassen. Er hätte Marie Aufklärungsunterricht geben können, anstatt ihren sexuellen Phantasien zu glauben. Er war faul und dumm und beschimpfte mich nun als Verderberin

Maries, weil sie ihn mit Vorwürfen der Inzucht malträtierte. Wie kam sie überhaupt auf derartige Ideen?

Ich hatte Marie beim Masturbieren mit einem Grashalm erwischt. Sie hockte auf der Wiese und führte sich den Grashalm ein. Natürlich hatte sie keine Ahnung von den Gefahren. Nachdem ich sie über Tollwut und Pestizide aufgeklärt hatte, erklärte ich ihr auch die Funktion eines Präservativs anhand einer Banane, und die Funktion ihres weiblichen anhand der Banane als Ersatz für das gegengeschlechtliche Genital.

Während der Sommersaison arbeitete Vater täglich früh bis spät, winters ruhte er sich aus und hatte Zeit für Maries Geschichten. Ich entfremdete mich der Welt in unserer Eisküche. Marie erzählte zwischendurch herum, dass ich sie „unten“ beinahe erstickt hätte. Sie verschrie mich bei Vater.

Eine Sprache der Liebe im erwachsenen Alter nachzulernen, das versuchte ich, seit ich erkannt hatte, dass ich keine Liebesfloskel über die Lippen brachte, ohne mich als ordinäre Schauspielerin zu empfinden. Meine unstillbare Sehnsucht nach Unschuld mochte daher rühren, dass ich immer eine Minderheit in meiner Familie darstellte. Ich spürte Marie nach, als könnte nur sie mich aus der Sprachkluft befreien, wenn sie die mit dem Vater getauschten Sätze auch mir sagte. Ich wollte sie verschlingen, um ganz zu werden. Mal aus Liebe, mal aus Hass. Beides ist Bemächtigung. Marie war nicht begabter als ich, sie hatte es bloß leichter.

Sie lernte zügig, und da sie dank meiner Unterstützung ein ordentlicher Mensch war und geschickt, war sie auch sehr beliebt bei Lehrern.

Als Rache schneiderte ich meinen alten blauen Pyjama zu einem Overall um, nähte ein Eislauftrikot für Marie draus. Eislaufen war ihre Leidenschaft und auch meine. Die Sprache des Tanzes ist raumgreifend und den Körper als Ort der Sinne befestigend. Wenn ich mich dem Fahrtwind hingab und das Röckchen meine Taille umflatterte, ritzte ich die Spur der eleganten Pirouetten ein und löste mich in einer rückwärtsgefahrenen Schwalbe auf, bevor Marie in Kadettensprüngen über die Fläche setzte und zum Abschluss meiner Küren in die Hocke ging, ein Bein zum Kanonenrohr ausstreckend. Sie verlor das Gleichgewicht und fiel um. Der verwaschene Stoff des Trikots der am Boden liegenden Tänzerin unterstrich die Rolle der Pechmarie. Ich bremste mit der Außenkante der frisch geschliffenen Kufe, verharrte dann auf den Zacken, um den Applaus zu ernten. Ich war wirklich gut, königlich aufrecht hielt ich mich in der Achse. Eine Augenweide.

Marie wartete am Ufer. Sie klopfte den Schnee ab. Die Lautsprecher an den Lichtmasten rund um den Eislaufplatz plärrten schon die nächste Nummer. Das Plärren kündigte die Pechmarie an. Meine Schwester tanzte zu einer rostig anmutenden, von mir ausgesuchten Musik. Ein volksdummer Schlager. Marie holte Schwung und unweigerlich rutschte sie in meine Spur, aus der sie nicht mehr herauskam. Marie zauderte. Das Publikum gab mitleidiges Raunen von sich, als die Kleine sich mühte, das Beste zu geben. Marie tat auch mir leid – sie wollte mich überbieten und nun strauchelte sie wie ein Dieb, ein Sträfling im gestreiften Anzug, angekettet durch die Bleikugel meiner Missgunst. Ich lächelte milde und bemerkte erst am Gelächter, dass Marie nicht strauchelte, sondern meine Figuren parodierte. Die Pirouette geriet zu einem Schraubverschluss und die Schwalbe zum Gewatschle eines Pinguins. Ich war die Meisterin und Marie war die größere Meisterin. Sie stürzte, ohne wirklich zu stürzen, sie flog übers Eis, ohne zu fliegen, als hinge sie an Fäden, die sie in Schwebe hielten. Durch ihre Tollpatschigkeit trat erst ihre Eleganz zutage. Außerdem stand ihr das Trikot ausgezeichnet, denn das strenge Streifenmuster des Stoffes konterkarierte die hüftschwingende makellose Gestalt der mir über den Kopf wachsenden Schwester, zu der ich das erste Mal aufzublicken hatte, als sie mich in Eislaufschuhen um ein paar Zentimeter überragte. Vater war von der Schönheit seiner leiblichen Tochter gerührt. Mein Magen zwickte und brannte, als ich den Glanz der Begeisterung in seinen Augen sah. Mir war heiß, als hätte ich glühende Kohlen geschluckt. Am liebsten wäre ich durchs Eis hindurchgeschmolzen und abgezischt.

Ich schämte mich für mein Kleid, meinen Tanz, meine Existenz. Ich stank für meine Nase und war zerquetschbar wie Ungeziefer. Am liebsten hätte ich mich selbst ausgemerzt.

In jenem Winter wuchs ich zu meiner Endgröße heran. Ich erinnere mich an die wöchentliche Ausmusterung meines Gewandes. Ich brauchte nun außerdem Frauenunterwäsche und Hygieneartikel. Es ekelte mich an, die körperliche Veränderung zulassen zu müssen. Das einzige, was ich beeinflussen konnte, war die Nahrungsaufnahme. Ich hungerte oder gab mich ungezügelten Fressattacken hin.

Ich ging in die Waschküche und fischte den zum Trikot umgeschneiderten Pyjama aus der Schmutzwäsche. Dann zog ich ihn an. Ich war zu fett. Ich legte ihn auf, kniete mich hin, hielt ihn in meinen Armen. Wie eine Pietà saß ich mit dem blauen Pyjama da und nahm Abschied von ihm, trauerte um Großmutter, Kindheit, Heim, meine Liebe zu Marie. Ich hatte diesen Pyjama gern gehabt. Seine Farbe und das Material. Ich hatte ihn geschändet, vernäht und Marie hatte ihn missbraucht. Ich griff nach der Schere und zerschnitt ihn, stopfte alles in den Müll.

Einige Wochen später verriet sich Maries Durchtriebenheit. Sie hatte die Überreste des Pyjamas gefunden. Sie lief im Torso herum und fand es geil, in diesem Outfit Fahrrad zu fahren.

Marie hatte mich aus dem einst gemeinsamen Schlafzimmer gestoßen. Ihre Zensuren in der Schule wurden schlechter. Ich bestand auf Bleiberecht in ihrem Zimmer. Wenn ich mich nicht gekümmert und auf meinen Schulabschluss verzichtet hätte, wer weiß, was aus ihr geworden wäre. Je größer, besser und beliebter Marie ward, umso mehr war ich dahinter, und gleichzeitig wurde ich umso ohnmächtiger.

Als Marie zwölf Jahre alt wurde, warf sie mir vor, sie ausgebeutet und unterdrückt zu haben. Sie bezeichnete mich als ihre Sklaventreiberin. Sie war zur Verräterin unserer geheimen Blutsschwesternschaft geworden. Sie trieb sich herum und ich verbrachte nun wieder schlaflose Nächte. Ich wartete nachts auf sie, blieb aus Übermüdung sitzen. Einmal würde sie ja nach Hause zurückfinden müssen.

Ich hatte Angst um das Mädchen wie meine Ahninnen einst um mich. War Marie nicht in meiner Nähe, breitete sich eine Leere aus, die nach mir griff und mich verschluckte. Marie dankte mir meine Sorgen um sie mit den Worten: „Fixiert sein ist irre."

Aber weil ich auf sie wartete, in diesem Vakuum, lebt sie noch heute. Ich saß am 6. Mai 1976 um 20 Uhr im Wohnzimmer unter dem Luster. Ich schlichtete die Kassenbons; Vater war unterwegs. Er führte eine frisch geschiedene Griechin, die bei uns im Pensionszimmer wohnte, durch die Naturschönheiten unseres Gebietes. Der Name des Berges, auf den Vater sie begleitete, lautet im Volksmund „Theben". Die Griechin ist in meinem Gedächtnis so frisch erhalten, weil es der erste Abend war, an dem Vater mit seiner neuen Frau ausging. Er nannte sie seine Sommergästin. Diese Frau blieb für den Rest seines Lebens bei ihm. Sie hatte sich schon zu Saisonbeginn im April einquartiert, als unser Eissalon geöffnet wurde. Sie hatte Arbeit als Putzfrau gesucht. Sie war ausgebildete Friseuse und besaß extrem scharfe Scheren. Die Lockenwickler steckten den Tag über auf den Stäben eines elektrisch betriebenen Heizgerätes. Ich erforschte das Areal rund um das Waschbecken in ihrem Zimmer. Die weibliche Intimität aus Schminkstiften und hautfarbenen Cremes, die Flakons und Lippenstifte. Als Mädchen für alles hatte ich nun eine wertvolle Bereicherung, eine erwachsene Putzfrau für die paar Fremdenzimmer, die wir ausgebaut hatten und über den Sommer vermieteten. Es gibt viele eitle Männer, die ihre gesammelten Ejakulate nicht in die Toilette warfen, nicht hinunterspülten in die Kanalisation, sondern sie lieber eingewickelt in einem Taschentuch auf dem Boden neben dem Bett verrotten ließen. Diesen Abfall entfernte ich stets, bevor Marie die Fremdenzimmer betrat. Die Griechin war eine saubere Frau, sie hatte diese Aufgabe ganz übernommen. Als hätten wir uns abgesprochen, Marie nicht verderben zu lassen.

Kaum war die Frau im Haus, verstand ich mich mit Marie besser. Sie inspizierte mit mir die intimen Spuren der Griechin. Wir ermittelten ihre erotischen Neigungen. Lauter harmlose Dessous. Dass Vater sie als Dienstbotin allzu bevorzugt behandelte, ihr diente wie einem zahlenden Sommergast, signalisierte uns bereits, dass zwischen den beiden eine engere Beziehung bestehen musste. Die Griechin kam als Gast und blieb als Ehefrau. Das war gut so, denn wer weiß, Vater hätte mich oder Marie als Sklavinnen benützen und einsperren können. Diesen Gedanken kann ich erst neuerdings zulassen, weil es fast normal ist, dass so etwas überall passiert auf der Welt.

Ich ordnete also an diesem Abend die Kassabons und unterbrach die Arbeit, weil ich den Allesfresser schmatzen hörte. Marie war nicht nur gefräßig, sie war süchtig nach einem besonderen Stoff. Ein Lösungsmittel, das Zeitungspapier beigemengt war. Sie riss sich üblicherweise Tageszeitungen in kleine Quadrate und legte sich die Ausschnitte wie eine Hostie auf die Zunge. Das Papier schmolz, von Speichel getränkt, bevor sie den Dreck schluckte. Hörte ich dieses Knistern und Schlürfen des zusammengelaufenen Speichels, prickelte die Sorge in meinem Körper, an diesem Abend aber im ganzen Gemäuer. Wieso wurde das Knistern und Prickeln lauter und ein Klirren und Knarzen kamen dazu, als ginge das Haus aus dem Leim? Über mir hing der Luster an einem Balken. Glasbläser hatten den Kristallen Leben eingehaucht. Der Luster baumelte. Vor den Fenstern der Rezeption tschilpten die Vögel in der Kastanie. Es war aber dunkel. Bei Nacht tschilpt nur ein Totenvogel. Ich setzte mich aufrecht hin. Als mir bewusst wurde, dass der Boden schwankte, die Lampen schaukelten und etwas vor sich ging, das ich nicht verstand, rief ich Marie um Hilfe. Plötzlich wurde es noch lauter und der Fensterrahmen verzog sich, das Glas bekam Sprünge. Die Vögel brüllten und der Tisch stampfte auf, als triebe eine unsichtbare Macht ihr Unwesen. Ich dachte sogar an Mutter. Ich erhob mich mittlerweile schon panisch, da schoss mir meine Verpflichtung durch den Kopf. Der einzige Mensch, der Marie helfen konnte, war ich. Sie stand ratlos auf der Schwelle. Wie ein Engel flog ich ihr zu, nahm sie unter den Arm und zog sie unter den Tisch. Wir zitterten, ihr Unterkiefer bebte. Ich hielt sie eng umschlungen. Ich roch ihr Parfum und die billige Seife an meinen Händen. Sie versuchte sich meiner Umklammerung zu entwinden, und plötzlich biss und kratzte sie mich. Ich war verärgert und gekränkt, ließ sie nicht los, denn sie wollte unter dem Schreibtisch hervorkriechen. Ein Kampf entfachte sich. Im letzten Augenblick zwang ich sie auf den Rücken. Da krachte der Luster herab und zerschellte vor meinen Augen. Nun war Ruhe. Die Splitter sprenkelten den Boden. Sie glänzten rosa, hellblau, dunkelgrün und granatapfelrot. Die Geister hatten genug gewütet. Und als Schwester der Angst war Marie für ein paar Augenblicke fair. Dann streichelte sie zärtlich meine Wange und sagte: „Du hast Glück gehabt." Ihre Finger färbten sich rot. Sie hatte mein Blut an ihren Händen. Mein Gesicht war zerkratzt und in der Stirn steckte ein Glassplitter, die Wunde klaffte. Ich habe noch heute eine Narbe davon.

Da klopfte jemand an die Auslage des Eissalons, ein Mann mittleren Alters. Er hatte die Detonation des zerberstenden Lusters von draußen mitbekommen. Die Kabelfetzen ragten aus der Decke, und obwohl alles dunkel war, befürchtete der Unbekannte, dass ein Feuer ausbrechen könnte. Er alarmierte für uns die Feuerwehr. Erst dann hielt er Nachschau, ob sein

BMW einen Kratzer abbekommen hatte. Der Wagen war unter unserer Kastanie geparkt.

Kribbelnde Wärme durchwogte meine Magengegend, als mir bewusst wurde, dass der Unbekannte wegen meines Gesichtes zuerst die Rettung rufen wollte, es dann aber selbst verarztete. Er machte mir sogar Komplimente: „Schönheit muss leiden", sagte er, als er den Glassplitter entfernte. Er schickte auch Marie weg. Er befahl ihr, Verbandszeug für mich zu holen. Ich konnte mich kaum rühren. Seine Hand glitt an meine ramponierte Stirn und die Fingerkuppen schoben die Fransen zur Seite. Dann tasteten die großen Hände meine Extremitäten ab und kletterten Wirbel für Wirbel vom Nacken zum Hintern hinab. Er wollte sich vergewissern, dass ich unversehrt war. Ich fühlte mich in seinen Händen nicht dick. Mein Herz pochte, das Blut hämmerte in der Halsschlagader. Er berührte meine Hüften und prüfte die Beckenknochen, im nächsten unbeobachteten Augenblick testete ich die Festigkeit meiner Pobacken selber und zwickte mich schnell. Ich fühlte mich hingezogen zu diesem Mann und richtete mich mit seiner Hilfe auf. Dann kam Marie daher. Sie war eifersüchtig und wurde wütend, als sie mich so an seine Schulter gelehnt sitzen sah. Sie behauptete, dass sie kein Verbandszeug finden konnte, warf ein schmutziges Geschirrtuch in meinen Schoß und ging dann zum Telefon. Vater war dran.

Der Unbekannte legte seine Hand an meine Unterlippe und zwickte sie zusammen, um einen weiteren

Splitter aus dem Wulst zu ziehen. Er tastete zärtlich die Halsschlagader ab. Seine Fingerkuppen trommelten leise. Meinen Wunsch nach einem Kuss vertuschte ich mit einem hingebungsvollen Seufzer, legte den Kopf zurück und gab den Hals frei, als Einladung zur weiteren Behandlung. „Bis zum Heiraten wird alles wieder gut", sagte er. Da zeigte ich ihm meine Beißerchen als Zeichen meines gelächelten Ja-Wortes.

Er wandte unbeeindruckt den Kopf zur Seite und fragte Marie, die beim Telefon stand und uns argwöhnisch beobachtete, ob bei ihr alles in Ordnung sei.

„Klar", sagte sie frech und in ihrer schnoddrigen Art. „Ich hab Glück und heiße Marie."

„Das ist ein schöner Zufall", sagte er. Sein Diktum umwölkte die heiteren Worte zur dunklen Vorahnung.

Französische Kriminalfilme zeichnen sich durch ihren speziellen Ton aus. Schritte klingen immer trocken, egal ob sie über Kies oder Asphalt oder Holz gehen, selbst wenn sie durch Wasser schreiten, klirrt es trocken in den Ohren. Ich erkenne dasselbe Geräusch beim Reiben eines staubtrockenen Frotteehandtuches, oder wenn man mit den Fingerspitzen über Bartstoppeln streicht. Vermutlich habe ich deshalb die Anspannung gegenüber virilen Männern zu ertragen, weil ich Gefahr wittere. So ein Mann müsste sich zweimal täglich rasieren, damit ich seine Berührung zuließe. Und dieser Mann tat es. Paul war anscheinend der Auslöser, der Todesstachel unseres Bundes. Er hatte nicht nur meine Sehnsucht geweckt, sondern auch meinen Hass.

Vater hat uns immer wissen lassen, dass nichts schlimmer sei für eine werdende Frau, als vergewaltigt zu werden, und dass schon eine Vergewaltigung sei, wenn etwas im Bett passiere, was man nicht mit sich geschehen lassen wolle. Er warnte uns als seine unschuldigen Mädchen vor Verführern.

Je ängstlicher ich aber war um Marie, desto mutiger wurde sie. Ich sah meine Aufgabe darin, zu ihrem Schatten heranzureifen, sie zu begleiten, wohin sie auch ging. Bis sie eines Tages den richtigen Mann finden würde, der meine Rolle übernehmen und ihre Triebe zähmen könnte. Und nun hatte sich das Blatt gewendet, ich war ihr milde gestimmt, denn ich hatte endlich einen Verehrer für mich gefunden.

Ich streunte durch das Dorf, durch die Gassen zog der Wind. Erfahrungen ließen sich sammeln und ich war alt genug, um meine Unschuld zu verlieren.

Das Van Dam war verrucht. Das Lokal befand sich im Niemandsland zwischen zwei Ortschaften, in der Tiefe eines stillgelegten Stollens. Die Tore blinkten versuchend hinter dem Schleier der Weiden. Die Türhüter allerdings galt es zu überwinden. Ich hatte Glück, denn unser Nachbar spielte den Cerberus, und ein verführerisches „Hallo“ schläferte ihn gleichsam ein. Er gab mir den Weg frei.

Je näher ich den metallenen Türen kam, umso stärker verzog die Spiegelung meine Gestalt, bis ich gerundet war wie Marie. Ich ging an die Bar und bestellte mir Soda. Robert, der Nachbarsjunge, folgte mir und brachte mir einen Whiskey. Ich dankte ihm. Ich hätte es nie gewagt, ein so männliches Getränk zu bestellen. Der Whiskey schmeckte wie geräucherte Schärfe.

Die Unsicherheit, die mir im Magen lag, schlug in Hunger um. Ständig griff ich nach den Nüssen im gläsernen Kelch auf der Theke. Das Lokal war bald voll. „Was machst du eigentlich hier?“, fragte mich Robert plötzlich. Meine Augen wurden klein und blickten an ihm vorbei. Ich berührte den Rücken seiner den Kelch mit Erdnüssen befüllenden Hand.

„Und du?“, fragte ich zurück, grinste und nun schaute er an mir vorbei.

„Ich arbeite hier“, sagte er. „Es freut mich, dass du mal vorbeischaust!“ Er streifte meinen Unterarm. Da entdeckte ich in einer Gesellschaft am anderen Ende der Theke meine neueste Flamme, den Unbekannten, der mich versorgt hatte. Paul. Wie die Frau hat auch der Mann zwei Körper: einen zum Anschauen und einen zum Begreifen. Und meist nur sprühenden Geist, wenn zum Greifen nahe.

Jetzt war er weit weg. Er sprach. Er hob seine Hand und zeigte auf die spindeldürren Gazellen auf der Tanzfläche. Dann warf er die rechte Hand mit leichter Geste hoch und stürzte die Stirn hinein. Ich hörte seinen bedauernden Unterton, als er sagte: „Wie könnt ihr nur alles Weibliche sächlich machen.“ Zu wem sprach er?

Die Felswand glitzerte unter den bunten Lichtern. Auf den Schienen, die zwei Jahrzehnte zuvor unter Tage geführt hatten, waren die Hunte zu Sitznischen ausgestattet. Der Stollen war zugemauert. Früher hatten die Bergarbeiter in den Wohnblöcken zwischen Fels und Straße und See gewohnt. Nun setzte sich die Szene im Van Dam aus Fashion, Börse und Advertising zusammen. Die Leute reisten aus den umliegenden Städten an. Niemand rauchte, als hätte man sich damals schon amerikanischer Strenge angepasst. Die Menge von hochgewachsenen, gut gelaunten Menschen schien wie aus dem Paradies zu einem Fest in das Bergwerk herabgestiegen zu sein, um diesen unglückslosen Ort zu feiern. Die Menschen im Van Dam waren hier, um das Leben zu erhalten. Das Alter war in diesen Kreisen längst eine Frage der Mode. Frauen wählten sich das jeweilige Verfallsstadium ihres Körpers täglich neu, verjüngten sich oder alterten und trugen dazu passend Spaghettiträger oder langärmelige Blusen. Ich war jung, aufmerksam und fiel nicht weiter auf bei der diskreten Beleuchtung. Ich trug einen Fummel, den meine Oma höchstens als Unterrock zugelassen hätte. Das Kleid hatte zwar Knöpfe, kleine seidige Knöpfe in großen seidigen Schlaufen. Der Kenner entdeckte jedoch bald, dass ein Ruck genügte, um sie alle auf einmal zu öffnen. Meine Füße waren fast nackt. Unglaublich, mit welchem Selbstverständnis die großen Füße in kleine Schuhe passten. Wie auf senkrecht aufgestellte Folterbänke waren sie gespannt. Hilflos wie kleine Tierchen lugten die Zehen unter den Bändchen hervor. Paul trug geschlossene Schuhe, Hosen, Sakko.

Dann entdeckte ich Vater, den zweiten Mann, der seinen erstklassigen Körper in einen erstklassigen

Anzug eingebaut hatte. Paul stieß mit ihm auf neue Bekanntschaft an und Vater ließ sich von ihm noch Luigi nennen. Vater mochte Italien, aber trotzdem freute er sich über das Erdbeben mit Epizentrum im Friaul, denn es würde die Fremdenverkehrssaison der Nachbarregionen retten. Freilich bedauerte er das menschliche Leid, das die Naturkatastrophe angerichtet hatte.

Vater war ein dunkler Typ und suchte eine helle Frau. Die Griechin war eine gute Wahl, sie verstand den Doppelsinn. Doch jetzt wollte ich nicht von ihr aufgespürt werden. Mein Kehlkopf hüpfte, weil ich vor Aufregung schlucken musste. Wenn Vater mich entdeckte, würde er mich ignorieren, würde er mich öffentlich beschimpfen und mich blamieren? Oder sich schämen, weil ich ihn blamierte? Da erhaschte Paul meinen Blick. Er wirkte erfreut, doch bevor er noch etwas zu Vater sagen konnte, legte ich den Zeigefinger auf meine geschlossenen Lippen. Paul nickte mit einem Augenzwinkern. Ich hatte einen Komplizen in ihm. Immer wieder lächelte er herüber, und plötzlich stand er kurz neben mir, mich mit seinem Rücken vor der Entdeckung durch Vater schützend. Er streifte meinen Nacken. Er ließ die Hand auf dem Schulterblatt liegen. Ich versuchte nicht zu erstarren, keinen Gedanken an seine Hand zu verschwenden, sie nicht zu spüren.

„Wenn du willst, bringe ich dich nach Hause", sagte er. Ich schüttelte die Locken in den Nacken, ließ sie durch die Finger schlängeln und nahm eine Strähne, spielte damit. Ich betrachtete das Lokal, angelte Erdnüsse. Er beugte sich zu meinem Ohr und fragte, ob ich etwas anderes als Whiskey trinken wolle. Ich betrachtete seine Hände, er trug keinen Ring, aber vielleicht war er trotzdem verheiratet. Ich, ein Ehebruch! Vielleicht hatte sich Mutter geopfert, damit meine Zukunft in Standfestigkeit mit diesem Mann mündete, anstatt in der Versorgung Maries. Diese Gedanken wirkten wie Juckpulver. Ich wollte mich kratzen. Im Bergwerk einem Mann gegenüberzustehen, der mir gefiel, der meine Organe in Vibration brachte, meine Physis mir liebenswert erscheinen ließ, so dass ich mir dieses ewige Ausgeliefertsein an die vegetative Selbsterhaltung verzieh, versöhnte mich mit Mutter, deren zahlreichen Abschiede mich in Schmerzen gestürzt hatten, die nur der Tod wird enden können. Meine Nerven schlugen Wellen bis in den Skalp. Pauls große Hand mit den hellen Nagelbetten lag ledern schwer auf meinem Arm. Sein Parfum roch herb wie Papier mit Druckerschwärze getränkt. Ich wollte immer schon einmal einen Menschen lesen. Vielleicht an diesem Abend. Aber zuerst, beschloss ich still, müsste ich mich erleichtern.

Ich ging auf der Toilette in die Kabine und sperrte die Tür zu. Zog das Kleid hoch. Kaum hatte ich Platz genommen, hörte ich, wie die Tür geöffnet wurde und jemand den Waschraum betrat. Die Schritte setzten schwer auf. Die Absätze waren breit und die Schuhe bequem, denn das war kein Trippeln, sondern ein Schreiten, das ich hörte. Das Räuspern klang männlich. Die Schuhsohlen knirschten trocken wie beim Auftreten auf Kies. Dann wieder das Räuspern und ein Schnäuzen. Meine Halsschlagader pumpte pochend vom Herzen das Blut. Dann hörte ich Öffnen und Schließen der zweiten Kabinentür. Ich drückte die Spülung und hielt mir die Ohren zu, nur um nicht zu hören, welche allzu menschlichen Geräusche herüberdringen könnten. Stille. Lauschen. Dann das Wasserrauschen. Wieder öffnete sich die Kabinentür. Schritte und Stillstand und das Quietschen des Wasserhahns. Schnell streifte ich das Kleid glatt. Zupfte mir ein paar Locken in die Stirn und drehte das Schloss auf. Ich fasste Mut und trat hinaus.

Paul stand vor dem Waschtisch mit dem Rücken zu mir. Er war mir gefolgt und wollte wohl nicht mehr länger warten. Ich näherte mich ihm von hinten. Er hatte mich noch nicht bemerkt. Sein Blick war auf die Gürtellinie gerichtet und die Hände fummelten dort herum. Erst als ich knapp hinter ihm stand, hauchte ich „Hallo!", schob die Hände sanft in seine Taille und strebte, ihn von hinten zu umarmen. Paul erschrak fürchterlich. Er fuhr zusammen, als wollte ihn der Teufel holen. Er riss den Kopf hoch und erwischte mein Nasenbein. Ich spürte keinen Schmerz. Bevor er etwas sagen konnte, flüsterte ich noch bravourös wie eine Diva, die ihren Text auch bei einer Panne vor der Kamera nicht vergisst: „Gehen wir zu mir oder zu dir? Ich warte draußen auf dich."

Ich verließ siegesbewusst den Waschraum und trat hinaus ins Lokal. Ich atmete auf und gefasst gönnte ich mir eine Pause. So stand ich zwischen Tür und Garderobe und entdeckte zu meinem Entsetzen, wo ich hingeraten war. Ich hatte mich gründlich verirrt. Mir stockte der Atem, ein Schnalzen ging durch meinen Schädel, als hätte ich einen Filmriss, der die Verbindungen von Paul zu mir, von Hirn zu Zunge und Lunge kappte. Reiß dich zusammen, sagte ich mir. Das Zeichen, auf das ich stierte, war kein Zufall. Ich war aus Ablenkung und Missgeschick auf der Männertoilette gelandet. Paul war mir nicht aufs Klo gefolgt. Ich war in die falsche Abteilung gegangen, denn die Tür mit der aufgenagelten Damensilhouette war nebenan, dort hätte ich hingehört.

Ich hätte mich am liebsten im Nacken gepackt wie eine Katzenmutter ihr flügge werdendes Katzenjunge, hätte mich gebeutelt und weggeschleppt und totgebissen. Was für eine Schande. Ich raste aus der Bar und verschwand zu Hause in den Tiefen des Kellers. Die Übelkeit verwandelte sich in einen durchgehenden, den Körper auf Hochspannung haltenden Brechreiz, der sich nicht erfüllen konnte und sich erst entlud, als ich nach dem Messer griff, mit dem ich das Fleisch aus der Kokosnuss schabte. Es drang durch die Haut und schnitzte Raspeln aus meinem Unterarm, so dass endlich die Spannung nachließ und wenigstens das Blut aus mir heraus erbrechen konnte. Kälte. Nacht. Keller. Vor dem Fleisch der Ahnen ekelt mir, und ihre ungewollten Berührungen suchen mich heute noch heim. Doch nun war ich selbst die Täterin und hatte Paul überfallen und es ekelte mir vor mir.

Vater freundete sich mit Paul rasch an. Dass er ihn für den Rest des Sommers in unserem Haus beherbergen wollte, machte mich glücklich, ihm nahe sein zu können, doch gleichzeitig ertrug ich die Spannung nicht. Ich hoffte, dass Paul genug Anstand im Leibe haben würde, meinen Besuch auf der Herrentoilette zu verschweigen. Die Griechin zog in Vaters Schlafzimmer und galt damit als Frau des Hauses, Paul übernahm ihr Zimmer. Als Paul einzog, flüchtete ich zur Entspannung in die Eisküche.

Die Wände zitterten, als die Tür aufflog. Marie suchte mich und fand mich im Keller. Ich lag in der Blutlache. Marie stürzte die Treppe hinauf und kam mit Verbandszeug wieder. Sie war unerschrocken, aber sprachlos. Nun hoffte ich, Marie würde meine Wunden nicht an die große Glocke hängen. Sie schlug die Ärmel über die Wunden. Sie glaubte an die Version eines Unfalls, dass ich gestürzt wäre und mich verletzt hätte. Sie tröstete mich und streichelte mir über die Wangen. Dann fragte sie mich, ob ich schon einmal dieses Kribbeln in der Bauchgegend gehabt hätte. Sie begann in diesen Gefühlen zu schwelgen. Es sei wohl Verliebtheit, sagte sie. Ich widmete mich zum ersten Mal bewusst widerwillig Marie. Ich zog die Knie an, versuchte mich durch diese Haltung vor ihrer und allen Stimmen zu schützen, die in meinem Kopf peitschend brüllten. Ohne zu wissen, wer ihr Liebesobjekt war, ahnte ich, dass es sich um Paul handelte.

Seit der Geschlechtsreife meines Körpers tobten Stimmen in meinen Ohren. Sie klangen räumlich und wie von außen, doch schrecklich nah. Sie flüsterten zuweilen völlig distanzlos: Bring dich um. Miststück. Wasch dich, schrubb dich, kratz dich, ritz den Dreck aus dem Leib.

Marie war ganz fixiert auf Paul. Vermutlich aus Neid. Paul war mir zugetan und hatte mir neugierige Seitenblicke zugeworfen, weil ich ihm Gehör und Aufmerksamkeit spendete. Ich hielt mich nicht zum Spaß für etwas Besonderes, nur weil ich als Erstgeborene meiner Mutter eine Eigenleistung war. Ich hätte gern selbst ein Kind bekommen, natürlich nur mit dem richtigen Mann, natürlich nur mit Paul. Schäm dich, übertönten die Stimmen die Vorstellung meines Paradieses mit einem Tusch. Du bist Schmutz, Paul ist rein. Ich schloss die Augen, da ich die Geister nicht sehen wollte, die um mich herumtanzten und den Takt mit ihren Bocksfüßen schlugen. Komm her, rutsch über meinen Schenkel, dass ich dein Rockerl lüpf, dass ich dich lock, dass ich dich hüpf.

Marie war zu jung für die Vielschichtigkeit von Liebe. Sie berührte meine Schulter und begann mir wieder vom Flattern im Bauch zu erzählen, das sie ganz nervös machte. Sie mochte das nicht, fürchtete sich vor diesem Gefühl, lebte in großer Angst, vor allem vor Pauls Nähe. Ich quittierte ihre Worte mit einem langen Blick, als könnte ich mit den Augen gähnen. Gleichzeitig durchbohrte ich sie mit meinem Verdacht. Ich gab mich distanziert und lernte mit dem Ausdruck des Gesichtes und dem Körper zu lügen. Ich tat entspannt, löste die Beine aus der Umklammerung meiner Arme, lehnte mich zurück und trommelte den Takt der mich beschimpfenden Stimmen geduldig mit den Fingerspitzen mit. Ich trug den Kopf hoch und Marie druckste herum, bevor sie erzählte, dass sie den ersten Kuss von ihm erhalten habe. Hörte ich recht? Übertrieb sie? Sie schilderte den Kuss als eine Vereinigung von Schlangen. Pauls Zunge habe sich lang und dünn angefühlt, dann habe sie ihre Zähne umschlängelt und den Gaumen gekitzelt, das Zahnfleisch abgeleckt.

Ich setzte mich auf und räusperte mich. Marie bemerkte meine Empörung. Ich glaubte ihr nicht. Wie eine Moräne, die stundenlang in einer Position verharren kann, bevor sie in einer blitzschnellen Bewegung zum Biss ausholt, fixierte ich sie. Die Gesichtsmuskulatur entspannte sich erst, als Marie mich fragte, ob sich Küsse so anfühlten. Wie eine weiche, leise Melodie. Wer einmal das Gedüdel einer die Ohrmuschel auskreisenden Zunge gespürt hat, weiß, dass diese stimulierende Zutraulichkeit auf die Nerven gehen kann, geräuschvoll und feuchtkalt, höchstens Gänsehaut erregend. Marie wagte es, in ihrer Phantasie über den Hals hinunter, wahrscheinlich bis in die Leistengegend zu kreisen. Der Eindruck, dass sie sich dabei konzentrieren musste, um weitere erotische Bilder auszumalen, verstärkte meinen Speichelfluss und die zuckende Muskulatur beim Schlucken aus Aufregung. Der Augenmuskel erlahmte, dafür lugte ich aus halbgeschlossenen Lidern mit zur Sichel gewordenem Blick. Ich verachtete sie dafür, einen Körper zu besitzen, obwohl sie ihn brauchte, um vor mir zu sitzen. Ich lächelte zu meinen Gedanken mit Tadel für meine Schwester. Marie errötete und seufzte, raffte das Verbandszeug zusammen und erhob sich. Sie flüsterte unter meiner Autorität und gab mir als Entschuldigung und Wiedergutmachungsgeste für ihre schmutzigen Lügengeschichten einen Gutenachtkuss, keine Umarmung. Als ich am nächsten Morgen Marie wecken wollte, hatte sie die Zimmertüre abgeschlossen und die Vorhänge ihrer Balkontür zugezogen. Sie schämte und versteckte sich. Das war gut so.

Ich wurde für die Dienste als Frühstücks- und Zimmermädchen bezahlt. Nichts war mir lieber, als so Zutritt in Pauls Privatsphäre zu erhalten. Marie musste sich enthalten und für ihre Französisch-Prüfung vorbereiten. Sie sollte zu dem werden, was mir nicht vergönnt war. Sie sollte es bis zur Matura bringen. Dieses Argument half, mir das Privileg zu verschaffen, für Paul zuständig zu sein.

Nun, da Paul im Haus war, war es mir völlig egal, ob Marie ihren Pflichten nachging, Hauptsache, sie störte mich nicht und kam mir nicht in die Quere. Ich witterte die Chance auf ein eigenes Leben. Die Finger der rechten Hand lüpften wie von selbst den Schlüssel vom Brett, und die Füße folgten in den zweiten Stock unters Dach, wo Paul hauste. Er verbrachte die Zeit, die mein Vater zu arbeiten hatte, am See.

Paul war Nervenarzt, und sein Fleisch und Blut schienen sich in seiner Haut besonders wohlzufühlen. Ich bewunderte ihn, nicht wie eine begehrende Frau, sondern wie eine Bildhauerin, die den Adonis geschaffen hat. Meine Hände waren kreativ. Seine Hände besaßen heilende Kräfte.

Ich sperrte sein Zimmer auf. Hier hatte einst Mutter die Wäsche aufgehängt und die Nähmaschine aufgestellt. Die Aussicht ging auf den See hinaus. Paul lag dort auf dem Steg. Er hatte immer duftende Haut, die er sofort nach dem Baden mit einer Milch eincremte. Ich sorgte für glatte Bettwäsche. Glatte Handtücher. Auf der Etagere lagen billige Rasierer aus Plastik, noch eingeschweißt in die Verpackung. Ich prüfte Pauls Rasierer. Er war noch nass vom letzten Gebrauch und ich entdeckte die abgekratzten Haare seines Bartes. Setzte die Klinge am Unterarm an. Drückte die Schneide in die Haut, bis sie die Epidermis spannte und anritzte. Bevor ich das Blut erreichte, zog ich das Instrument zurück und rasierte mir die Arme. Steckte den Rasierer in die Schürzentasche und enthüllte ein neues Exemplar aus dem Zellophan.

Sein Bett zu machen war das reinste Vergnügen. Er schien über einen eigenwilligen Schlafstil zu verfügen. Entweder er legte sich nicht hin, oder er schwebte über dem Bett. Die Bettwäsche war so gut wie nicht zerknittert. Ich behauchte das Wasserglas dieses Mannes, der schwere Bücher las. Ich flüsterte ein „ich lieb dich" auf die mit Lesezeichen markierten Seiten und in den Beschlag. Das Glas reflektierte meinen Seufzer, versetzte mich in Sehnsucht. Sehnsucht. Sehnsucht. Ich polierte das Glas und hatte Lust, Zeichen nicht zu hauchen, sondern zu schreiben, haltbar zu machen. Welch verfängliches Unternehmen, Halt in der Verlorenheit zu suchen. Ich bin dabei, ein Buch zu schreiben. Liebesbriefe wären zu leicht zu verbrennen.

Gegen meine Schlaflosigkeit wirkte in jenem Sommer kein Medikament. Paul ergab Träume, die mir jede Müdigkeit nahmen und betäubend wirkten. Ich behaupte, wer nicht zu betäuben ist, der hat auch keine Chance auf Glück.

Zuversicht und Euphorie sind nachträglich gesehen immer als Wehen der Enttäuschung zu verstehen. So ist das Leben und umgekehrt. Vater machte mir ein Angebot: Er wollte mir eine Reise nach Frankreich spendieren, damit ich einmal etwas anderes unternehme, als nur auf Marie zu schauen. Ich hatte nicht vor, Paul zu verlassen. Also lehnte ich kategorisch ab und beschwor Vater, stattdessen Marie nach Frankreich zu schicken, die es ohnehin viel nötiger habe, ihr Französisch zu verbessern. Morgen, versprach ich, morgen würde ich dafür wieder für meine Nachprüfungen lernen. Mein Entschluss war gefasst, Nervenärztin zu werden. Dazu brauchte ich Latein und kein Französisch. Ich würde auf dem Bett des Arztes sitzen und mich im Deklinieren und Konjugieren üben, mich an einer Übersetzung der Metamorphosen Ovids versuchen, beschloss ich, während Vater mich bat, den Sprachaufenthalt für Marie zu organisieren. Nichts lieber als das, so konnte ich mir freie Bahn verschaffen und Paul ungestört erobern, ihm wie Echo dem Narziss folgen. Ich war überzeugt davon, Echo, die Stalkerin, verwandeln zu können in eine von Narziss begehrte Frau. Lieber wäre ich auf Pauls Bett als am Telefon gesessen, um meine Schwester abzuschieben, aber was tut man nicht alles für sein Glück.

Ich musterte mich während der Telefonate im Spiegel. Gestalt als Zeichen meiner Person, die dieser Spiegel mir einspeiste. Ich konnte keine Verbindung zum Begriff Schönheit fühlen. Ich verstrickte mich in der Sehnsucht, mich so schön zu sehen, wie ich schließlich bin. Vokabeln entströmten meinem Mund, aber sie drückten nicht aus, was ich fühlte, wer ich sei. Sie waren zu faule, langatmige, schwere Boten. Ich liebte ihn, aber das klang zu kurz. Hingabe ist nicht passiv, sie ist eine Anstrengung. Ich kaufte mir Stöckelschuhe und kurze Röcke, durchsichtige Blusen, Lippenstift und bunte Unterwäsche, wasserfeste Schminke. Fütterte mich mit Chemie, schwächte mich durch Fasten, um passiv zu werden, und übte das Schibboleth der Liebesformel, wie es nur aus mir heraus total echt erklingen kann.

Ich hätte Marie erwürgen können, ihr Gainsbourg nachgeplärrtes „Je t'aime" abtöten, die blonden Haare abrasieren, ihr die blauen Augen herauslöffeln. Mir war klar, dass sie verschwinden musste. Meine Sehnsucht, so zu sein wie sie, unbeschwert, liebenswert trotz aller Phantasien, verwandelten meine Bande in Fesseln.

Ein Milieu der Geborgenheit in einer Familie bedeutet, Liebe in Fürsorge zu verwandeln. So erstirbt die erotische Liebe zwischen Mann und Frau und das ist gut für die Nachkommenschaft. Dazu braucht es bewältigte Vergangenheit. Man verliert, woran man festhält. Wer Trennung lebt, verliert nie. So lag ich auf dem Bett meines Liebsten und erwog Zukunftspläne. Der Vorhang blähte sich mir zum Zeichen eines noch unerfüllten Kinderwunsches. Der Wind blies in den Stoff und ein Bauch wölbte sich herein ins Zimmer. Der kalte Hauch trieb mich aus dem Bett ins Bad. Ich flocht mir Zöpfe. Da ertönte knirschendes Klimpern, und mit geschlossenen Augen waren Schritte über Kies erahnbar, schwarze Lackschuhe, die an Mädchenfüßen steckten und unter dünnen Hosenröhren herausragten. Marie trat ein und grinste triumphierend, „stell dir vor", sagte sie, „Papa schickt mich weg. Ich fahre ans Meer."

Ich freute mich aufrichtig über Maries Freude, an die französische Riviera verfrachtet zu werden. Ich riet ihr mütterlich: „Da musst du dich aber mit einem hohen Sonnenschutzfaktor eincremen." Dann dachte ich kurz nach und sagte: „Aber wieso weißt du schon davon? Ich habe deine Reise noch gar nicht gebucht."

„Das hat Papa erledigt", antwortete Marie.

„Wohin genau fährst du?", fragte ich.

„Nach Antibes in Pauls Ferienhaus", sagte sie und lächelte verschmitzt.

„Am liebsten bin ich mit auffrisierten Gefährten unterwegs", gestand Paul und zählte auf: „Motorrad, Auto, Frau." So sprach er, der junge Hirnforscher, und zählte mit den Fingern bis drei. Das überlegen wirkende Lächeln, mit dem er mich betörte, war gleichzeitig zum Kotzen. Eindeutig, es war ein Kindergesicht, das ich sah, als es noch vor Unschuld strahlen mochte, während es durch seine gierig verschlingenden Augen vor Lust auf Abenteuer strotzte.

„Aber nicht mit meiner Tochter", sagte Vater.

Paul entschuldigte sich für seinen Lapsus. Natürlich würde er vorsichtig fahren und Marie nicht aus den Augen lassen. Sie würde des Französischen mächtig und wohlbehalten zurückkehren. Biochemische Prozesse hin oder her, ich war böse auf Marie und noch böser auf diesen Vater, der ihr die Reise nach Frankreich eingebrockt hatte, die ich dann auszulöffeln hatte.

Marie hatte sich trotz der Aussicht auf Freiheit vor der Reise gefürchtet. Zur Selbstermutigung streckte sie die gefaustete Hand aus und sagte: „Ich schaffe das", und schüttelte die Mähne. Während ich noch darauf hoffte, dass Paul niemals ein Wort über unsere Begegnung in der Toilette sagen würde, entdeckte ich, dass Maries Haar nach Pauls Rasierwasser roch.

Die Gesichtshaut war blutrot innert Sekunden, als hätte ich mich mit Blut gewaschen. Ich stellte mich unwillkürlich auf die Zehenspitzen, um Marie zu küssen. Sie senkte nicht einmal das Haupt. Sie wurde zu oft von intensiven Männerblicken gewürdigt, als dass sie meine Wenigkeit noch zugelassen hätte.

Ich war bereits zwanzig, aber hatte noch keine leichtlebige Erfahrung mit männlichen Existenzen. Paul hatte die Substanz, die zu verführen sich lohnte. Die hellbraunen Honigaugen waren immer bereit und sich keiner Frau zu schade, sie abtastend wahrzunehmen. Sie vorzukosten war ihre Absicht, und doch nicht schändlich? Ich war sein gefundenes Fressen, und er würde sich an mir nicht satt essen. Mein Recht, das ich mir als die Ältere herausnahm, wollte ich vor seiner Abreise mit Marie einlösen.

Ich verfügte mich in sein Zimmer und erwartete ihn. Das Fenster stand offen. Ich hörte aus Maries Zimmer im unteren Stockwerk Stuhlrücken und Hüsteln heraufdringen. Das Knistern von Zellophanpapier konnte ich vom Stanniolpapier, das sie in ihrer Hand zerknüllte, unterscheiden. Dann folgte ein dumpfes Klopfen, als schlüge sie etwas aus einer Schachtel. Sogleich erklang ein Ratschen und plötzlich ein Plopp, dann noch ein Fauchen. Tiefes Einatmen und Aushauchen. Ich roch Rauch. Das Miststück hatte also schon angefangen, an Zigaretten zu saugen. Eine Flamme der Wut, als stünde ich vor meiner Vernichtung, wenn Marie rauchte. Ich konnte mich nicht halten, ging zum Fenster, um zu Marie hinunterzuschimpfen, als ich Paul auf das Haus zukommen sah.

Ich schoss zum Bette zurück und schüttelte das Kissen auf, streifte das Laken glatt. Paul kam. Ich hörte seine Schritte. Als er mich entdeckte, war er freundlich wie immer, wollte den Raum wieder verlassen, doch bat ich ihn zu bleiben und Platz zu nehmen. Ich schloss das Fenster. Marie sollte kein Wort mitbekommen.

Ich schämte mich zu sehr, um mich Paul direkt zu eröffnen. Ich suchte nach den einleitenden Worten über Gefühle. Er schenkte mir Verständnis. Als ahnte er meine Unsicherheit, übernahm er das Ruder und fragte mich direkt: ob mir unsere Begegnung im Van Dam im Magen läge. Ich nickte. Das sei kein Problem, meinte er, im Grunde hätte er es sogar amüsant gefunden, übermannt zu werden. Dann versprach er mir, niemandem je ein Wort davon zu erzählen.

Wir saßen nebeneinander, ich schaute auf meine Zehen, und plötzlich fiel mir dieses komische Wort „wurmstichig" ein und ging mir nicht aus dem Kopf. Wir sprachen über die Liebe, das Leben, den Tod. Paul erklärte, dass ich viel zu jung für ihn wäre und er zu alt für mich. Ich bemerkte die herumschwirrenden schwarzen Würmchen im Zimmer. Wie die Geburt eines Sternes, der erlischt, noch bevor das Licht unser Auge erreicht hat, stoben die Würmchen auseinander und verschwanden wieder.

Das Licht floss über Pauls Gesicht und aus seinen Lippen tröpfelte die Essenz seiner Herzensworte an mich: „Du bist ein nettes Mädchen", sagte er. Ich hätte ihn gern berührt. Seine Hände kamen mir sehr schön vor. Als er sie über die Decke schob, auf mich zu, sank ich ihm entgegen und mir schien, er zog mich zu sich auf den Boden, wo ich mir den ersten Kuss holte, der wie eine Medizin gegen alle Schmerzen wirkte.

Das Eisen soll heiß sein, das man schmiedet, und mir war heiß. Es ging um mein Glück von Kopf bis Fuß. Ich schob meinen Rock hoch und öffnete die Knie. Ich trug keine Unterhose. Zikadengezirpe drang laut aus der Kastanie. Paul sprach mit einer dunklen Stimme, gespeist aus den Tiefen unheimlicher Kräfte, die ich nun gleich zu spüren bekommen würde. Er war streng und unversöhnlich, als er sagte: „Verstehst du immer noch nicht, dass ich nichts von dir will?" Ich hockte vor ihm und führte seine Hand an mein erogenes Körperteil. Es kam zu einem Handgemenge. „Verschwinde, du Miststück." Ich verfügte über enorme Kräfte, wenn ich etwas wollte. Und so schlug ich die Nägel in seinen Handrücken. Dann schüttelte er mich ab, aber ich klebte an ihm wie eine Klette. Ich besprang ihn, schlang die Beine um seine Hüften, er nahm seine Hände zu Hilfe, legte sie um meine Handgelenke und riss sie weg, stieß mich von sich, so heftig, dass ich nach hinten fiel und mit dem Hinterkopf aufschlug. Ich bekam mit, dass Paul fluchte, und während ein Reißverschluss geöffnet wurde, raubte mir ein Krachen das Bewusstsein, als spaltete der Bettpfosten, auf den ich hinknallte, meine Schädeldecke.

Es war dunkel, als ich zu mir kam. Mein Unterleib war bedeckt. Langsam setzte ich mich auf. Der Rock rutschte zurück. Die Oberschenkel waren zerkratzt. Ich beugte mich vor und untersuchte mein Geschlecht. Von außen konnte ich keine weiteren Spuren einer

Vergewaltigung entdecken. Ein Brennen im Fortpflanzungsapparat deutete darauf hin, dass ich hart hergenommen worden war. Ich blutete. Es tropfte. Ich fand Risse im Gewebe. Ich klemmte mir ein Handtuch zwischen die Beine. Ich hatte mir das alles romantischer vorgestellt, aber das Leben ist hart.

Auf der Toilette brauchte ich eine Weile, bis ich entspannt loslassen konnte. Ich legte die Hände in die Seite und schob sie aufeinander zu, bis sich die Fingerspitzen unter dem Nabel berührten. Ich war stolz auf mich, Paul sexuell erweckt zu haben. Obwohl ich in meiner Ohnmacht einsam und unerreichbar gewesen war, hatte er mich genommen, wie ich war. Ich nahm das Handtuch weg, wollte mir den Beweis vor Augen führen. Das Blut war verschwunden, es gab keine sichtbaren Indizien. Doch ich wusste es besser.

Ein Motorrad tuckerte draußen vorbei. Das Licht des Scheinwerfers strich über das Fensterbrett. Der Kegel entfernte und verjüngte sich, als das Gefährt, niedertourig brummend, hügelaufwärts knatterte und auf der Kuppe verglomm.

Als ich das Zimmer verließ und die schmale Treppe hinunterstieg, hörte ich ein Schluchzen. Vater war körperlich attraktiv, sportlich, männlich wie Paul, aber sehr emotional. Er sonnte sich in Pauls Licht, als wüchse er unter den Strahlen dieses Mannes erst heran. Seine Hilflosigkeit, den biologischen Gesetzen entgegenzuwirken, dass dieser Mann seine Mädchen gegeneinander aufbrachte, kostete ihn jetzt aber die Beherrschung.

Das Holz knarrte und verriet mich. Vater tobte nicht, er kam von der Veranda herein und stellte sich zum Treppenabsatz, sah mir entgegen, betrachtete mich, wie ich die Treppe herunterkam, und fuhr sich mit der Hand den Haaransatz im Nacken hinauf. Er fragte nicht, ob ich mich verletzt hätte, er schwieg und schüttelte den Kopf. In seinen Augen stand das Wasser, mir reichte es bis zum Hals. Er wand sich vor Scham und ich sah, wie die Wangenmuskeln hervortraten, als ich an ihm vorbeischritt, weil er die Zähne zusammenbeißen musste und die zu Fäusten geballten Hände an den Körper pressen, um mich nicht aus Verzweiflung und Wut zu schlagen. Paul hatte gepetzt. Er hatte Vater gegen mich aufgehetzt.

Ich war zum Schandweib gestempelt, das sich seinen Freunden an den Hals warf. Paul galt als unschuldig und nur ich als die Verführerin. Ich schwieg und fügte mich in diese Rolle. Ich hob stolz das Haupt, aber ich fühlte mich klein und bucklig. Ich hinkte sogar, zog meinen linken Fuß hinter mir her, als wäre er verklumpt.

Ich schlich in den Garten und hockte mich hinter die Büsche. Glühwürmchen stoben auseinander. Ich beobachtete das Haus, sah Marie im Fenster. Das rot aufglimmende Licht ihrer Zigarette. Die raupenartigen Körper der Glühwürmchen erinnerten mich an wulstige Lippen. Küsse sind das, was von der Sprache des Paradieses übrig geblieben ist, schrieb Joseph

Conrad. Ich saß am Rande des Paradieses und war das Schandweib, nur weil ich auf Paul stand. Maries Kopf tauchte immer wieder im Fensterausschnitt auf. Die Schatten ihrer Kleider flogen durch das Licht wie Geister, sie packte die Koffer. Marie verstaute auch meinen neuen Badeanzug für die Frankreichreise. Paul war nicht zu sehen. Auch sein Auto war verschwunden. Vater trat vor das Haus, rief meinen Namen, aber viel zu leise, als dass ich mich gerufen hätte fühlen können. Die Griechin folgte ihm. Sie setzte aber nur einen Fuß über die Schwelle, streckte ihren Arm aus, nahm seine Hand und zog ihn wieder zurück ins Haus. Die Tür wurde geschlossen. Ich hörte, wie der Schlüssel umgedreht wurde. Ich war also nicht nur im symbolischen Sinne ausgeschlossen, auch das Licht wurde mir noch abgedreht, ich sollte wohl gar nicht mehr nach Hause zurückfinden. Ich streifte das Haar aus meiner Stirn.

Die Nacht verbrachte ich im Freien. Irgendwann hörte ich wieder das Tuckern, das lauter werdende Knattern und das Röhren des Motorrads. Der Lichtpunkt wuchs an, schweifte aus und warf sich auf den Strauch, unter dem ich lag, streifte mich, blieb auf mir liegen, streichelte über mich wie eine Zunge aus Licht. Der Nachbarsjunge aus dem Van Dam stellte den Motor ab und schob das Motorrad zur Seite. Robert kam auf mich zu und ein Schwall Van Dam umhüllte mich. Es war weit nach Mitternacht, er hatte bis jetzt hinter der Theke gestanden. Er legte sich zu mir und verbrachte den Rest der Nacht mit mir. Im Morgengrauen waren unsere Körper ausgekühlt, was mir unangenehm war, fremd, abstoßend. Ich benützte Robert zur Erwärmung. Er wusste, wie ihm geschah, und bückte sich, legte eine Decke auf, hob meine Schuhe auf und stellte sie ins Gras. Dann schlief er mit mir. Der Unterleib zwang mich zum Aufschrei.

Später sagte man mir oft, ich müsse einsehen, dass Robert derjenige war, der mich in die Erwachsenenwelt eingeführt hat, nicht Paul, denn was Paul während meiner Ohnmacht getan hätte, könnte ich gar nicht wissen. Das mag zwar der Folgerichtigkeit entsprechen, aber nicht meiner Überzeugung und meinem emotionalen Wissen.

Nach Vollzug des Aktes ging ich über die Wiese nach Hause. Die Tür war verschlossen, deshalb stieg ich durchs Fenster in Maries Zimmer ein. Sie lag im Bett, wach und aufgeregt angesichts ihrer bevorstehenden Reise. Ich schlüpfte unter ihre Decke, und wie seinerzeit lagen wir nebeneinander. Später half ich ihr, den Koffer fertig zu packen, steckte ihr ohne Erklärung Präservative zu, und zum Frühstück schleppte ich den Koffer hinunter.

Paul war schon bei Tisch und wartete nur mehr auf Marie. Nichts war ihm anzumerken. Vater und die Griechin saßen wie versteinert herum, als ich den Koffer ins Foyer schleppte. Mein fröhliches „Guten Morgen“ brach das Eis nicht. Aber der Klang meiner Stimme und meine Bereitschaft, Lasten zu übernehmen, zeigten allen, dass ich wieder bei Trost war. Vater hatte mich nachts ausgesperrt, unabsichtlich vielleicht, doch nun platzierte er mich während des Frühstücks an seiner linken Seite, um Paul zu schützen.

Die beiden Männer unterhielten sich, die Köpfe einander zuwendend. Zwischen Marie und Paul saß die Griechin. Sie blickte immer wieder tadelnd zu mir. Später, als sich der Wagen in Bewegung setzte, war ich gefasst darauf, von Paul ignoriert zu werden. Marie saß angegurtet neben ihm, mit einem Französischwörterbuch auf den Knien. Paul hatte das Fenster hinabgleiten lassen und warf mir mit leichter Hand doch noch einen Wink zu. Seine wieder freundlichen Augen richteten sich wohlwollend auf mich. Ich war ihm dankbar, für diese Geste, die bewies, dass er mich doch mochte.

Einen Monat nach ihrer Abreise spürte ich keine Traurigkeit mehr, jede Lust stumpfte ab und meine lateinischen Nachprüfungen interessierten mich nicht mehr. Ich hatte immer wieder Blutungen und ich führte diese auf die Sorge um Marie zurück, meine Eifersucht auf sie und zurück auf den Gefühlstumult gegenüber meinem Stiefvater, der immer misstrauischer wurde und sich mir immer weiter entfremdete.

Der Himmel am Tag der Rückkehr glänzte silbrig und Wolken zogen ölige Schlieren. Der Regen klatschte fette Flecken auf die Windschutzscheibe. Maries Beine waren dünn und lang, sie stakste einher, als wäre sie ein Storch. Die schön geformten Beine und der kurze Rock, ihr neuer Duft nach frischen Gräsern und Lavendel standen in einem verzweifelten Kontrast zu dem schwerwiegenden Faktum, dass sie schwanger war. Diese Delikatesse vertraute sie nur mir an. Für Vater hätte es nichts Schändlicheres gegeben, als dass sich eine seiner Töchter ungewollt schwängern ließe.

Nun begann die Zeit unserer letzten Zweisamkeit. Marie umarmte mich, ihre sonst reine Haut war pudrig bestäubt. Ihre Moral war gesunken, aber nicht ihre Attraktivität. Neidlos bewunderte ich meine Schwester für ihre Sprachkenntnisse, die sie in so kurzer Zeit, knappe drei Monate, erworben hatte.

Sie drückte meine Hand und ließ sie nicht los, solange wir nach Hause fuhren, wo sie mir alles beichtete, bis auf den Namen des Kindsvaters. In der Küche offenbarte sie sich mir. „Ehrlich gesagt, ich habe kein schlechtes Gewissen. Das kann jeder passieren." Von wem sie schwanger war, war für mich keine Frage. Doch sie schwieg beharrlich und als Pauls Name fiel, grinste sie nur kryptisch. Sie hoffte auf meine organisatorische Unterstützung, meine Nichte abzutreiben. Sie hatte sogar einen Teil ihres Taschengeldes für mich gespart, damit ich sie mit dem Taxi zur Klinik begleiten könnte. Das war nicht großzügig, es war eigennützig.

Marie trug einen weißen Kittel und Plastikschuhe der Klinik, wo sie sich dem Schwangerschaftsabbruch unterzog, während ich draußen im Wartezimmer die Zeit verbringen wollte. Die Prozedur dauerte nicht länger als zwei Stunden. Anstatt im Vorzimmer zu warten, folgte ich meinem mulmigen Gefühl. Es trieb mich die Treppe hoch zur Rezeption, wo ich mich kurzerhand selbst zum Schwangerschaftstest anmeldete. Ich gab eine Harnprobe ab, das Ergebnis war negativ. Mein Gott, war ich einsam in diesem Augenblick der Eröffnung. Es bestand für mich kein Zweifel, dass der Vater des Kindes Paul gewesen wäre. Dieser Geselle, der meine Ohnmacht ausgenutzt und mich vergewaltigt hat, hätte uns beide auf dem Gewissen gehabt. Marie und mich und die Ungeborenen dazu. Dieser Teufel schwebte deshalb in Lebensgefahr. Meine Geduld nahm innerhalb von Sekunden ein Ende. Mein Herz ist noch heute versteinert, weil es mir leidtat, was er mit Marie gemacht hatte. Sie war minderjährig und er ein Päderast. Ich schwor mir damals, ihn für sein Verbrechen zu richten.

Maries Abtreibung war ambulant durchzuführen, das Unternehmen ließ sich so leicht verheimlichen. Zu Hause kroch Marie ins Bett und ruhte, um keine Nachblutung zu provozieren. Sie lag im weißen Federbett und erzählte von ihren französischen Abenteuern. Vater fragte nicht weiter nach, warum sie im Bett lag. Marie war in seinen Augen krank, von der Reise und der Umstellung gefordert. Wie krank ich war, sah er nicht. Dabei war ich weiß wie die Wand. Ich musste lügen, um Marie zu schonen, um nur ja nicht Grund für einen Skandal zu schaffen. Ich hatte nichts auf dieser Welt als meine Familie. Ich kochte Tee für Marie und rührte Eis für Vater. Pauls Name kam weder über Maries noch über meine Lippen. Marie war glücklich, weil erleichtert und bereit, ihre Freiheit in vollen Zügen zu genießen. Sie wollte weg von zu Hause, so schnell wie möglich. Nach Frankreich zurück. Sie hatte kein Mitgefühl mit meiner Sorge um sie, mit meinen Verlustängsten.

Ich brachte keine Konzentration für meine Prüfungen auf. Als ich im Herbst wieder durchfiel und die Klasse zum zweiten Mal wiederholen hätte müssen, ging ein Riss durch mich, denn ich hörte, wie Vater resignierend sagte: Sie taugt nicht zum Lernen.

Ich pflichtete ihm bei. Mein Entschluss, die Schule ganz aufzugeben, fiel mir leicht, denn ich wäre die um Jahre älteste Schülerin der Klasse gewesen, diese Schande wollte ich nicht weiter auf mich nehmen. Ich versuchte, Vater einen guten Dienst zu erweisen. Er plante, Ferien in Griechenland zu verbringen, und ich schlug ihm vor, während des Winters ganz zu seiner Griechin zu ziehen. Ich würde zu Hause bleiben und alles für die kommende Saison vorbereiten. Er war einverstanden, und ich brach endgültig die Schule ab. Paul würde mich im nächsten Sommer schuften sehen und vielleicht eines Tages dafür lieben. Marie zeigte sich dankbar, denn so konnte sie ihren Weg gehen und trotzdem das Zuhause behalten. Sie behandelte mich mit Respekt, und so lange kein Kerl in der Nähe war, widerstand sie auch dem Ruf ihres Körpers nach Loslösung von mir.

Im Winter, als der Eissalon geschlossen hatte, verdingte ich mich zusätzlich in einer Tierhandlung als

Assistentin. Meine Tätigkeit war darauf beschränkt, die Käfige zu putzen, Futter und Wasserbehälter zu warten, den Boden aufzukehren. Zwischen Wellensittichen und Kolibris hausten Schlangen. Das Neonlicht surrte über ihrem Terrarium. Mäuse mit auffällig langen Beinen liefen in einem vergitterten Bottich herum. Spinnen kletterten über graue Steine und Heuschrecken hockten auf der Glaswand ihres Terrariums, bevor sie geangelt und an den Leguan verfüttert wurden.

Marie besuchte mich nur einmal in der Tierhandlung. Der Brechreiz würgte meine Schwester, als sie die Maus im Maul einer Schlange stecken sah, wie sie mit den Hinterläufen zappelte, während sich der Kaltblüter die Beute einverleibte. Marie war übel von dem Anblick, aber abends, als sie von Frankreich erzählte, floss ihr das Wasser im Mund zusammen, als sie das Wort Froschschenkel nur aussprach und, Paul verleugnend, die Geschichte einer Affäre mit einem Grafen auftischte, der ihr das Kind zu den Fröschen gemacht hätte.

Marie maturierte mit Auszeichnung und begann daraufhin ein Französisch-Studium in Paris. Ich hingegen bekam Neurodermitis. Der Wunsch nach Hautkontakt drückt sich im Juckreiz aus. Je mehr ich kratzte, desto brennender die Begierde nach weiterer Berührung. Ärzte fanden heraus, dass ich an einer affektiven Störung litt. Ich bekam eine Therapie verordnet. In den folgenden Sitzungen stellte sich heraus, dass ich eine Beziehungsbettlerin sei. Die Nervenzellen züngelten nach Liebkosung. Noch heute halte ich Diät und benütze Cortisonsalben, um mich zu zügeln. Meine Wäsche pflege ich mit einem Spezialreinigungsmittel. Erstaunlicherweise erhält man es auch im Diskont-Supermarkt. Aber man soll nicht zu viel Hoffnung in Waschmittel legen. Sanfte Reinheit ist auch keine Garantie für ein gesundes Leben.

Gegen meine Krankheit half und hilft Promiskuität. Mehrere Jahre durchzechte ich die Nächte in den Gasthäusern, um Männer zu ködern, die meine Haut mit ihren Händen glätteten, ohne zu ahnen, dass ich sie zu medizinischen Zwecken an mich heranließ. Sie streiften mir mit meinen Kleidern die Neurodermitis ab. Die Essenzen, die mein Astralleib aus der körperlichen Umarmung saugte, hielten mich elastisch. Ich fühlte mich kernig und glatt, der Juckreiz löste sich unter weichlippigen Küssen auf und ich verfügte deshalb über einen tadellosen Teint.

Als ich Robert nach Jahren wieder traf, hatte er Glück. Meine Haut war gerade wieder ein bisschen schuppig und so kam er in den Genuss, mir als Arznei zu dienen. Er hielt länger als gedacht. Seine Berührungen rannen an mir wie aromatische Öle ab, die mich zusätzlich würzten, geschmeidig und seidig bewahrten. Nacht für Nacht verwendete ich ihn. Dafür musste ich ihn auch aushalten. Diese Art Mann ist so teuer wie ein hochwertiges Produkt. Mein kleiner Satan nützte meine Hilfsbedürftigkeit aus, um sein Auskommen zu erlangen. Er tat mir recht lange gut. Doch irgendwann tritt bei jedem Menschen der Gewöhnungseffekt ein und dann wird jeder austauschbar und unnütz. Es juckte mich wieder, und wenige Stunden, nachdem ich das Foto von Marie und Paul in der Zeitung gesehen hatte, kratzte ich mir Krater.

II

Die Jahre nach Maries Matura vergingen nicht wie im Flug, sondern wie im freien Fall. Vater verkaufte den Eissalon und zog sich mit der Griechin auf eine Insel in der Ägäis zurück. Ich hatte zuerst in der Tierhandlung gearbeitet, später im Büro der Tierhandlung, dann als Vertreterin für Tierfutter, danach war ich in ganz Europa herumgereist und hatte Rohstoffe für Tierfutter eines der weltumspannenden Lebensmittelkonzerne eingekauft. Ich hatte mich von der Assistentin in der Tierhandlung in die Management-Etage hochgearbeitet und gleichzeitig die Matura per Fernstudium nachgeholt.

Außerdem konnte ich auch sportliche Erfolge sammeln. Wer sich in Bars bewegt und in Irish Pubs sein Zuhause hat, der wird eines Tages Darts für sich entdecken. Als Pfeilartistin war ich gern gesehen und erfolgreich. Ich traf ins Schwarze und meine katzenhafte Anschmiegsamkeit im Spiel paarte sich mit meinem Zielbewusstsein, Männer für mich einzunehmen. Ziele nicht nur zu verfolgen, sondern sie auch zu erreichen, das ist meine Domäne. Die Spitzen meiner Pfeile können nur mit Diamant geschliffen werden.

Doch mit dem Tod des Vaters geriet mein Leben aus der Bahn.

Die kleine Bar, in der ich den schlechtesten Kaffee der Welt zum Munde führte, lag auf einer Insel. Als der Stiefvater starb und ich von seiner Witwe erfahren hatte, dass er in Griechenland begraben werden wollte, buchte ich gleich eine Urlaubsreise rund um den Begräbnistermin.

Ich plätterte mit dem Surfbrett über die Wellen, während Vaters Tod den Kampf gegen die letzten Kräfte gewann. Meine Haut war gepökelt. Ich wohnte in einem Bungalow auf dem Campingplatz neben dem Hafen der Insel. Die Unterkunft war einfach und billig. Der Gartenschlauch diente als Dusche, das Wasser kam aus der Zisterne.

Zu Marie hatte ich seit ein paar Monaten keinen Kontakt mehr. Die Griechin habe sie informiert, sagte sie mir, beim Begräbnis würde sie gewiss anwesend sein. Dass Marie schon davor auf der Insel war, verschwieg sie mir. Damals folgte ich meiner Nase und erreichte das Ziel, aber nicht Marie.

Ich saß unter dem Baldachin des Cafés und tunkte die gallertige Masse eines türkischen Honigs in den Sud. Ein Kruzifix ragte hinter dem Hügel hervor und Schritt für Schritt, wie der Mast eines am Horizont auftauchenden Schiffes wuchs es heran, wurde das von einem Ministranten in Spitzenhemd und schwarzem Unterkleid hochgehaltene Kreuz größer. Ein anderer Ministrant hielt die üppige Monstranz des heiligen Fleisches des Gekreuzigten in Kinderhänden. Dahinter folgte der Bischof der Insel. Er führte den Trauerzug meines Stiefvaters an. Als der Trauerzug, über den Hügel herauf sich nähernd, den einstimmigen Klagegesang aus einem Ghettoblaster verbreitete, anstatt wie seinerzeit aus den faltigen Mündern der Betweiber, ertönten die Klänge der Zimbel, deren Metallschalen von den Fingerspitzen meiner Marie gehalten und in regelmäßigen Abständen zusammengeführt wurden. Ich hatte Marie lange nicht mehr gesehen. Ich wollte mich gleich zu erkennen geben, aber ich spürte, ich war ausgeschlossen. Wieso erwartete man mich nicht schon im Haus des Vaters? Wieso zählte ich nicht zum Trauerzug? Ich beschloss, mich erst bei der Einsegnung zu erkennen zu geben und vorerst noch die Touristin zu spielen.

Marie trug eine schwarze Sonnenbrille. Sie war in den letzten Jahren nicht mehr gewachsen, eine junge Frau zwar, und ich müsste zu ihr aufblicken. In mir gärte das Extrakt der Rachlust, das meine Seinsebene, hier und jetzt, durch den Mann an ihrer Seite verätzte. Es war Paul. Er trug ebenfalls eine Sonnenbrille. Ich war hinter meinen schwarzen Scheiben nicht leicht zu erkennen. Die Gäste des Kaffeehauses erhoben sich und ich fügte mich in die Allgemeinheit bis zum Untergang meiner Individualität. Männer nahmen ihre Hüte ab und Frauen bekreuzigten sich. Nur die Touristen ließen sich von der letzten Ehrerweisung für einen Gestrandeten nicht anstecken und vollzogen die Bekreuzigung ihrer Stirnen und Herzen, während sie an den Strohhalmen saugten und den Eiskaffee ausrüsselten.

Marie folgte dem Toten. Sie war eine Allegorie der Würde. Sie ging aufrecht, entschlossen, leicht nach vorne gebeugt, und immer im selben Abstand, als schöbe sie die Totenkiste mit der Energie aus ihrem Brustbein an. Stolz trug sie einen schwarzen Rock und eine schwarze Bluse, hatte ihr Haar mit einem schwarzen Schleier umflort. Die Witwe meines Stiefvaters schob einen Kinderwagen, darin lag wohl ein Wechselbalg, den er ihr noch hinterlegt hatte. Wieso hatte mir niemand gesagt, dass ich Tante geworden war? Selbst der Kinderwagen war schwarz beschleift, was mir geschmacklos anmutete, als wäre hier eine Totgeburt zu bestatten, ein böses Omen. Ich setzte mich wieder zu meinem Frühstück mit dem schlechten Kaffee. Ich hatte gesalzene Butter zu Zitronenmarmelade auf Weißbrot aufgeschmiert. Bald würden auch wir zu Grabe getragen, dachte ich, mich nun in der Respekt zollenden Gemeinschaft der Einheimischen umsehend. Ich erwog, Marie, als Unvermählte, in einem Hochzeitskleid für die Ewigkeit zu bestatten. Sie war jung und doch schon sehr verlebt. Ihre Haut wirkte auf die Entfernung welk, vielleicht auch nur gebräunt. Ich spürte den Impuls, ihr beizustehen, und tat den ersten Schritt. Aber da nahm der Mann neben ihr die Brille ab, seine honigfarbenen Augen waren nur auf Marie konzentriert. Paul nahm mir jede Lust, mich in die Trauer einzumischen.

Dieser Lump folgte in der Rangordnung des Trauergrades hinter der Tochter meiner Drittfamilie. Der, der als der Letzte zu folgen hätte, war in meinen Augen auch ein Toter. Ich drückte meine griechische Zigarette aus. Dieser Päderast stieg meiner Schwester über Stiefvaters Grab nach, veranlasste mich, die frisch angerauchte Zigarette im Sud meines griechischen Kaffees auszudrücken. Ich hätte mich von dieser traurigen Familienszene nicht abgetrennt gefühlt, wäre Paul nicht aufgetaucht. Während er sein Kinn auf die Brust drückte und es in Falten legte, ein weißes Tuch an die Kerbe zwischen Nase und Mund setzte und schniefte, trat ich hinter meinem Kaffeehaustisch hervor und folgte dem Trauerzug wie ein treuer Hund, aber in großem Abstand. Im Minirock und mit hautengem Top, hochgestecktem Haar und schwarzer Sonnenbrille, braun gebrannt, fast schwarz – ja, meine Haut trug Trauer –, weinte ich nicht dem toten Stiefvater hinterher, sondern jedem Halt. Meine Füße steckten in Sandalen aus Leder und wurden von Riemchen gehalten, wie ich in meiner Haut von Striemen gehalten wurde, als Folge der Selbstgeißelungen. Ich gefiel mir trotzdem. Die Riemen waren dehnbar wie meine Sehnen und Bänder, die das Knochengerüst kompakt und elastisch halten, doch durch die Ausdehnung wegen der Hitzeeinwirkung boten sie zu viel Spielraum. Ich taumelte. Hielt auf dem sandigen Boden, der unter meinen Füßen zerstob, noch die Balance. Das Haar löste sich und hing strähnig herab, ich hatte keine Lust, es wieder hochzustecken.

Ich folgte dem Trauerzug unter Kopfschmerzen und dem Stimmengewirr aus Klage und Trauer als Schlusslicht. Ich bildete mir ein, Gegenwart zu riechen. Majoran und Minze. Ich schnupperte die Düfte, ein Hauch süßen Fleisches trübte die Wahrnehmung. Der Gestank nach Scheiße wehte aus Pauls Richtung heran. Sein Körper bewegte sich mit Spannkraft im jugendlich wirkenden, saloppen Gewand, er trug als einziger weiße Hosen. Seine Schuhe traten auf dem Sand mit vernichtendem Geknirsche auf. Tritt für Tritt. Er nieste, schnäuzte sich. Sein Schnauzbart stand struppig ab, und plötzlich schnitt er eine Grimasse, um die Oberlippe zu bewegen und die Barthaare zu entwirren. Sein Gebiss leuchtete und leichter Schauer rieselte über meinen Rücken hinab, weil ich seine Zähne meine Wirbelsäule hinauf bis in den Nacken knabbern spürte. Ein Stich verengte die Pupille und fasste ihn streng ins Auge. Die Intensität meines Blicks schien Paul zu treffen, er drehte sich blitzartig um, fiel im Tempo zurück, wurde dann gleich wieder schneller, als versuchte er mich abzuhängen. Er drängte sich vor, brachte die Trauerfolge durcheinander, preschte in die erste Reihe und flüsterte Marie etwas ins Ohr. Marie drehte sich um, als Paul sie mit einer Berührung an der Schulter anherrschte weiterzugehen. Dann legte er den Arm um sie. Ich war mir sicher, dass er mit Marie über mich gesprochen hatte. Na warte, dachte ich, dafür wirst du bezahlen, nie wieder soll ein Wort über deine Lippen kommen. Ich tauchte ab, sie konnte mich nicht sehen. Dafür packte mich das Grauen, weil ich mir Paul rot und zerfetzt als ein Unfallopfer vorstellte. Blutstropfen tupften schon den Boden, der sich unter meinen Füßen aufzulösen begann. Ich hielt mich an der Laterne fest und spürte den Sand unter den Füßen, wie er das Blut aufsog und die Spuren meiner Wahrnehmung tilgte.

In der Taverne wurde Brot getoastet und zu Stifado gereicht. Der Toaster tickte. Die gegrillten Scheiben schossen hoch und anstatt sie weiterzureichen, kramte Paul in seinem Sakko nach dem Autoschlüssel. Ein Tontopf wurde aus der Küche gebracht. Marie beugte sich über den Topf und legte den Kopf schief. „Paul, kommst du?", rief sie. Weiße Oktopusstreifen in schwarzer Sauce schöpfte die griechische Witwe meines Stiefvaters in weiße Teller und Marie und Paul verteilten die Teller.

Paul war vielleicht gar nicht Paul, nur derselbe Typ, was mich erst recht anlockte. Maries Männer gefielen mir, wir hatten denselben Geschmack, ein Indiz für die große Nähe zwischen uns. Falls Paul Paul war, hatte er sich verändert, der Schnurrbart, die Geheimratsecken.

Er hatte Notiz von mir genommen und mich nicht ignoriert, aber auch noch nicht angesprochen. Dieser Mann hatte Angst vor mir. Marie sah überhaupt nie in meine Richtung, so dass ich die Szenerie unter dem wilden Wein ohne Behelligung im Auge behalten konnte, während ich mich am Rande hielt. Marie nahm neben Paul Platz, seine Hand glitt vom Knie ihren Oberschenkel aufwärts und legte sich auf den Rücken ihrer Hand, die schützend auf dem Unterleib ruhte. War meine Schwester etwa schon wieder schwanger? Am liebsten hätte ich Pauls Haut abgezogen, in Streifen geschnitten und sie in die schwarze Sauce zum Tintenfisch geworfen, weißes, blasses Sackgebilde mit Tentakeln dran. Sie wieder in eine Abtreibungsklinik begleiten zu müssen, war zwar eine absurde Vorstellung, aber in mir brodelte die Erinnerung, dass ich ihr am liebsten den Spieß, auf dem in der Küche das duftende Lamm gegrillt wurde, ins eigene Fleisch gejagt hätte. Natürlich schmeckte der Eintopf versalzen, denn ein Sprichwort sagt, wer verliebt ist, versalzt das Essen. Ich spuckte aus.

Es war mir klar, dass ich bereit gewesen wäre, auf Knien zu Marie zu rutschen, um von ihr wahrgenommen zu werden. Doch Ungeduld war nicht notwendig. Der Schmaus würde noch länger dauern. Sie krümmte sich vor Paul, das sprach für Treue und bedeutete mobile Partnerschaft. Ich beobachtete Paul. Er war der Träger zweier Seiten, Wissen um Marie und mich. Ich nahm das Besteck auf. Ich war bereit, mich an den Tisch zu setzen. Marie erschrak. Sie hatte nicht mit mir gerechnet. Sie schluckte, hyperventilierte, und als sie zu kreischen begann, wurde mir schwarz vor Augen.

Die Ohnmacht war nur eine Schwäche, weil ich seit Tagen nichts gegessen hatte. Ich wollte ja sparen, aß wenig und spürte ohnehin nie Hunger. Ja, ich war abgemagert. Dünn wie der Tod, sagte Marie später. Und es stimmt, meine Venen traten aus der Haut hervor wie angeschwollen, weil sie nicht in Fettgewebe eingebettet waren. Marie war entsetzt über mein Aussehen, wie ich über ihres. Die verweinten Augen, die Tränensäcke, die hängenden Mundwinkel und die schlaffen Wangen, in denen die Trauer schwer wog, nahmen sie ein Stück weit in die Nähe des Todes mit.

Ich erwachte im engsten Kreis der Familie, im Haus der Witwe meines Stiefvaters. Marie zeigte sich fürsorglich unter dem Terrassendach des einstöckigen Hauses, das war eine rühmliche Ausnahme. Eine Bewässerungsanlage duschte den englisch getrimmten Rasen. Verschwommen sah ich die Silhouette Maries. Sie saß an meinem Bett und hielt meine Hand. Legte mir kalte Lappen auf die Stirn und redete wie ein Wasserfall.

„Man sieht, du hörst zu“, sagte meine Schwester. „Du hast müde Augen und eine in Falten gelegte Stirn. Deine Ohren sind spitz. Du hast Ringe unter den Augen. Ich habe dein Gesicht gewaschen, deine Zähne gereinigt und dein Haar gekämmt. Nimm du nun eine Dusche und wirf die Tabletten in die Toilette.

Geh hin und trage dir eine Creme auf. Schlafe, ertaube und öffne erholt die Augen. Was ist mit dir geschehen? Hörst du den Wagen? Siehst du das Scheinwerferlicht? Wohin fällt der Schein? Siehst du den Schatten, der du bist im Spiegel? Siehst du deine hohlen Augen? Siehst du dich? Siehst du dich durch geschlossene Augen hindurch? Ja, du kannst dich sehen. Wie tot. Willst du so enden? Siehst du den Hauch? Weißt du, wie kalt es ist? Weißt du überhaupt, wo du bist? Merkst du nicht, dass du stinkst? Kannst du nicht dein Bettzeug waschen? Kannst du nicht vom Fenster weggehen? Kannst du nicht aufhören, an mich zu denken? Willst du nicht endlich du selber sein und mich in Ruhe lassen? Siehst du die Scheinwerfer? Hörst du die Hunde? Ich habe sie mir angeschafft, damit sie dich beißen. Willst du sie vergiften? Ich traue es dir zu."

Marie schlug die Beine übereinander und verschluckte sich an den Worten ihrer Tirade. Sie rieb meine rechte Hand. Ich sah sie mit großer Zärtlichkeit an, was als Dankbarkeit gemeint war. Sie legte die Hand zurück unter die Decke und sagte: „Du zerstörst dein Leben und meines."

Was Marie mir mitteilen wollte, ließ sich in zwei Worten formulieren: „Hau ab."

Dann breitete sich Düsternis aus, als ihre dunkle Stimme sprach: „Ich habe mich verlobt."

Das Schweigen schob Marie deutlicher in meinen Gesichtskreis, weil sie sich hereinbeugte in meine unerträgliche Leere. „Steh mir nicht im Wege", bat sie flüsternd. „Ich werde Paul heiraten."

Meine Schwester rieb ihre Wange an meiner Schläfe. Sie war erst dreiundzwanzig. Aber sie war es, die tiefe Falten unter den Augen und eingegrabene Furchen in der Stirn hatte. Ihre Kehle war trocken. Ihr Haar war stumpf. Stumpfes Haar ist ein Zeichen für unglückliche Liebe. Marie trug das Haar kurz, die Locken wie eine Haube um ihr Gesicht herum gebettet. Sie legte die Arme um meine Schulter. Ihr Atem roch nach Fisch und Rotwein. Sie schien geraucht zu haben. Ihre Arme hielten mich umfangen. Ich blieb stumm und schloss die Augen. Paul war gefährlich, wie sollte ich das dieser banal verliebten Braut klarmachen? Paul war ein Vergewaltiger. Wie sollte ich damit leben, dass Marie in ihr Unglück lief wie mit der Faust ins offene Messer. Ich würde abhauen, beschloss ich still für mich. Sterben. Ich hörte auf zu atmen.

Marie rüttelte mich, ohrfeigte mich aus der Apathie. Mit ihren eruptiven Entladungen aus Rotz, Speichel und Tränen, Aggregatzuständen ihrer Sorge um meinen Zustand, holte sie mich ins Leben zurück. Sie war und blieb meine Stütze. Ihre Umklammerung presste mich an die gummiartige Erhebung ihrer Brust, bevor ich ihren Körperbau erspürte und sie mich durch die Pufferzone ihres Körpers an sich presste. Die Wärme, der Halt ihrer starken Knochen waren die Substanz meiner Marie. Meine Liebe wurde nun erwidert. Marie fühlte sich gut an, herb, kernig, ich gab mich hin, an die uns auf alle Zeit mit Sehnsucht erfüllende Umarmung, erwog mich in diesem Sinn aufgehoben.

Sie belebte mich mit zärtlichen Händen, streifte das Haar aus der Stirn und küsste mich auf Wange und Kinn. Dann schlief ich ein.

Als ich wieder erwachte, lag ich in der schmutzigen Kaschemme meines Bungalows in Maries Armen, schwach, ergeben, todtraurig. Die traute Zweisamkeit unterbrach Paul. Ich hatte Herzrasen, als Marie fragte, ob ich bereit wäre, mich in den nächsten Tagen einmal mit ihm zu unterhalten. Ich drehte den Kopf zur Seite. Warum soll ich mit diesem Verräter sprechen? Aber ich war klug, gab mich paktfähig, schwieg, um zu kooperieren und Marie aus seinen Fängen zu befreien.

„Du brauchst keine Angst vor ihm zu haben“, sagte Marie.

Da trat Paul plötzlich vor, er hatte sich die ganze Zeit in meinem Zimmer befunden. Er konnte sich so zurückhaltend benehmen, dass man ihn nicht bemerkte, und dabei wartete er nur auf die Schwäche seines Opfers und schlug dann zu. Ich weitete unwillkürlich die Augen vor Schreck.

„Er tut dir nichts“, sagte Marie. „Er ist Arzt. Du brauchst dich doch nicht zu fürchten.“

Ich empfinde Angst als eine Kränkung und schämte mich für dieses Gefühl. Mit Paul würde ich es aufnehmen. Nein, er sollte meine Schwäche nicht sehen.

„Natürlich“, sagte ich unter Maries Ermutigung, „wieso nicht mit Paul sprechen, jederzeit.“

Heute weiß ich, hätte ich mich verweigert und nicht verstellt, hätte sie mich weiter in den Armen gehalten, so aber legte sie mich in die schweißnassen Kissen zurück, drückte mir einen spitzen Kuss auf das Haar und folgte der Hand des Herrn, die sich auf ihre Schultern gelegt hatte. Dazu hauchte Pauls dumpfe Stimme durch den Raum: „Marie, du hast getan, was du konntest. Komm, wir gehen."

Marie seufzte und hob ihre hinterhältigen Pfoten von mir, um die letzten Tränchen wegzutupfen, die sie über mein Unglück aus sich herausgepresst hatte, bevor sie sich diesem Paul zuwandte, mein Gerippe dem Lager überließ und diesem Mann mit dem Schnauzer folgte.

Dann war ich allein wie immer und fragte mich, wieso ich nicht einfach auf Marie verzichtete – sie war an mir gar nicht interessiert, nur an ihrer Freiheit.

Ein paar Stunden später war Marie schon wieder in meinem Zimmer. Nun kam sie mit Leintüchern und frisch gewaschenen Waffeltüchern, die sich hart anfühlten. Auch ein Kleid brachte sie mit. Anfangs freute ich mich über das Geschenk, bis ich entdeckte, dass es ein altes, verwaschenes Sommerkleid war. Ausgemustert wie wohl ich auch.

Sie schlich hinter Paul her. Er klimperte mit etwas herum. Dieses beiläufige Klimpern verriet, dass er noch etwas vorhatte. Ich fühlte mich schwach. Ich versuchte ihn zu erkennen, doch war mir schwindelig. Der scharfe Geruch nach Medizin kurbelte meinen Geist an und ich riss erneut die Augen auf, als Paul nun plötzlich wieder neben mir war, kniend ein steril verpacktes Spritzenset aufriss und an meinem Arm herumnestelte, sich Platz in meiner Beuge schaffend, um eine Nadel zu setzen. An einer Art Garderobenständer hing ein Beutel mit Flüssigkeit, in dieser Flasche steckte ein Schlauch, und schon spürte ich den Stich und dämmerte wieder in die Schwäche, als die Nährflüssigkeit in meine Vene einsickerte.

Ich schlief die ganze Nacht durch und manchmal war mir, als hörte ich ein Bächlein fließen. Ein Murmeln und Gurgeln ging durchs Zimmer, mündete blubbernd in auf- und abschwellendes Tosen, das Wellen wich, die über Sand strichen. Ein Besen kehrte mein Haar zur Seite, strich über mich. Ein Wischen unter meinen Füßen, ein Schrubben an meinen Fußsohlen, ein Knipsen an meinen Nägeln und schließlich roch ich den Duft frisch gebügelter Wäsche, die sich über mein behäutetes Gerippe breitete und mich umhüllte.

Als ich erwachte, war der Spuk vorüber. Das Zimmer war blitzsauber geputzt und ich lag frisch angekleidet im verwaschenen Blumenkleid im Bett. Ausgeruht sah die Welt anders aus. Ich wollte Marie verlassen und noch am selben Tag eine Fähre zum Festland nehmen. Sollte sie mit Paul herummachen, mir war das egal. Mein Arm war eingewickelt. Ich nahm den Verband ab, eine Kanüle steckte in der Haut und war festgeklebt. Ich zupfte an den Rändern des Pflasters. Der Kleiderständer war zur Wand geschoben. Die Flasche mit der Nährflüssigkeit lag im Müll darunter und ebenso der weiße Schlauch, wie ein dünner, biegsamer Strohhalm.

Der Verstand setzte wieder mit all seiner Skepsis ein. Ich fragte mich, wieso nicht Marie die Nadel gesetzt hatte. Man hatte mich ausgezogen und gewaschen, man hatte meine Haut perforiert und mich mit Medizin vollgepumpt. Ich spürte das Blut Schwall für Schwall vom Herzen wegströmen, aus den Venen in gleichmäßigen Schüben aufsteigen. Wer weiß, was Paul mit mir anstellte. Vielleicht wäre es ihm recht gewesen, wenn ich an einer Embolie krepiert wäre, damit er Marie ungestört genießen könnte. Draußen vor dem Bungalow plauderten zwei Herren, lachten, was mich störte. Dann wurde ein Motor gestartet und das Kühlaggregat eines Vans in Betrieb genommen, der vor dem Haus parkte. Das Rattern verströmte mit seinem Rhythmus besinnlich meditative Atmosphäre. Sicher würde Marie bald wieder auftauchen, vielleicht mit frischen Früchten und duftendem Gebäck.

Da roch ich die giftigen Abgase. In kurzer Zeit war die Luft verpestet. Mein Herz klopfte wild, ich stellte mich auf, um aus dem Fenster zu schauen. Der Auspuff des Vans war direkt auf mein vergittertes Fenster gerichtet. Ich schloss es, doch das nützte nichts. Mir war bereits übel vom Kohlenmonoxid. Ich riss die Kanüle aus der Beuge, das Blutgefäß war verletzt, und stürzte zur Tür, als der Brechreiz nicht mehr zu unterdrücken war und ich wegen der Abgase kotzen musste. Die Tür ließ sich nicht öffnen. Das Fenster war vergittert, die Tür war verschlossen. Ich atmete hastig, verschluckte mich und hustete, während die Abgase weiter durch die Fensterschlitze drangen und ich an der Tür rüttelte. Paul hatte sie wohl abgeschlossen, ich hatte dieses verdächtige Klimpern gehört, da hatte er sich wohl meiner Schlüssel bemächtigt. Panik befiel mich. Ich riss das Fenster auf und brüllte hinaus. Kein Mensch war weit und breit zu sehen. Der Van stand leer auf dem Parkplatz vor meinem Bungalow, die Abgase hereinleitend. Die Tür blieb verschlossen. Ich donnerte gegen das Holz. Ich wollte nicht sterben. Nach wenigen Schritten war ich wieder fest auf den Beinen.

Draußen waren endlich Stimmen zu hören. Ich schrie um Hilfe. Männer hörten mich. Sie rüttelten an der Tür. Unerwartet leicht ließ sie sich von außen öffnen. Sie war gar nicht verschlossen gewesen. Die Männer sagten, dass nur der Rahmen verzogen war und die Tür klemmte. Ich glaubte es nicht. Misstrauisch hörte ich die Entschuldigung der beiden Männer, weil sie den Van vor meinem Fenster geparkt und gedankenlos den Motor laufen lassen hatten, während sie drüben in der Taverne zum Mittagessen waren. Sie wären, so sagten sie, überzeugt gewesen, dass sie den Motor abgestellt hätten. Die Männer nahmen jede Schuld auf sich. Argwöhnisch folgte ich ihnen. Ratlos kontrollierten sie die Knöpfe und Schalthebel auf dem Armaturenbrett des Vans und immer wieder kopfschüttelnd betonten sie, dass die Unachtsamkeit unverzeihlich und unverständlich wäre. Für mich blieb dennoch Paul der Täter. An Marie käme er nur über meine Leiche heran. Ich würde die Verlobung auflösen. Ich wusste schon wie, packte meine Sachen in den Rollkoffer und schritt zur Tat.

Ich ging in meinem neuen Kleid zur Straße Richtung Hauptstadt. Mit ausgestrecktem Daumen wie ein Scheibenwischer hin und her horizontwichsend stand ich als Autostopperin am Straßenrand. Das rote Rollköfferchen hatte ich im Gebüsch versteckt. Ich trug einen grünen Gürtel und grüne Sandalen. Ich mag es, wenn sich Farben wiederholen. Ich lüpfte das Kleid und zeigte Bein und schon blieb ein Pajero stehen und ich stieg ein. Eine Frau nahm mich mit. Sie bat mich um eine Zigarette. Ich kramte in der Handtasche und gab ihr meine letzte Zigarette. Ich drückte auf den Knopf und ließ das Fenster auf meiner Seite hochfahren. Die frische Luft tat mir zwar gut, doch der Fahrtwind peitschte das Haar ins Gesicht.

Die Autofahrerin war wunderschön, ein schwarzer Lockenkopf, starke Nasenflügel und ein tragischer Ausdruck mit Kerben auf der Stirn und um den Mund. Die verführerischen Augen erinnerten mich an den ruhigen Echsenblick Maries, der sich so selten auf mich legte, und an das irisierende Giftgrün meiner Sandalen, die mir vom Teppichgrau des Autos entgegenblinkten. Maries Fürsorglichkeit erinnernd und ihre Küsse – es ging eine Wärme von ihrer sanftporigen Haut aus, kosend, die zu küssende Wange wie präparierend –, umwehte mich in jenem Augenblick eine Süße, die eine unerfüllbare Bereitschaft erweckte, was mich traurig stimmte und mich die Autofahrerin um ihr Gesicht beneiden ließ. Lieber Neid als Traurigkeit.

„Bei diesem Scheißwetter aufbrechen?“, fragte sie mich in gebrochenem Englisch. „Man kann bei dieser Glut doch nicht autostoppen.“

Ich erwiderte mit einem Kompliment über den unaufdringlichen Komfort ihres lederausgestatteten Pajero.

Sie machte eine abfällige Geste über das trostlose Panorama brachliegender Grundstücke, die sich hinter der Windschutzscheibe ausbreiteten. „Wieso die Leute unsere kahlen Inseln aufsuchen, ist mir ein Rätsel“, sagte die Griechin. Dann seufzte sie. Zweifel stieg in ihr auf und dann doch der starke Wunsch, die Heimat zu lieben. Wohin ich unterwegs sei, fragte sie mich.

Als ich ihr die Adresse meiner Schwester gab, lachte sie und sagte, sie kenne meine Familie. Der Stiefvater habe hier mit ihrer Freundin, die nun seine Witwe sei, gelebt. Sie kenne sogar meine Schwester und ihren Bräutigam. Dort, rechts von ihr, sei der Grundstein für ein neues Zuhause gelegt worden.

„Wieso?“, fragte ich. Und erfuhr, dass Marie hier nicht nur ein Feriendomizil errichten würde, sondern auch in wenigen Tagen schon hier auf der Insel die Hochzeit feiern. Sie selber finde es zwar unpassend, sagte die Griechin, kurz nach einem Begräbnis Hochzeit zu feiern, doch schließlich hätten sich die Zeiten verändert, die Familien seien größer und die Blutsverwandtschaft weniger kräftig geworden. Ob ich wegen Begräbnis und Hochzeit hier sei?

Ich hielt den Atem an. Marie wollte Paul schon so bald heiraten? Das Ja-Wort würde nie aus ihrem

Mund kommen. Ich fasste den Entschluss, mich mit Paul erst einmal wie zwei Erwachsene ernsthaft zu unterhalten.

Dann überstürzten sich die Ereignisse. Die Griechin warf mir einen erschrockenen Seitenblick zu. Der Ärmel meines Kleides war hochgerutscht und gab den Blick auf die Armbeuge frei. Natürlich sah die Autofahrerin die rot unterlaufenen Stellen der Einstiche, die Paul mir versetzt hatte. Plötzlich fuhr ein verächtliches Auflachen durch die Fahrerkabine. Die nette Dame blieb abrupt stehen, meine Tür öffnete sich automatisch und sie verabschiedete mich mit einem angewiderten: „Verpiss dich, Junkie."

Der Seitenhieb irritierte mich nicht, sie hatte die Einstichstelle der Kanüle missdeutet, doch die Verachtung, die sie nötigte, mich zu beschimpfen, wieso auch immer man einen Junkie als Junkie beschimpfte, traf mich wie ein Verrat. Ich hatte mich in ihrer Freundlichkeit getäuscht. Es war mein Verrat an meinem Vertrauen in mein Weltvertrauen. Ich musste skeptischer werden, allen gegenüber, so lautete mein innerer Auftrag – heute weiß ich, auch mir selbst gegenüber.

Sie nahm die nächste Abzweigung und fuhr über den Feldweg auf die Landstraße zurück, parkte bei der Tankstelle, von wo aus sie Sicht auf mich hatte, und beobachtete mich beim Autostopp. Der Wind wirbelte Staub auf. Ich trat von einem Bein auf das andere und hüpfte im Stand. Am Straßenrand leuchtete das Giftgrün weggeworfener Sandalen. Da hielt schon der nächste Wagen an. Ich schritt auf das Auto zu. Die Beifahrertür öffnete sich. Da begann die Dame im Pajero wie wild zu hupen und zu winken, genauer, den Fahrer zu warnen. Der Mann kommunizierte mit Lichthupe und verstand ihr Zeichen, warf die Zigarette aus dem Fenster, legte die Hand ans Steuer, stieg aufs Gas, fuhr mit durchdrehenden Reifen los, ließ mich stehen. Fassungslos schaute ich ihm nach. Er zeigte mir auch noch den ausgestreckten Mittelfinger, der zwischen den Kopfstützen erschien.

Ich war zornig darüber, dass mich auch das Inselvolk aus seiner Gemeinschaft auszustoßen begann. Von meinem heutigen Standpunkt aus gesehen, habe ich damals zwar ein Verbrechen begangen, aber eigentlich bin ich nur konsequent meinem Weg gefolgt. Ich habe Marie auf die Folter gespannt, ja. Von jeder Ästhetik wird das verlangt und von meiner Überzeugung auch. Kurzweiligkeit entsteht durch emotionale Beteiligung am Geschehen. Man wollte mich nicht haben. Ich sollte allein mein Dasein fristen und bedürfnislos stillhalten. Tödliche Langeweile ist die Folge, wird man zu diesem Lebensstil verdammt. Vereinsamung, Verlust des Selbstwerts, und wer nichts wert ist, der räumt sich eines Tages selbst aus dem Weg. Die Angst vor Schmerz erzeugt Stress und Stress erzeugt Spannung, Medizin gegen die Langeweile. Ich würde Marie fesseln und knebeln, nicht um sie zu ermorden. Sie sollte still sein und ausharren unter Spannung, bis sie kapierte, dass Paul mich vergewaltigt hatte und deshalb kein Intimpartner für sie sein konnte.

Nur wenn ich mich beherrsche wie eine von mir erschriebene Figur, bin ich fähig mitzuteilen, was weiter geschah. Ich tat alles für Marie, obwohl mir weder Anerkennung noch Verständnis gegönnt waren. Vielleicht trieb mich weniger die Überzeugung, sie zu belehren, als die Auflehnung gegen den Satz: Missbrauch gehört zu unseren Leben wie das Amen zum Gebet.

Als mich das ovale Gesicht, das seine Erfahrung formvollendet in Güte einfasste, aus dem nächsten Auto anstrahlte, erkannte ich Marie an der Art, wie sie ihr Haupt in sanfter Dissoziation zu den Schultern drehte, erhaben wie eine Eule. Ich winkte, aber Marie entdeckte mich nicht. Paul fuhr. Ich sprang auf die Straße. Wenn er mich überfahren würde, gäbe es die Augenzeugin im Pajero. Ich schloss die Augen. Hielt den Atem an. Die Reifen quietschten und ich hörte das Rutschen des Gummis über den Asphalt. Dann schlitterte der Wagen in den Straßengraben und es erfolgte der dumpfe Knall, dann das Knicken und Splittern der abgerissenen Äste, als der Wagen gegen einen Olivenbaum knallte. Ich spürte ein Beben unter meinen Sohlen, dann war Ruhe. Nur mehr das Zischen der austretenden Kühlerflüssigkeit. Ich stieß einen Seufzer aus. Als ich die Lider aufschlug, sah ich den zerknautschten Wagen. Ich lief hin, leistete Hilfe. Im Wagen Marie und Paul. Maries Tür klemmte. Ich rüttelte daran. Marie war verletzt. Eine kleine Platzwunde auf der Stirn. Panik macht Stress, Stress macht Kraft, und ich schaffte es, die Tür zu öffnen. Das Blut löste sich am Haaransatz und zog fadendünne Spuren über Maries hohe Stirn. Ihr Gesicht war vor Wut verzerrt und sie kreischte hysterisch, „immer du, immer du!“, und gab natürlich mir die Schuld, was mich plötzlich sehr ruhig machte. Macht zu haben beruhigt eben.

Paul war Hirnforscher und wollte nichts mehr dem Zufall überlassen. Er spielte nervös mit einem Perlenkettchen, ließ es um die Finger schnalzen und klappern. Ich sei krank, erklärte er und zwirbelte an den Kügelchen, bis er in der Aufregung auf etwas anderes Lust bekam. Er beförderte mit geschickter Bewegung eine filterlose Zigarette aus dem Päckchen in der Brusttasche seines Hemdes, ohne die Schachtel herauszunehmen, steckte die Filterlose zwischen die Lippen, zündete sie mit einem Schnipper am Feuerzeug an und nahm einen kräftigen Zug. Marie hatte sich zwar den Kopf angeschlagen, aber er kümmerte sich nicht um sie. Ich warf ihm diese Herzlosigkeit nicht vor. Marie weinte hysterisch. Ich hockte im Straßengraben neben dem Wagen und nahm die Schuld am Unfall auf mich. Paul brüllte mich an, ich sei krank, schwer gestört, ein Fall für die Psychiatrie. So ging er mit mir um. Ich hörte nicht hin. Eine schmale, aber doch asphaltierte kleine Straße führte den Stadtberg hinan, schlängelte sich lieblich über den Berghang zur Altstadt. Ich staunte über die dichten Ginsterbüsche, die den Wagen weich betteten. Der Abschleppwagen würde ihn aus dem Graben hieven.

Paul sperrte das Auto nicht ab. Es war zu heiß, um in der prallen Sonne zu sitzen. Marie presste ein Taschentuch auf die Wunde. Wir gingen zu Fuß in die Altstadt. Marie folgte uns mit einigem Abstand und fluchte. Sie war derartig wütend auf mich, dass ich Angst bekam vor ihr.

In der Altstadt roch es nach Kartoffelsuppe, der Duft stieg aus den feucht modernden Mauern. Unwillkürlich suchte ich den Boden nach Pilzen ab, die ich zu Hause immer trocknete und in die Kartoffelsuppe schnitt, um einen speziell nussigen Geschmack zu erzielen. Je weiter ich stieg, umso nüchterner wurde mir. Die Anstrengung erzeugte eine paradoxe Empfindung. Es war heiß und ich schwitzte, doch packte mich ein Schüttelfrost. Ich klapperte mit den Zähnen. Paul wollte, dass ich mich hinsetzte, und gab Marie meinen Koffer, damit sie ihn hochziehe. „Verdammt", fluchte sie, tat es aber doch. Man muss Schwächen zeigen, um Unterstützung zu bekommen, also tat ich verwirrt. Ich redete von den Pilzen, die ich am Wegesrand halluzinierte und pflücken wollte.

Ich erinnerte mich der Anordnung meines Stiefvaters an Marie, nie die ältere Schwester zu beschimpfen. Kaum war er unter der Erde, brach sie den Eid. Ich setzte mich auf eine Bank und ließ mir aus der Erinnerung ein paar kostenlose Informationen hochsteigen, wobei eigentlich gar nichts kostenlos ist, denn jede Erinnerung hat ihre Zeit gebraucht, Erinnerung zu werden, und das ist viel wert. Zeit ist nicht nur Geld, beides dient zur Klärung meiner Geschichte als Zustand.

Ich wollte Marie nicht an einen Vergewaltiger verlieren. Sie würde andere Partner finden, das könnten professionell geführte Institute für sie erledigen, die eine Interviewtechnik aufbauen, damit man sich auch nicht mit dieser Suche nach sich selbst aufhält. Paul, der Neurologe, schien genau zu wissen, worum es mir ging. Ihn abzuspalten. Er meinte, dass ich überfordert sei, einen Nervenzusammenbruch hätte, Wahnvorstellungen. Dass doch alles gut sei, dass ich mir nicht den Kopf zerbrechen müsse, dass es schön sei, dass ich zum Begräbnis aufgetaucht war. Von der bevorstehenden Hochzeit erwähnte er nichts. Er könne sich meiner sehr gut erinnern, sagte er, als ich noch jung war und nett. Damals sei ich erkrankt und hätte meine enttäuschte Liebe zu ihm nicht verdaut. Seine Abweisung hätte ich als Kränkung empfunden und psychotisch verarbeitet. Er habe mich niemals sexuell berührt. Er erklärte mir, dass Marie mich nach wie vor als Schwester liebe, aber angesichts meiner Krankheit keine andere Möglichkeit gesehen habe, als jeglichen Kontakt abzuwehren. Tatsächlich waren wir, als Marie zwischen Wien und Paris gependelt war, noch brieflich, telefonisch, später via E-Mail in Kontakt, dann war irgendwann der Tag gekommen, an dem ich meine an sie geschickten E-Mails zurückbekommen, an dem das Telefon nicht mehr funktioniert und die Postadresse nicht mehr gestimmt hatte.

Paul vermutete, so sagte er, wir hätten als Familie eine sehr schwierige Geschichte hinter uns. Eine tote

Mutter sei nicht nichts, der tote Stiefvater auch ein Phänomen. Doch, so sagte er weiter, ich solle mich bloß nicht von den Ungereimtheiten verwirren oder einschüchtern lassen, mein leiblicher Vater, den ich nie zu Gesicht bekommen hatte, hätte mich geliebt wie ich ihn, und auch meine Mutter, die ich kaum erlebt hatte, hätte mich geliebt, ich sei ihr erstes Kind gewesen und das sei eine besondere Beziehung, die durch nichts ersetzt werden könne. Er könne mir helfen, diese meine Welt zu enträtseln, sagte er. Er könne auch mich selbst zum Enträtsler meiner Welt ausbilden.

Ich hörte meinem Peiniger fasziniert zu. Paul gab sich sehr einfühlsam. Er saß mit mir auf der Bank und hielt mich fest, weil mich Schüttelfrost erfasste und mein Gerippe klapperte. Eine so famose Dame, sagte er, nahm meine Hand und massierte die Finger, diese zarten Seerosenblätter in der Farbe eines opalfarben schimmernden Maskengesichts, das mir vor zusammengekniffenen Augen wie auf einem stieldünnen Hals von blendenden Lichtwellen getragen erschien. Mein Gehirn granulierte, als er meine Hände behauchte und Marie aufforderte, mir eine Jacke zu bringen. Marie gehorchte, sie brachte eine Jacke. Sie war noch immer wütend auf mich, deshalb schleuderte sie die Jacke auf den Boden vor meine Füße. Sie lag im Staub wie das Haupt einer Riesenschlange. Paul hob das Kleidungsstück auf und schüttelte es sauber. Ich schlüpfte in die Schläuche der Ärmel. Ich dankte für Wärme. Meine Zunge fühlte sich porös an, als wäre sie aus altem Gummi, und um nicht aus dem

Mund zu bröseln, verlangte ich Wasser. Jeder kann in Ruhe vor sich hin altern, sagte Paul, ohne seinen Mitmenschen zur Last zu fallen. Humorvoll, sportlich, gleichgesinnt mit dieser verständnisvollen Haltung, zollte mir der infame Lustmolch Respekt. Das Wort „désir“ ist der Keimfleck meiner unausgebrüteten Idee von Gemeinschaft, aus der sich das Auge einer Friedenstaube entwickeln könnte. Vielleicht war Paul die Friedenstaube und würde mich mit Marie befrieden. Marie war trotzig, sie trat wie ein kleines Kind ungeduldig von einem Bein auf das andere, verschränkte die Arme. Sie drehte sich hin und her und raunte Paul zu: „Bitte, Paul, rede nicht mit ihr, es ist sinnlos.“

Marie willigte ein, mich bei sich zu behalten, wenn ich mich in den folgenden Tagen psychologischen Tests unterzöge. Mir war wichtig, sie zu gewinnen, deshalb ließ ich mich auf diese Tortur ein. Ich faltete Blätter und führte sinnlose Aufträge aus, etwa das gefaltete Blatt auf den Boden zu legen und wieder aufzuheben. Mein Sprachzentrum wurde geprüft, ob es Bedeutung und Zeichen kombinieren könne. Ununterbrochen wurde ich nach Datum und Wochentag gefragt, nach dem Ort, an dem ich mich gerade befand. Eine lange Reihe von Symbolen wurde mir vorgelegt und ich musste sie benennen und Paare bilden. Dann musste ich Wörter zu Sinneinheiten ergänzen. Ich meisterte die Tests in Minimalzeit, auf den Worttest erhielt ich die volle Punkteanzahl, was mir den IQ einer Hochbegabten auswies.

Ich schlief viel und Marie war ausgeglichen. Ich vertraute dem Psychologen der Insel auch bei der Verabreichung starker Antidepressiva. Ich sei traurig, sagte er, meine wichtigsten Bezugspersonen seien mir früh abhanden gekommen. Ich müsse diese Trauer zulassen. Den Zustand der Trauer würde ich erst wieder spüren, wenn mein Körper das Gefühl für Hunger wieder erlernt habe. Dieser Mann hatte wirklich keine Ahnung von den wahren Zusammenhängen. Er warf mir Verdrängung vor. Ich aß Schokolade, um mich zu trösten.

Marie kochte für mich. Sie wollte mich schnell aufpäppeln, um mich guten Gewissens bald wieder nach Hause abzuschieben. Aus Liebe zu ihr aß ich sogar Innereien und kotzte sie später wieder aus.

Wir besuchten Stiefvaters Grab. Er war nicht mein Vater, aber ich könne in diesem Grab auch meinen leiblichen Vater betrauern, meinte der Psychologe. Steine waren aufgeschichtet, grauer Schiefer, Katzensilber. Lilien steckten in den Spalten und die erschlafften Köpfe klebten wie hingeklatschte Quallen auf dem heißen Stein.

Es war eine schöne Woche. Um sie zu verlängern und meinen Abflug hinauszuzögern, beschloss ich, jeden Rat langsam zu befolgen. Der Psychologe legte mir ein Bild von zwei Pferden vor und fragte mich, wie viele Augenpaare sich auf dem Bild befänden. Die Felsformationen der Schlucht, in die sich die Pferde – den Schimmel verband ich mit mir, den Rappen mit Marie – verirrt hatten, besaßen detailgetreue Augen, doch nach längerem Hinsehen traten Gesichter und Profile überall in der Natur zutage, die zwei am Flussbett stehenden Pferde wurden von Blicken verfolgt, die in Steinhaufen hausten, in Ritzen und Schlitzen, in den Blattformationen der Bäume und in der Wildnis tosenden Wassers. Ich ließ Würfel kippen und musste die Anordnung der Augen nachzeichnen. Vexierbilder lernte ich zu dekodieren. Entenschnäbel von Hasenohren zu unterscheiden war gar nicht so leicht, weil ich die Formen verwechselte.

Vor dem Fenster zwitscherten Stare auf der mit Stacheldraht besetzten Verplankung eines verlassenen Stalls. Tenöre. Auch sie waren, wie jedes Leben, sterblich, und ihr Gesang machte traurig. Ein Mann, der einen Anzug trug, fädelte gerade ein Vorhängeschloss in die rostigen Kettenglieder des Tores. Unter seinem Arm klemmte eine Papierrolle. Er verschwand aus dem Blickfeld. Dann legte mir der Psychologe das Bild einer Vase vor. Delphine turnten als Muster auf der Vase herum. Ich zählte die Delphine. Der letzte stand auf dem Kopf, die Schwanzflosse ragte hoch. Der Psychologe lenkte meine Aufmerksamkeit auf die weißen Flecken links und rechts dieses Delphins. Ob ich sie als das erkenne, was sie zeigten? Wie nähmen sich die weißen Flecken aus? Dann kippte das Bild in eine ganz andere Bedeutung. Es zeigte gar keine Vase. Die weißen Flecken zwischen den Delphinen waren die Schenkel einer Frau. Die Frau kniete und lehnte sich nach hinten. Ihr Schamdreieck war als Schwanzflosse eines Delphins dargestellt, der den Schatten zwischen ihren Beinen ausmachte. Mir wurde mulmig. Der Psychologe war vorsichtig bei seiner peinlichen Befragung. Die Stimme wurde leiser und er nahm die Spitze seines Kugelschreibers zu Hilfe, um nicht direkt in Kontakt mit den Delphinen zu geraten, die auf den zweiten Blick den Geliebten dieser Frau zeigten, der sie erotisch von hinten umarmte. Die Delphine bildeten die Umrisse des Mannes. Mein Verlangen zu sehen, was der Psychologe mich erkennen lassen wollte, schnappte mit immer heftigeren Zubissen nach der Unschuld, die ich in meinen Körper eingebettet sah wie in unberührte Landschaft. Ich bemühte mich, die Intimitäten der abgebildeten Fleischlichkeit zu erkennen, war aber nicht in der Lage, sie mit einem erotischen Genuss zu verbinden, und konnte deshalb nicht ein Liebespaar sichten, bloß eine Frau in der Gewalt eines Mannes. Ich war weit über zwanzig und sexuell erfahren, doch wenn ich Männerhände sah, dachte ich in erster Linie an malträtierende. Ich betrachtete sehr lange das Bild der Vase, bis sich mir der Inhalt als erotische Reifeprüfung erschloss – von Gewalttätigkeit sah ich keine Spur mehr, nur angedeutet war der Griff nach der Frau, die willig schmolz wie Eis auf der Zunge.

Blätter knisterten. Der Psychologe schrieb und las, was Wirklichkeit innerhalb meiner Wirklichkeit war. Meine Welt war Fiktion, wie auch die Welt an sich eine Fiktion ist, und darin liegt die Friktion, die meinen Zustand erzeugte. Ich funktionierte nicht reibungslos, nicht weil ich Fehler machte, sondern weil ich einen Fehler im Betriebssystem hatte.

„Störungen lassen sich beheben, wenn es eine Ursache gibt", sagte der Psychologe und kam auf meine Herkunft zu sprechen. Mein Verhältnis zu Großvater interessierte ihn sehr. Meine Mutterlosigkeit. Meine Schwester. Die Beziehung zu Männern. Insbesondere zu Paul, dessen Namen er ins Spiel brachte. Seiner Meinung nach wüteten in mir Geschwisterneid und ein verdrehtes Männerbild. Ich freute mich, wenn ich Reaktionen auf meine Geistesarbeit erhielt. Pauls Deutungen waren Unsinn. Der Psychologe fand mich hochinteressant. Ich war zu klug für seine Manipulation.

Er wollte in einem letzten Test, dass ich rechnete. Und zwar rückwärts. Ich sollte von 100 die Zahl 7 abziehen. Was mir ohne Probleme gelang. Er sagte: „Gut. Sehr gut. Jetzt machen wir eine Pause." Ich ging ins Wartezimmer, aufs Klo, ins Wartezimmer. Alles, was ich draußen sah, war griechische Landschaft, dahinter das Meer und seine Mythen von narzisstischen Göttern. Ich hörte meine Stimme wie im Traum sagen: „Das Positive soll man immer wieder tun." Und ich tat es, ich sah aus dem Fenster und staunte über die Schönheit der Schöpfung. Wohin die Liebe strebt, das liegt vor uns. Ich ließ mich leiten und trat auf die Terrasse. Da rief mich die Stimme des Psychologen zurück.

Ich setzte mich an seinen Sekretär und er sagte, er würde mich nun aufklären. Ich leide an einer massiven Denkstörung. Ich erlebe Sexualität als Schändung. Dies sei meine Wirklichkeit. Ob Paul oder mein Großvater mich vergewaltigt haben, sei für mich letztlich egal, da ich meine Wirklichkeit konstruiere, und so, wie ich sie konstruiere, erlebe ich sie. Im Grunde meinte er, selbst wenn Paul mich tatsächlich missbraucht haben sollte, könnte es in seiner Wirklichkeit anders zu verstehen gewesen sein. Im Grunde sagte er, Schuld gebe es nicht, nur das Leiden. Und im Grunde sagte er, dass ich alles wisse, und es sei nichts.

Ich schwieg zu seinen Worten, nahm die Laute nicht mehr auf, meine Ohren schlossen sich, wie ertaubt durch den flammenden Gedanken, Marie davor zu retten, sich in eine Wirklichkeit zu verstricken, die mit meiner nichts zu tun hatte. Dass ich nicht lache. Unsere Körper waren ursächlich miteinander verbunden und daran gehörte erinnert. Der Mensch braucht einen Boden unter den Füßen und einen Zusammenhang, um zu überleben. Marie war ahnungslos, weil sie die Liebe mit Paul konstruierte, natürlich gehörten gegen solche unheiligen Konstellationen Maßnahmen gesetzt.

Die Laternen glommen in der Dämmerung. Leichter Nieselregen aus der Sprinkleranlage malte einen schmalen Bogen Nässe auf den Weg. Am Rande des Gartens schwoll Rauch an, stieg aus der Mulde des verwachsenen Kraters eines Bombeneinschlages im Zweiten Weltkrieg, wo jetzt eine Feuerstelle errichtet war. Auf dem Rost brutzelten Koteletts. Marie stand mit einer Grillzange dabei und zwickte das Fleisch, um es zu wenden. Der Rauch kroch, floss, wölkte, bauschte sich, als das Fett tropfte. Paul ruhte auf der Terrasse. In seinen Fingern ruhte das Perlenkettchen. Die Zigarre qualmte. Sein Gesicht war umhüllt, als er Marie zurief: „Totale Einsamkeit ist normalerweise erst gegeben, wenn der Körper Schluss macht mit uns."

Marie hob das Fleisch vom Rost, damit es nicht in den Stichflammen verbrannte. Sie rief Paul über die zischenden Flammen hinweg zu: „Der Körper ist aber jetzt schon Renates einzige und letzte Gesellschaft, die sie hat."

Paul saugte an der Zigarre und rief: „Sie wird dich nie in Ruhe lassen!"

Marie sagte: „Wir sind eine Familie."

„Wir sind eine Familie!"

„Ist das dein Ernst?"

„Lass sie uns gründen."

Marie ließ das Fleisch fallen, warf die Zange hin. Feuer und Flammen loderten auf. Sie warf das Werkzeug weg, so achtlos wie sie mich behandelt hatte, lief zur Terrasse und warf sich in Pauls Arme, diese kleine Hure.

„Renate", sagte Marie überrascht und schnellte aus dem Gartensessel hoch, als sie mich hinter den Büschen hervortreten sah.

„Darf ich euch Gesellschaft leisten?", fragte ich höflich. Hass gegen Paul und Liebe für Marie zerrten an meiner Fassung. Pauls Zigarre roch nach Dung. Er streifte die Asche ab, doch ich war ihm nicht egal.

Seine Anspannung war zu spüren. Er suchte den Horizont nach Schiffen ab. Marie fixierte mich. Sie schien in mir die Titanic zu sehen, mächtig und dem Untergang preisgegeben. Das Wasser stand schon in ihren Augen, sie hatte Mitleid, so nah war sie mir. Paul dagegen war gnadenlos und sagte: „Renate wirft mir Ungeheuerlichkeiten vor und ist dabei nicht einmal in der Lage, den Zehner zu überschreiten. Sie ist unfähig, sieben von hundert abzuziehen. Ich habe das Testergebnis analysiert. Sie glaubt nur, sie habe richtige Resultate erzielt. Sie glaubt, sie kann eins und eins zusammenzählen. Aber sie kann es nicht. Vergiss sie." Dazu klapperte diese falsche Schlange mit dem Perlenkettchen.

Ich wich zurück. Er hatte seine Schweigepflicht gebrochen. „Paul", sagte Marie, mich zum dritten Mal verratend, „wenn du das sagst, vertraue ich dir."

Wie schnell Mitleid in Verachtung umschlagen kann. Ein Lidschlag genügte, um die Tränen und mich wegzuwischen. Ich kehrte auf dem Absatz um und verließ die Terrasse. Ich pumpte mich mit Sauerstoff auf und schritt wie eine Raubkatze auf allen Vieren von dannen. Marie schauderte und rief: „Paul!"

Aus dem Lichtkegel hinaustretend, meinem Atem folgend, tapste ich in die Finsternis. Ich hatte lange geglaubt, dass Macht sich abkapselt. Aber das war ein Irrglaube. Macht vernetzt sich und ist offen für alle. Auch für mich. Paul hatte Macht über Marie und es stand mir frei, mich angepasst zu benehmen oder nicht. Ich lungerte hinter den Büschen und schlich auf allen Vieren um den Lichtkegel herum, der meine kopfschüttelnde Schwester ausleuchtete. Sie legte die zum Trichter geformten Hände an den Mund und brüllte „Renate!“ ins Nichts. Damit konnte sie mich nicht mehr ködern. Das Spiel war durchschaut, die beiden wollten mich kränken, pathologisieren. Paul legte seelenruhig die Zigarre ab, während Marie auf der Terrasse hin und her strich wie eine Gefangene.

Da stampfte Marie auf und kreischte den Neurologen an: „Tu endlich was!“

„Man kann nichts tun“, sagte Paul. „Sie gehört untergebracht.“ Dann warf er die Zigarre ins Gras.

„Ich will endlich Frieden“, flennte Marie.

„Gib ihr Zeit“, sagte Paul, „sie wird deine Wünsche einsehen.“

Marie stieß einen Seufzer der Hoffnung aus. Paul legte den Arm um sie, drückte die Lippen auf ihre Stirn. Das Paar zog sich ins Haus zurück. Die Tür blieb offen.

Ich schnappte die Zigarre und kletterte auf die Terrasse. Ich setzte mich in Pauls Sessel, genoss den Tabak und überlegte, wie ich die Schandmäuler für ihren Verrat an mir strafen könnte. Eine Lehre war zu erteilen, um sie zum Schweigen zu bringen.

Paul und Marie waren es gewohnt, einen Schlummertrunk zu nehmen. Schlaftabletten, aufgelöst in hochprozentigem Alkohol, ergeben einen bekömmlich einschläfernden, komatösen Magenbitter. Ich hielt mich derweilen im Arbeitszimmer auf und durchsuchte die Laden des Schreibtisches nach brauchbaren Details. Die starken Beruhigungsmittel in meiner Tasche mussten genügen, um ihr Gutes zu tun. Ich vermengte sie mit einem Sieben-Stern-Metaxa.

Der Digestif wirkte. Nach einer Stunde lag das Liebespaar eng umschlungen tief im Schlaf. Beider Lippen standen leicht offen. Die Gesichter einander zugewandt, zwei Profile auf einem Kissen, noch in Morpheus' Armen durch einen Kuss vereint. Ich hatte zwischen Scheren, Brieföffner, Lochapparat und Heftklammermaschine eine Tube Superkleber gefunden. Im Schlafzimmer roch es nach frisch gewaschenem Bettzeug. Ich entschraubte die Tube und drückte eine Spur der dünnen, haftstarken Flüssigkeit auf Maries Unterlippe. Sie zitterte stimuliert. Paul schürzte die Lippen und ich tropfte die Tinktur in den Lippenspalt. Das Paar suchte einander, die Lippen mümmelten füreinander und ich tropfte noch mehr Kleister in die Fuge. Das Paar presste nach ein paar Sekunden von allein die Lippen aufeinander. Ich half noch ein wenig nach, indem ich meine Hände in die Nacken legte und die Schädel einander zuschob und den Kussdruck von außen erhöhte. Die runzeligen Häute absorbierten die Tinktur gierig und nach ein paar Sekunden war sie getrocknet und hatte die Lippen aneinandergeklebt.

Marie juckte zunächst der Reiz des trocknenden Superklebers. Die Oberlippe verspannte sich, als die Mundwinkel in die Wangen zurückfielen, das Kinn wollte nach unten klappen, doch blieben die Lippen geschlossen, dehnten sich nur. Paul schob die Zunge über die Schneidezähne unter die Oberlippe und beulte die Furche zwischen Nase und Mund aus. Der Schnauzer wölbte sich, wie Stacheln richteten sich die Barthaare auf. Der Mund war geschlossen, nur die Gesichtsmuskeln arbeiteten, zerrten in der Epidermis nach Entspannung. Jetzt hatten die beiden ihre Vereinigung, den Hochzeitskuss konnten sie sich sparen.

Das genügte mir. Paul schlug als Erster die Augen auf. Bevor das Theater losging, machte ich mich auf die Socken, um die Insel zu verlassen.

Am Flughafen wurde ich aufgegriffen. Ich war ohne Schuhe unterwegs, das fiel auf. Meine Zehen ragten aus dem Kaschmir-Seide-Gemisch. Die Socken waren löchrig, das Material zu edel für die Strapaze des Wegs zum Flughafen. Der Tag war noch nicht angebrochen, ich hatte zehn Kilometer zu Fuß bewältigt und rauchte nun in der Halle die Zigarre fertig, die Paul weggeschmissen hatte. Rauchen war verboten. Die Abflughalle war voll mit Menschen. Die Charterflüge hatten sich verspätet und die Touristen lagerten in Gruppen, ausgeliefert an die zeitraubenden Transportwege. Der Griechenlandurlaub endete für so viele Menschen im Ausnahmezustand. Die Touristen waren nur noch Überreste eines bezahlten Urlaubes, der entsorgt werden musste.

Sicherheitspersonal umringte mich und forderte mich auf, die Zigarre auszutöten. Ich verhielt mich kooperativ, entschuldigte mich auch dafür, dass ich nicht Folge leisten könne, weil ja alle Aschenbecher entfernt seien, und wurde erst wütend, als mich einer der Beamten anfasste. Plötzlich war es wichtig zu wissen, was in meinem Gepäck steckte. Sie perlustrierten mich. Wollten meinen Ausweis sehen und mein Ticket trotz EU-Bürgerschaft nachprüfen. Den roten Koffer nahmen sie mir ab und durchsuchten ihn nach explosivem Material. Es war darin nichts Ungewöhnliches zu finden. Flossen, ein Neoprenanzug, T-Shirts. Ich war ziemlich genervt, dass alles durcheinandergebracht wurde. Verlangte, dass man den Koffer wieder ordentlich packe und mir zurücktrage in die Wartehalle. Es kam zu einem Handgemenge. Ich wurde abtransportiert, geschnappt von beiden Seiten. Die Hände packten zu und hinterließen Hämatome. Ich verlangte Schmerzensgeld. Vielleicht kreischte ich. Auf jeden Fall musste ich herzlich lachen, als ich von einem Amtsarzt auf Flugtauglichkeit untersucht wurde. Man muss sich nur störrisch aufführen und schon erhält man die nötige Aufmerksamkeit. Wenn ich will, wachsen mir Flügel.

Das letzte Mal, als ich Marie zu Gesicht bekam, war, als ich durch den Wartesaal zum Ausgang ging. Ein Tumult zog mein Interesse an. Marie und Paul drängten durch die Menge. Sie gaben nur unverständliche Geräusche von sich, drucksten herum und zappelten wie Hampelmänner, das halbe Gesicht war von einem Mundschutz verdeckt. Sie zeigten mit Zeigefingern auf mich. Die Polizisten verstanden kein Wort. Marie strampelte außer sich vor Wut und fuchtelte mit den

Armen. Schließlich gingen Paul und Marie mit den Polizisten mit. Ich schlüpfte durch die Passkontrolle und verschwand im Transitraum. Die beiden hatten kein Wort über die ramponierten Lippen gebracht, doch schriftlich Anzeige gegen mich erstattet. Das schien ihnen wichtiger gewesen zu sein, als das Ja-Wort auszukosten.

Am Flughafen in Wien wurde ich wegen schwerer Körperverletzung verhaftet. Paul hatte Marie auf seiner Seite. Sie stellte die Bedingung, dass ich mich einer Therapie unterziehen müsse und mich ihr bis auf dreißig Meter Entfernung nicht mehr nähern dürfe, dann würde sie die Klage zurückziehen. Sie musste kosmetische Operationen über sich ergehen lassen. Ich wollte ihr eine Lehre erteilen, und nun war sie gezeichnet. Ich war darüber nicht glücklich. Um meine Schuld zu sühnen, war ich bereit, mich auf ihre Bedingungen einzulassen, und deklarierte im Gegenzug nur eine Forderung: Marie sollte Paul verlassen.

Dank der Erbschaft war ich in der Lage, mir eine kleine Wohnung zu kaufen. Ich lebte in einem Altbau an der U-Bahn-Station. An mein Versprechen hielt ich mich. Ich bedrängte Marie nicht mehr, aber folgte ihr in sicherer Entfernung. Wenn Marie dahinterkäme, dass ich nun sogar in ihrer Wohnung war, würde sie mir die Polizei auf den Hals hetzen.

III

Ich war kurz eingeschlafen und erwachte wie außer Atem. Meine Gefühle waren körperliche Zustände. Ich hatte keine Eile, ich hatte erst am nächsten Tag wieder Termine: Die junge Schauspielerin für den Werbefilm vom Flughafen abzuholen und die Hunde zu casten.

Ich befand mich in Maries Wohnung. Ich kratzte meinen Körper und ließ kaltes Wasser über Arme und Beine fließen. Ich trocknete mich mit dem Geschirrtuch ab. Kleidete mich wieder an. Das Geschrei über meinem Kopf war verstummt.

Manchmal spitzen sich die Dinge von allein zu. Und manchmal muss man eine Kerbe schlagen, um von sich zu künden. Ich befand mich in Maries leergeräumter Küche. Hatte ich ihn vorher nicht wahrgenommen, oder geschehen Wunder? Ein Messerblock stand da im Kasten auf dem untersten Regalbrett. Ich besaß selbst auch Küchenmesser, aber nicht ein so spezielles wie Marie. Ein Haiku. Dieses Werkzeug meistert den sogenannten ziehenden Schnitt und gleitet durch jedes Schneidgut wie Butter. Ideal für meine gespannte Haut. Es ist äußerst scharf und sollte niemals in Kinderhände geraten.

Dieses Messer würde ich mitnehmen. Die Klinge schimmerte wie durchsichtig im Licht. Jahrelang hatte ich mich beherrschen können, der Berührung mit Messern zu entsagen. Mit der Hochzeitsanzeige vor Augen jedoch setzte ich das Messer an meinen kleinen Finger. Ich war versucht, ihn abzuschneiden und Marie zu schicken, damit sie sich meiner erinnerte. Der Juckreiz befiel mich und die Neurodermitis schien mich vor der Versehrung zu schützen. Ich kratzte mich und ritzte nur oberflächlich die Innenseite meiner Schenkel auf.

Mein Blick fiel auf Pauls Perlenkettchen. Es lag auf dem Boden. Ich hob es auf, spielte mit den aufgefädelten Kügelchen des Bräutigams. Setzte das Messer an und schon riss der Faden, die Perlen fielen hinab und spritzten auseinander, rollten davon wie Quecksilber. Dann hatte ich genug. Ich verließ die Wohnung.

Für eine erfolgreiche Wissenschaftlerin lebte Marie eigentlich immer bescheiden. Ich wusste meist, wo sie wohnte. Die U-Bahn verband uns wie eine Nabelschnur. Die paar Stationen, die uns trennten, nahm ich gern in Kauf, wenn ich dafür in derselben Stadt wohnen durfte. Unsere Wege kreuzten sich in all den Jahren nie, darauf achtete ich. Trotzdem sorgte ich für Marie. Die Bekanntschaft mit ihrem Fleischhauer brachte Abwechslung auf ihren Speisezettel.

Immer wieder, wenn mich die Sehnsucht plagte, half ich in der Küche der Fleischhauerei aus und kochte das Mittagsmenü. Ich kochte ihre Lieblingsspeisen. Der eisige Wind blies mir Kristalle ins Gesicht. Doch ich scheute kein Wetter, ging auch bei diesen Temperaturen auf die Straße, um den Boten zu begleiten, der ihr das Essen ins Labor brachte. Marie arbeitete damals an der medizinischen Fakultät. Ich blieb unsichtbar, drängte mich nicht auf. Ich schickte ihr Zeichen meiner Liebe. Als ich einmal die Auslage des Fleischhauers dekorierte und Marie gerade vorbeistapfte, versteckte ich mich hinter der Wurstaufschneidemaschine. In der Hoffnung, sie würde wieder an der Auslage vorbeigehen, legte ich ihr zum Gruße die gefüllten Schwanenhälse zu einem Herzen geformt hin.

Marie übermittelte nie Dank für die Dienste und Speisen, die ich ihr zukommen ließ, und oft, wenn ich den Müll ihrer Firma und den Privatmüll ihrer Wohnung durchsuchte, fand ich die verschmähten, sogar noch warmen Speisen lieblos weggeworfen wieder. Marie lebte Ignoranz. Sie nahm, wenn Paul fort war, Freundinnen nach Hause und sie schliefen bei ihr, während ich allein in der Gasse wachte.

Maries Gesicht war zart gewesen. Nun war es zumindest für eine gewisse Zeit vorbei mit der Schönheit. Sie trug einen Mundschutz, wohl um die frisch operierten Lippen vor Kälte, Staub und UV-Strahlung zu schützen. Sie wechselte täglich den Verband. Ich fand die Wundpolster ein halbes Jahr lang im Restmüll. Ich trennte die Abfallprodukte und brachte den Sondermüll zur Deponie, mehr konnte ich nicht tun.

Die teuerste Massage im teuersten Spa-Salon der Stadt hatte ich für sie gebucht, um sie für meine Züchtigung zu trösten, und schickte ihr die Einladung zum Geburtstag, diskret als Werbegutschein getarnt. Als ich Maries Wohnung beobachtete, konnte ich an den schwarzen Fenstern rasch erkennen, dass sie nicht zu Hause war. Ich wartete im Hauseingang gegenüber, ob sie für längere Zeit fortbliebe. Dann hechtete ich über die Straße und drückte den Klingelknopf. Kein Ton. Keine Antwort. Also ging ich Nachschau halten. Wäre Licht in den Fenstern zu sehen gewesen, hätte ich es nicht gewagt aufzutauchen. Ich war stets traurig an Maries Geburtstagen, denn es war mir verboten, persönlich zu gratulieren. Mir war zu schwer ums Herz, um nach Hause zu gehen. So legte ich ihr den Massagegutschein vor die Tür.

Tage darauf hatte ich im Altpapier nach Hinweisen auf Gratulanten und Geschenkpapier gewühlt. Mein Geschenk im ungeöffneten Umschlag des Wohlfühl-Salons fiel mir in den Schoß. Ich liebe den Hang zur Exzentrik, aber ich billige es nicht, wenn meine Geschenke verfallen gelassen werden.

Lange hatte ich auf den richtigen Moment gewartet, den Gutschein einzulösen. Ich beschloss, noch heute diesen Spa-Salon aufzusuchen. Es war schon spät, aber der Spa hatte rund um die Uhr geöffnet.

Ich fragte mich manchmal, ob die Ausgrenzungskraft Maries nicht einfach faschistisch war. Hielt sie sich für etwas Besseres, weil sie im Herzen Europas geboren war? Sie war jedenfalls nicht das Herz Europas. Weil ich von ihr ausgeschlossen wurde und daher depressiv werden musste. Ein Spa würde mir helfen, mich aufzurichten, die neuen Hochzeitspläne zu verdrängen. Nach dem Spaziergang durch die Kälte tat es mir außerordentlich gut, auf die Etage einer hygienischen Welt zu kommen und von den plätschernden Klängen eines Brunnens, Düften und Dämpfen umarmt zu werden, bevor mein Körper unter massierenden Fingern die Muskeln entspannte. Der Atem ging schnell und ich konzentrierte mich auf den Punkt zwischen Nasenlöchern und Lippen meiner Masseuse, wo sich ein- und ausströmende Luft berührten. Ich atmete auch durch die Nase ein, bis sich das Zwerchfell wölbte, dann hielt ich die Lippen geschlossen und stieß erst die Luft aus, als die Pfoten der Masseuse meinen Nackenmuskel kneteten. Ich zählte bis drei und verlängerte von Atemzug zu Atemzug die Intervalle. Der längste dauerte sieben Sekunden. Ich spürte ein Jucken an der Oberlippe. Der untere Bogen des Philtrums, die erogenste Zone im Gesicht. Die Visagistin zupfte meine Augenbrauen, die Pediküre bearbeitete meine Zehennägel und ich zitterte und kicherte, als leckten Ziegen an meinen Sohlen. Im Mittelalter war Kitzeln eine Foltermethode, Menschen wurden auf die Bahre gefesselt, die Fußsohlen mit Salz eingerieben und den Tieren überlassen. Lachen, wohl dosiert, kann natürlich auch glücklich machen.

„Komm, wenn du magst, will ich dich lausen!“, hörte ich plötzlich eine Stimme. Wer sagte das? Ich blickte mich um. Vielleicht waren das wieder meine Gedanken. Ich hustete heftig und die Masseusen besaßen die Freundlichkeit, mir ein Papiertaschentuch zu entfalten. Wie ein Täubchen flatterte das Taschentuch daher. Dann hörte ich wieder die Stimmen, die sich miteinander unterhielten. „Wer Todgeweihten seine Unterhaltung verweigert, wird zum Glückssucher.“

Eine andere Stimme antwortete: „Wer meine Neugier kennt, weiß, wie quälend ich sein kann.“ Wenn jemand lallt, ist das relativ schmerzlich, außer es handelt sich um ein Lipogramm. Manchmal ist auch konkrete Poesie möglich. Ich schnäuzte mich, damit die Stimmen übertönt waren.

Die Leistung, im Gedächtnis zu bleiben, zählt bei einem Geistesmenschen alles, vor allem über seinen Tod hinaus. Mein Blick wurde napfig, als sich die Augen am Porzellangesicht der Masseuse festsaugten. Es könnte alles wieder so schön sein zu zweit, und auch das Traurige halb so schwer, dachte ich. Da beutelte ich den Kopf, beutelte den Schädel immer heftiger, bis die Masseuse „Hilfe“ rief, „mein Gott, mein Gott, mein Gott!“ In diesem Augenblick überlegend, ob ich Atheistin noch in der Lage gewesen wäre, „mein

Gott!“ auszurufen, blieb ich den Kopf schüttelnd liegen. Hatte einen Anfall. Ein Blutstropfen zog seine Spur über den grünen Lack des Schemels vor meinen Augen. Im Herzen jung geblieben, unternehmungslustig, kein Golf, kraftvoll schlank, dankbar für die schönen Dinge im Leben, nahm ich die zackigen Bewegungen von zwei plötzlich auftauchenden muskulösen Männern wahr. Wie Cowboys, die ein wildes Pferd zureiten, warfen sich die zwei auf mich. Das konnte man in meinem Zustand nur mutlos zulassen.

Ich war ein glücklicher, positiver und gesunder Mensch. Ich war schön und jung und begehrenswert. Ich duftete und verbreitete gute Stimmung. Meine Aura war golden und strahlte. Ein Zischen fauchte und löste sich in Wacholderdämpfe auf, die sich auf die Haut legten und die Poren öffneten. Umnebelt lag ich da und lauschte, schloss die Augen. Ich war ein glücklicher, positiver, gesunder, ruhiger, fröhlicher, schlanker, schöner, netter, humorvoller Mensch, nur hin und wieder erwischte mich eine neuronale Entgleisung. Mein Geist schweifte ab in das gefräßige All der Selbstabwertung, ein Maul, das die spitzen Zähne in die Gurgel treibt. Du Miststück. Du hier liegendes Miststück. Du nichtsnutziges Miststück.

Die Hände der Masseure schoben sich über die Nackenwülste und drückten mit den Daumenballen die in den Hinterkopf auslaufenden Sehnen hinunter. Mein Kopf steckte im Maul der zugreifenden Lippen, es biss zu. Mein Kopf fiel auf das Kissen. Losgelöst vom Rest zuckten die Sehnen, Adern, Venen, und mein Rumpf hüpfte, Arme und Beine schlugen aus. Die Kreisbewegungen der Hände kratzten mit den Nägeln die Schädeldecke, als wollten sie Hirn schürfen.

Ich verlor den Punkt des Amorbogens, öffnete meine Lippen, sog Luft, stillte mich am Sauerstoff, obwohl ich wusste, dass man den Atem nie mit dem geschlossenen Kehldeckel in der Lunge halten soll, sondern mit der Kraft der Brustmuskeln. Die Sehnen verkürzten sich, die Hände schrumpften zu Fäusten, die Fäuste verklumpten zu Pfoten, der Krampf hätte mich zum Schreien bringen können, noch immer brachte ich keinen Laut heraus. Atmete nur ein, nie aus. Ein Zittern, eine die Peristaltik anregende Kraft durchfuhr mein Gedärm und aus dem Hinterkopf flüsterte eine Stimme: „Lass los, kleine Renate, mach dich nicht steif, du brauchst keine Angst zu haben. Es ist nur zu deinem Besten. Komm her, lass rutschen über den Schenkel."

„Miststück!", entfuhr es meiner Kehle, als die Masseuse meine Schenkel umklammerte und sich hochknetete. Heißes Wasser spürte ich an meinen Schenkelinnenflächen, Seife und Tücher rubbelten an meinen Pobacken. Die rauchige Stimme, ja, es war die Stimme Pauls, die ich plötzlich hörte, was die Masseuse nicht beeindruckte, sprach nicht, sie quoll hinter dem Vorhang hervor und verfing sich im Haar der Masseuse, deren Atem die Haut kühlte, wo Wachstücher meine Behaarung ausrissen.

Die Scham über meine Blöße gab mir die Handhabe, die Verstrickung zu verstehen, die mich dazu brachte, fremden Leuten meine behaarten Körperzonen darzubieten, und prägte den Gedanken, dass ich mich eher umbringen würde, als dass Paul mich so sehen dürfte. Schweiß trat aus den Poren und aus der porösen Wand. Eine weibliche Kinderstimme, vielleicht meine, vielleicht Maries, denn die Stimme wuchs Wort für Wort, wurde lauter und eindringlicher und strömte aus der Wand in wellenden Amplituden, umwickelte den Leib, sang.

Ich hatte genug von diesen Einbildungen, ich wollte aufs Klo. Meine Kräfte reichten jedoch bloß dazu, die angewinkelten Arme vom Körper abzufedern und zu tschilpen wie ein Spatz. Da wechselte das Licht die Farbe. Die Textur der Wand warf den Schatten einer Ferse, nicht größer als die Ferse eines Kinderfußes. Das Bein verjüngte sich und Farbschichten sogen es auf. Die Wände wölbten sich und ich lag unter einem Hängebauch zwischen elliptisch geformten Oberschenkeln, sie rückten auf Knien heran. Ein Delphin-Tattoo prangte am Oberarm eines Masseurs. Der Raum verengte sich, nahm mich auf wie Staub. Und Flügel flogen auf und Blätter raschelten, etwas setzte sich auf die Palme vor dem Bett und rief: „Renate, Renate, schläft Marie?"

Ich antwortete Paul auf dem Bett im Hause des Vaters sitzend. „Sie schläft."

Paul vergewisserte sich und fragte noch einmal: „Schläft die böse Schwester?"

„Sie schläft."

Und dann kam er zu mir und sagte: „Schläfst du bei mir, Töchterchen?"

Ich nickte und sagte: „Ich wache."

Paul hatte sich auf mich geworfen. „Möge das Bett Marie und dich verzehren."

Die Masseure warfen einander zweifelnde Blicke zu, Wimpern, lange Spinnenbeine, reichten ins Haar aus Ginster der ans Bett tretenden Frau.

„Renate, Renate, schläft Marie?"

„Sie schläft."

„Möge Marie verdorren", hörte ich Paul sagen.

Ich roch verbrannte Kräuter. Der Rauch biss in die Augen. Die Stimme befahl mir, Marie an zwei Pferde zu binden und die Pferde mit der Peitsche auseinanderzutreiben. Die Frau quetschte die Schultern, presste mich auf den Tisch. Ich kam langsam zu mir. Ein gutes Werk gibt Kraft, ich zog die Beine an, trat die Masseuse von mir, richtete mich auf und setzte die Füße auf den Boden. Ich nahm die Hände hoch und schüttelte die nach mir schnappenden Masseure ab, rubbelte mit dem Handtuch den Film Fett von der Haut. Die Masseuse bekam keinen Ton aus sich heraus. Ich musste raus aus dieser Stimmung.

IV

Nach diesem Albtraum hatte ich Lust auf den nächsten. Einen mir vertrauten. Robert. Unsere Beziehung dauerte schon Jahre. Sie wurde körperlich ausgetragen, im Guten wie im Bösen. Er nahm mich in und auf den Arm, aber er schlug mich nicht. Robert mochte mich süß verpackt in Felle, seidige Kleider, Schmuck, und umgeben von feinen Restaurants. Ich suchte Beruhigung und fand zumindest Ablenkung mit ihm.

Robert war ein notorischer Kritiker. Er beschwerte sich rigoros über das beste Essen in den besten Restaurants und verdarb den Appetit mit dem Ziel, nicht die Zeche bezahlen zu müssen. Robert war schlicht raffiniert und liebte Petersilienschaumsuppe. Ich horchte auf Gefühl und Geschmack. Ein besserer

Mann erzeugt eine bessere Frau. Robert war ein guter Mensch. Das war ein Glück für mich.

In Robert war ich nicht verliebt. Er war mein Verehrer, er interessierte sich von Anfang an für mich. Robert war der einzige Mensch auf der Welt, der Marie nicht leiden konnte. Die Kleine war immer um mich herum gewesen. Was immer ich tun mochte, tat auch meine Schwester. Wollte er mit mir spazieren gehen, dann musste auch Marie mit. Entweder beide oder keine.

Robert nahm mich einfach in die Arme. Er rauchte. Die Zigaretten glommen wie die Augen des Teufels. Er schien zu wissen, dass ich mein Paradies verloren hatte, weil meine Schwester drin eingezogen war. Er sog den Qualm ein. Zu lange war ich auf mütterliche Funktionen reduziert gewesen. Das wäre nun nicht mehr meine Aufgabe.

Robert war schlank, groß, sprach deutsch und ganz seltene Sprachen. Er hielt sich für einen Privatgelehrten. Er zog mich Marie vor, denn Marie redete Dialekt und nicht Hochdeutsch, was ich zu beherrschen lernte. Es machte mich traurig, denn ich war allein mit meiner präzisen Sprache. Ich beherrschte auch Fremdsprachen. Mutter war das Grundvokabel meiner Fremdsprache, ich hatte mir sagen lassen, dass ich sie als unerfüllbare Sehnsucht lebte. Das sei mein Stil.

Robert hatte mich damals im Van Dam beobachtet, als ich auf die Herrentoilette gegangen war. Er hatte versucht mich zurückrufen. Er hatte vor der Türe gestanden und wollte niemanden hineinlassen. Doch Paul hatte ihn grob zur Seite geschoben. Robert war zerknirscht gewesen, hatte Stellung gehalten vor der Tür. Er hatte meine Beschämung spüren können, als ich herausgetreten war und meinen Irrtum entdeckte. Da war er aus Mitleid geflüchtet.

Ich schwieg, zog die Beine an und legte die Arme um die Knie, schloss die Augen, öffnete sie wieder und konnte nicht umhin, als die Landschaft und die Hügel der griechischen Insel zu imaginieren, um Robert auszublenden. Mir war seltsam zumute. Ich legte mich auf den Rücken und wollte mich treiben lassen. Was würde sich unsere Mutter denken, lebte sie noch, dachte ich. Ich blinzelte. Robert saß neben mir. Er redete immer noch und köderte mich mit seinen Worten, die ich schluckte samt den Widerhaken des eingefleischten Hasses auf meine Schwester. Hätte ich meine Gefühle abkühlen können, wäre ich frei von Schuld geworden. Doch war das Gewissen in mir, das mir Verantwortung und Angst vor Bestrafung einredete. Diese Stimmen wogen schwerer als die Lust auf Befreiung. Ich hing an Roberts Angel, weil durch ihn die Verlustschmerzen aufhörten, an mir zu zerren. Robert lebte meine Wut und ermöglichte mir, ein normales Leben als erwachsene Frau zu führen. Roberts Atem war heiß und zu weiteren Sündenfällen verleitend. Robert fühlte sich bei mir wohl, weil ich Sauberkeit lebte, und zwar im moralischen Sinne.

Ich war aus dem Spa geflüchtet, hatte Ruhe gesucht und war nach Hause gekommen. Der Blick auf den

Boden bestätigte mir, dass sich der Mann schon wieder als Hausfrau betätigt hatte. Er buk Lebkuchen, anstatt richtige Arbeit zu suchen. Sonst saß er gern am Computer, und tagsüber lag er gern auf dem Sofa. Am Abend berichtete er, was er gelesen hatte, dann ging er als Kellner in eine Bar aushelfen. Oft saß er mir schmalschultrig gegenüber, sein Leid über seine Geldprobleme und Unterhaltszahlungen an seine ungewollten Kinder mit fremden Frauen klagend. Ich war nicht geizig, ich half ihm, wo ich konnte, bis auf dieses eine Mal, als er mich beraubte.

Das Vorzimmer roch nach Ingwer, Zimt, Nelke. Robert besaß einen guten Geschmack und legte Wert auf Ordnung schon in der Garderobe. Er nestelte an mir rum, wollte mir die Handtasche abnehmen, verlangte, dass ich den Mantel ablegte und die Schuhe auszog, damit ich keine Keime von draußen hereinbrachte.

„Lass meine Handtasche in Ruhe", fauchte ich ihn an.

Robert hob das Kinn und zuckte beleidigt mit der Unterlippe. Plötzlich hasste ich ihn für sein Kinn, seine zuckende Unterlippe, sein angegrautes Haar. Ein Kerzlein brannte und ein Lebkuchenherz lag auf der Kücheninsel neben dem Herd. Ich hatte Geburtstag, aber keine Lust auf diesen Hüttenzauber. Ich blies die Kerze aus.

Ein Knall zerfetzte die schon entzauberte Küchenidylle. Robert hielt eine Flasche Champagner in der Hand. Diesen Saft konnte er sich nicht leisten. Woher hat er ihn? Aus dem Kühlschrank. Beides gehörte mir. Der Champagner und der Kühlschrank. Ich schwieg. Das einzige, was er sich nach seinen kaputten Beziehungen leisten konnte, war eine Lebensgefährtin, in deren Wohnung er sich wohlfühlte.

„Du bist meine Luxusfrau", sagte er ganz verschmitzt mit seinen müden Augen. Den Luxus konnte er sich nicht leisten.

„Du könntest dich wenigstens bedanken, siehst du nicht, was ich für dich gemacht habe?", sagte er.

Ich nahm ihm den Champagner aus der Hand und fragte, ob er wisse, was er da entkorkt habe. Robert hatte seine Brille nicht auf. Er hob die Flasche hoch und das Etikett nah an die Augen, dann hielt er sie weit weg. Seine Arme waren zu kurz. Was denn in meiner Tasche drin sei. Wieso ich so derartig gereizt sei.

Er setzte sein bittersüßes Lächeln auf, so ein zynisches, entwertendes, das er immer aufsetzte, wenn ich ihm etwas Liebes tun wollte, wenn ich ihn etwa zum Essen ausführte und auch gleich mitteilte, dass ich die Rechnung bezahlen würde, und er dann, mit einem schiefen Grinsen und vermeintlicher Witzigkeit, meinte: „Na, dann darf ich bei meiner Auswahl nicht auf den Preis schauen." Robert war kleinlich, nicht charmant. Er war nicht schlecht für den erotischen Hunger, aber ich hatte ihn satt, und jetzt in der Wohnung, als er nach seiner Brille suchte, die er mit einer achtlosen Geste immer von sich warf, als wäre sie schuld an seiner Alterssehschwäche, tat mir die Brille, ausgenützt und unbedankt, leid. Die Brille half ihm, Defekte zu kompensieren, und wurde ständig von ihm verlegt und dann beschimpft.

Er schaute durch diese Spekuliereisen hindurch und lautete den französisch auszusprechenden Champagnernamen auf Deutsch zusammen. Ein Sprichwort sagt: Verachtung schweigt. Ich sage: Verachtung spricht, und zwar spricht sie aus mir. Was für ein kleinlicher Dieb stand da vor mir? Ich grollte und ich wollte keinen Champagner mit ihm trinken und stellte die Handtasche auf das Sofa, drehte mich weg und setzte mich im Mantel hin.

Robert verstand mich nicht. Ich saß hier in meinem Wohnzimmer wie auf dem Bahnhof. Es war mir noch nicht klar, wohin ich wen auf Reise schickte. Er näherte sich von hinten und legte seine Langfinger auf meine Oberarme. Ich schüttelte sie ab. Er versuchte mich zu berühren.

„Verschwinde", flüsterte eine Stimme. „Wirf ihn raus. Mach ihn fertig." Robert verstand anscheinend immer noch nicht. Er nahm den Champagner, ging in die Küche. Öffnete den Kühlschrank. Schloss ihn. Er ließ seinen Kopf hängen, sah mir mit schweren Augen von Weitem zu, ermüdet vom Nichtstun, während ich schon am Schreibtisch saß und auf die Tastatur des Computers hackte.

„Ich will mit dir schlafen", sagte er plötzlich.

„Hau ab", sagte ich.

„War etwas mit deiner Schwester?", fragte er.

Ein Stich fuhr durch das Sonnengeflecht, und zugleich eine Hitze aufsteigen spürend, sagte ich:

„Spinnst du?“ Mit schneidend scharfer Stimme schnitt ich ihm das Wort ab.

„Wann stehst du morgen auf?“, fragte er.

„Früh“, sagte ich und ging ins Bad. Duschte. Heiß. Dampf. Heißer. Noch heißer, bis die Haut rot war. Ich ließ die Dusche laufen. Aus einem Irrtum, einer Unkonzentriertheit heraus, vielleicht wegen des Wasserdampfes, weil er mir die Atemwege entspannte. Ich rubbelte mein Haar trocken. Dann hörte ich Robert. Wie er mich rief. Nicht laut. Eher fragend. Ich antwortete nicht.

Kurz darauf klimperte er mit Schlüsseln, ein Zippverschluss wurde geöffnet, ein Druckknopf gelöst. Ich erlauschte auch das kleinste Geräusch, eine kleine bockige Stelle, über die der Wagen des Zippverschlusses meiner Brieftasche stockend ratterte, die Erhebung der gesammelten Visitenkarten. Dann hörte ich das Knistern von Papier, das Klimpern von Münzen. Ich schlich mich heran, drückte mich an den Türstock, sah um die Ecke. Da stand Robert und bediente sich an meinem Geld.

„Was treibst du?“, fragte ich.

Seine Lieblingsphrase lautet: „Ich will nur mal nach dem Rechten sehen.“

„Und dazu vergreifst du dich an meiner Handtasche?“ Paul setzte ein schmutziges Grinsen auf. „Was glaubst du, wer du bist?“

„Ach ja“, lachte er auf. „Und wer hockte unterm Strauch und machte die Beine breit für den Nachbarsjungen?“

Ein gleißender Blitz machte mich blind vor Wut. Paul war vielleicht der Keil der Beschämung in meinem Fleisch, aber Robert hatte nicht die geringste Erlaubnis zur Kritik an meiner Person, schon gar nicht in meiner kritischen Situation.

Ich gab mich souverän ruhig und ging scheinbar in harmloser Absicht in die Küche zum Kühlschrank, holte die Champagnerflasche wieder heraus. Meine heiße Hand umfasste den Hals der eiskalten Flasche und trug sie mit mir ins Wohnzimmer. Robert hockte mit meiner Brieftasche auf dem Sofa und zählte ungeniert die Geldscheine. Ich holte Schwung und schmetterte die Flasche auf seinen Schädel. Der dumpfe Aufprall und der helle Knackton sagten mir in der Aufwallung großer Genugtuung und herrlicher Entspannung, dass Robert nie mehr an meine Tasche herankommen würde, denn nun rutschte er leblos vom Sofa auf den Boden. Er lag zu meinen Füßen, wie immer, nur dass er sie mir jetzt nicht mehr küssen konnte. Ich ließ die Flasche nicht fallen, stieg über den Körper meines Roberts hinweg und steuerte auf den Kamin zu, wo die Kelche am Sims standen, schenkte mir ein Glas voll. Das säuerliche Prickeln entschlackte die Speiseröhre und machte den bitteren Nachgeschmack von Aggression leichter schlucken. Müde vom Tagwerk, sank ich nun auf das Sofa und legte eine CD ein, um mich zu erweitern und zu verbreitern, um meine Ohren zu reinigen und mich mit Musik zu nähren.

Ich rollte den Körper auf einen Teppich und schleifte ihn mit dem Teppich über den Holzboden. Die Tasche lag auf dem Sofa und ich neigte mich vor, ergriff ihre Lederbügel, hielt sie auseinander und blickte in den Bauch der Tasche. Ich war froh, dass Robert mich nicht mehr berauben konnte, und gleichzeitig war ich entsetzt, dass ich ihn getötet hatte. Nicht einmal mehr die Zeit für ein gemütliches Frühstück hatten wir. Autoschlüssel, Kugelschreiber, Schminkstifte, Mobiltelefon und die durchsichtige Kosmetiktasche fielen auf den Boden. Ich durchsuchte hastig die Tasche, die Fotos von Marie waren verschwunden. Spezielle Fotos, die ich heimlich mit einem Teleobjektiv geschossen hatte, als sie in ihrer Wohnung mit gefalteten Händen vor einer männlichen Person niedergekniet war. Marie sah darauf blass aus, abgehetzt und scheu blickte sie um sich, als erwartete sie es, beschattet zu sein. Ich glaube, sie schämte sich für das Beten. Und nun hatte ich einen Toten in der Wohnung, und noch dazu selbstermordet. Ich betete darum, dass auch seine Materialität für immer von mir gegangen sein mochte.

Ich stieg über Robert hinweg, öffnete die Wohnungstür und suchte das Treppenhaus nach Spionen ab. Bildete ich es mir ein, eine Tür zuschnappen zu hören? Oder war es das Geräusch einer Briefklappe? Schließlich stellte ich mich zum Geländer und blickte in den Abgrund. Dort lag ein Hut mit breiter Krempe. Der Hut bewegte sich, drehte sich und stellte sich auf. Die Krempe richtete sich auf und gab das Gesicht eines heraufschauenden Mannes preis. Hatte er mich wahrgenommen? Seine Stirn war in Falten gelegt. Robert simpel zu entsorgen, verschob ich auf später. Sanfte, gütige Augen, die mich erfassten, und ein Mund am Mobiltelefon. Ich trat sofort zurück und verschwand in der Wohnung, drückte die Tür leise ins Schloss. Ich durchsuchte noch einmal die Handtasche nach meiner Sonnenbrille, die ich normalerweise dort fand. Noch hatte ich alle Tassen im Schrank, denn ich fand die Marienfotos im Sonnenbrillenetui. Sie waren eingerollt. Ich entrollte sie und legte sie zum Glätten unter das kalte Bügeleisen.

Ich setzte die Sonnenbrille auf. Robert sah durch das rosa getönte Glas nicht tot, sondern schlafend aus. Ich beugte mich hinab und hielt das Ohr an seinen Mund. Ich erschrak. Ein Zirpen ertönte. Das Zirpen stammte nicht von Robert. Ich ging beruhigt an die Tür. Draußen stand der Mann mit Hut. Der Spion verzerrte sein Gesicht. Ich fühlte mich verwanzt. Ich schnappte mir die Handtasche und lauerte, bis der Typ verschwand. Die blaue Iris zuckte hinter dem Glaskörper. Da klopfte er an.

Der einzige Mensch, den ich behandelte wie einen Untermenschen, war mein Toter. Ich trat ihn zur Seite, so dass ich die Türe öffnen konnte. Ich riss mich zusammen und grüßte lächelnd. Ich konzentrierte mich auf die Bilder, die der Mann mit Hut zeigte. Ob mir gestern etwas aufgefallen sei? Sei vielleicht Lärm zu hören gewesen oder habe ich dieses Gesicht schon einmal gesehen? Das Porträt eines breit lächelnden

Mannes mit Föhnfrisur war mir unbekannt. Ein Räuber. Ich konzentrierte mich auf das, was der Mund des Mannes mit Hut sagte. Was hieß hier Raubüberfall? Er zeigte mir das Foto des Verdächtigen und riet, gut die Türe zu schließen, denn die Räuber drängen häufig über die Baustellen an den U-Bahn-Schächten in die Häuser ein. Die Türen zu den Wohnungen knackten sie in Sekundenschnelle.

Der Mann mit Hut war besorgt und darob sehr nett. Weiße hübsche Zähnchen. Gütiger Blick. Er war ein Kommissar, wie er im Buche steht. Menschlich, verwirrt, zerknautscht und genial. Er trug keinen Ehering. Ich nickte wohlerzogen. Mein Magen knurrte. Bestimmte Phrasen passen zu bestimmten Gefühlen: Lieber den Magen verrenken, als dem Wirt was schenken, das ist die Phrase für Gier. Wie man in ein Gesicht hineinruft, so schallt es aus ihm heraus. Ich entschuldigte mich für mein Magenknurren und der Polizist entschuldigte sich für die Störung.

In diesem Haus hätten Einbrecher ein besonders leichtes Spiel, denn die Baustelle reiche bis in das Erdgeschoß, sagte er. Alle Trennwände seien durchgebrochen. Dafür würde unser Haus in den nächsten Tagen einen Lift erhalten, sagte ich. Der Magen knurrte lauter. Was wollte ich zum Dinner essen? Worauf hatte ich Lust? Lust. Die Lust. Was machte mir Lust? Woran denken? Lust worauf haben? Was heißt, Lust zu haben? Nachdenken darüber, was Lust macht.

„Lust sein oder Lust haben“, das ist hier die Frage, sagte der Kommissar. Er lud mich zu einem Stück

Pizza ein. Ich schlug die Pizza aus, ich hatte Robert zu verdauen. Erstaunt über die Leichtigkeit, meinen Charme zur Vertuschung meiner Aufgewühltheit einzusetzen, scherzte ich und fragte, ob er mein Vertrauen erschleichen wolle, um mich dann einzubuchten? Er schmunzelte und überreichte mir seine Visitenkarte. Er bot mir eine Verabredung an, wann und wo ich wolle, bei der ich dann alles gestehen könnte. Er flirtete.

„Ich kann immer“, sagte ich.

„Wie spät ist es?“, fragte er.

„Ich besitze keine Uhr, ich habe Zeit“, log ich.

Er überlegte, was ich damit zum Ausdruck bringen wollen könnte, und wir verabredeten uns lachend für einen Samstag in zwei Wochen. Der Kommissar war ein kluger Mann. Er vermutete richtig, dass in diesem Haus die Fäden zusammenliefen. Zumindest die Fäden meiner Familientragödie. Ich alleine wob das Netz.

Der Kommissar gehörte bereits mir, als er sich umwandte und das Treppenhaus abwärts lief. Mir wurde schwindelig, als hätte ich Höhenangst, als wäre mein Ich eine kleine schwere dichte Kugel, die unaufhaltsam eine Spindel hinunterrollte und meinen Körper nachzog. Die Fingerknöchel bohrten sich aus der immer fester um den Handlauf greifenden Faust. Mir war leicht übel. Mein Magen verlangte nach Tee. Dann spürte ich die Pflicht, Robert zum Verschwinden zu bringen, die Notwendigkeit, ihn zu kompostieren und das Terrain für einen neuen Mann zu planieren.

Als der Kommissar verschwunden war und Ruhe einkehrte, setzte ich mein ungeheuerliches Werk fort. Ich entsorgte Robert und die Plage mit ihm. Es war nichts zu hören oder zu sehen im Hausflur. Nur auf- und zuschnappende Türen, vielleicht auch nur das Echo der eigenen Wohnungstür. Ich wuchtete Robert auf das Geländer und gab ihm einen Schubs. Dann fiel er hinab, sein schwerer Körper sauste abwärts und schlug mit einem satten Geräusch auf dem betonierten Boden auf. Mir fiel ein Stein vom Herzen. Erleichterung und das positive Gefühl, etwas erledigt zu haben, begannen sich zu entfalten.

Dann drehte ich mich um. Meine Tür war zugeschnappt. Ich musste hinunter. Zum Glück war es Roberts Gewohnheit, die Schlüssel immer in der Hosentasche zu tragen. Ich hätte es fast vergessen.

Der Keller klaffte wie ein gefräßiger Schlund, der in den Bauch der Stadt führte. Unter dem Keller lag die Baustelle zur U-Bahn-Station, die ins Netz der Adern unter der Haut der Stadt mündete. Durch das Kellerlabyrinth des Hauses war es leicht, zur Baustelle zu kommen. Dort unten war es feucht und muffig. Wände trennten die dunklen Kellergrüfte, wo hinter Bretterverschlägen Zellen, Hausrat, Fliesen, Autoreifen, Wein und Knochen verrotteter Tiere lagen. Die Wände zur U-Bahn waren dünn, deshalb drang auch die blecherne Ansage der U-Bahn-Fahrer ins Stiegenhaus und bat aus Sicherheitsgründen zurückzutreten, da der Zug gerade abfuhr.

Ich schleppte Robert auf die Baustelle und warf ihn auf die Geleise. Dann wartete ich den nächsten einfahrenden Zug ab. Das Dröhnen und Poltern der ankommenden U-Bahn erschütterte das Haus. Im Augenblick der einfahrenden Bahn hörte ich die Bremsen quietschen, die Metalle von Gleisen und Rädern. Funken sprühten. Ich stellte mir vor: Roberts Körper bäumte sich auf, als die Kufen seinen Kopf vom Rumpf trennten. Dann rann das Blut aus dem Halsstumpf. Erstaunlich war, dass ich zu diesen schrecklichen Bildern keine Stimmen vernahm.

Ich war zu aufgekratzt, um einfach zu tun, als wäre nichts geschehen. Ich räumte die Wohnung auf, putzte die Champagnerflasche, um die Fingerabdrücke abzuwischen, wickelte sie in ein Tuch und wollte sie außer Haus schaffen. Ich trat ins Stiegenhaus und die blecherne Ansage ertönte und drang bis herauf. Ich trat an das Geländer heran und riskierte einen Blick in die Tiefe. Robert lag nicht mehr auf dem Betongrund. Seine Lederjacke und die schwarze Hose hatten seinen blutenden Körper eingewickelt und dicht gehalten. Ein Winseln erschreckte mich. Ich ertrage kein Winseln. Nicht einmal das Winseln eines Hundes.

Ich hielt mich im dritten Stock am Geländer fest. Ich presste die Tasche an mich. Dann spürte ich den Druck des Phantomschmerzes auf meinen Oberarmen, als befingerte mich Robert noch immer, was mich vom Geländer wegführte. Auf eine geöffnete Wohnungstüre zu, wo der warme Duft von Lebkuchen herausdrang und mich empfing. Ich klopfte an.

„Um Gottes Willen“, sagte die Stimme der Nachbarin. „Kommen Sie herein, wir rufen die Rettung an!“

Ich riss mich los. Mir war bewusst, dass Robert als Unfallopfer durchgehen würde, ich war zumindest in seiner Hinsicht frei. Ich war bereit, mir helfen zu lassen. Die Rettung kam und der Notarzt maß den Puls und wünschte mir alles Gute.

Ich konnte nicht zu Hause bleiben, streunte durch die Gassen. Ich wusste nicht, wie mir geschehen war, ich fand mich ohne Zeit, daher ohne einen Deut Müdigkeit. Dabei war ich kilometerweit gelaufen. In den Auslagen blinkten die Reflexe der Scheinwerferlichter auf und mir stachen die Puppen ins Auge. Kinderpuppen mit Mädchenröcken, Strumpfhosen, mit übereinandergeschlagenen und gespreizten Beinen, die hinter dem Glas hockten und Kunden anlockten. Die nächste Auslage präsentierte ausgestopfte Kleider. Eine andere einen gekrösefreien und lupenreinen Torso aus Glas, bekleidet mit Spitzenunterwäsche. Daneben lag das amputierte Bein aus Bakelit mit einem hochhackigen Schuh. Daneben lagen Scherben wie funkelnder Schnee auf dem Schaufensterboden. Daneben Sektgläser und Weihnachtskugeln.

Doppelgänger verfolgten mich mit dem toten Blick der Schaufensterpuppen. Meine Schuhe klapperten. Ich sah die Uhr über der Gasse hängen. Die Zeiger zitterten, hüpften auf der Stelle und kamen nicht weiter. Der Geschäftsschluss dauerte ewig. Ich trug zu laute Schuhe, der Lärm wurde mir Schritt für Schritt zu viel. Ich hockte mich in den Eingang eines Möbelhauses. Noch bevor ich mich anlehnen konnte, spürte ich einen warmen Hauch an meinem rechten Ohr. Ich riss den Kopf herum und kam mit der schwarzen Spitze einer glänzenden Schnauze in Berührung. Ein Hund beschnupperte mich.

V

Mit Hunden kannte ich mich gut aus. Deshalb war ich auch für die Besetzung im Werbefilm zuständig. Wir brauchten einen Pudel für den Werbespot. Er würde gemeinsam mit dem englischen Darstellerkind das Futter bewerben. Das englische Darstellerkind wurde auch von mir ausgewählt. Und nun war mir ein Pudel zugelaufen. Ich streichelte das gekrauste Tier. Es trippelte zitternd auf seinen Pfoten, was ich als Aufforderung verstand. Ich nahm es hoch. Die Knopfnase schnüffelte an meinem Kinn und die Augen wirkten so unschuldig, dass ich mich verliebte. Die Ohren waren groß wie Suppenlöffel, mit einem teddybärigen Fell überzogen.

Der Hund erfüllte die Vorgaben des Storyboards zum Werbespot. Das würde der Chefin gefallen, denn nun könnten wir den gebuchten Hund absagen und Geld sparen. Den Pudel einfach mitzunehmen und an die Firma auszuleihen, würde meinen Erfolg unterstreichen und ein Zusatzhonorar an Anerkennung einbringen. Ich streichelte das Tierchen, sein Zittern beruhigte sich und ich steckte den Zwerg in meine Handtasche. Er ließ sich diese Behandlung gefallen, streckte neugierig den Kopf heraus und ließ sich tragen. Ich war nicht mehr allein mit dem Mord. Und dieses Wissen, dass ein Herz in meiner Nähe schlug, wenn auch nur das eines Pudels, gab mir den Mut, nach Hause zu gehen und mich in der Wohnung frisch zu machen, um den Arbeitstag pünktlich und unauffällig anzutreten.

Das Hündchen gehorchte mir auf Anhieb, sagte ich „Platz!“, blieb es sitzen, sagte ich „Fuß!“, lief es neben mir her. Ich nahm ihm das Halsband ab, löste dafür meinen Gürtel und legte ihm die Schlinge um den Hals. Das alte Band warfen wir weg. Dann gingen wir nach Hause.

Blaulichter, Polizei, Rettung. Robert war längst abgeholt worden, Keller und Durchgang zur Unfallstelle waren abgesperrt und nur die Bewohner des Hauses wurden durchgelassen. Der Hund machte mich als Mörderin unverdächtig und niemand fragte sich, wieso ich jetzt, in den frühen Morgenstunden, draußen herumgeisterte. Wir waren Gassi gegangen, das war mein Alibi, und der Kommissar, der noch ein paar Stunden zuvor an meiner Tür angeklopft hatte, streichelte das Tierchen und entließ mich mit dem Satz, es gebe Ungereimtheiten zu klären. Da ich den Kommissar bald wiedersehen würde, denn es konnte nicht mehr lange dauern, bis er herausfand, dass Robert bei mir gewohnt hatte, schickte ich ihm ein „Auf bald!" und „Alles Gute bei den Untersuchungen!" zu.

Meine Chefin besaß einen grauen Rauhaardackel. Ihr eigenes Haar war ebenfalls grau und sie kläffte ihre Angestellten an wie der Hund auch, obwohl er sie schon jahrelang kannte. Ein anstrengender Tag begann, ich kam mit frisch gewaschenem Pudel.

Das Casting der Hunde konnte ich gleich absagen. Ich gewann also Zeit, die Hunde-Kind-Cracker anzurichten, bevor ich das englische Darstellerkind vom Flughafen abholen musste. Es war auch noch genug Zeit, das Kostüm für das Kind zu besprechen.

Als ich mit dem Pudel über die Schwelle trat, begrüßte mich die Chefin mit den Worten: „Hü Hott und zwar flott!" Ihr Rauhaardackel lag flach in seinem Körbchen und knurrte. Es war wohl die Eifersucht auf mein kleines Hündchen. Die Chefin witterte meinen Ekel gegenüber ihrem Dackel, sein Fell war borstig, als gehörte es einem Schwein. Sie rümpfte die Nase und meinte nur, ich solle den Pudel ins Atelier hinunterbringen, wo das Casting stattfinden würde.

Ich trug einen schwarzen Mantel mit rotem Innenfutter und als ich ihn aufknöpfte, erschien meine Gestalt in einem anliegenden schwarzen Kleid mit Tupfen, die ich liebte. Mein weiß befelltes Hündchen mit schwarzen Punktaugen und schwarzer Nasenspitze passte perfekt zu meinem Outfit. Der rote Gürtel war um seinen Hals gelegt. Plötzlich fühlte ich den Impuls, mich der Chefin zuzuwenden und Frieden zu schließen, ihr zu erzählen, wie ich an den Hund herangekommen war. Ich wollte ihr den Hund schenken. Meine Chefin war ein Raubein, sie hatte die harte Schale, doch auch den weichen Kern. Sie bewies auch stets ihren Feinsinn, wenn mir etwas fehlte. Sie hob dann das Näschen und schnupperte, einem Hund ähnlich, wie um die Schwingungen zu wittern. Für mich war die Chefin wie eine Mutter. Sie musterte mich mit untersuchendem Blick und ihr Hintern nahm richtig Platz auf dem Chefinnenstuhl, von wo aus sie mich immer ins Gebet nahm, um zu fragen, was falsch oder richtig gelaufen war im Betrieb. Ich fühlte mich in allem schuldig gesprochen. Sie lehnte sich zurück und schüttelte den Kopf, wenn sie meine Äußerungen mißbilligte. Sie nickte, wenn ich ihr Anlass zur Freude, also Genugtuung, bot. Sie liebte es, wenn ich Mitarbeiter anschwärzte. An diesem Tag jedoch schien mir, sie hatte keine böse Gedanken im Kopf, sie vertrieb mein Ansinnen, meinen Hund zur Verfügung zu stellen, wie eine lästige Fliege, indem sie den Kopf so heftig schüttelte, dass ihr praktischer Pferdeschweif hin und her peitschte. „Ihr Hund hat keine Chance", sagte sie und schenkte meinem Pudel keine weitere Aufmerksamkeit.

Die Sonne schien durch die Schrägfenster. Ich hielt mich in meinem Kleid aufrecht, hörte aber ein Rauschen, als verschlänge mich ein Meer aus Wogen negativer Erfahrung. Schnappen und Knabbern der Fingerkuppen, die wie Lippen das Gewand abmümmelten. Mein Hund war hungrig.

Die Chefin öffnete das Haarband und der Schweif ihrer grauen Haare fiel auseinander über die Schulter. Die Strähnen schlängelten sich um das Haupt der Medusa. Sie lächelte, so sah man ihr die Schadenfreude an. „Schau dir dieses Gesicht an", sagte sie mir und meinte meine Enttäuschung.

Der eifersüchtige Rauhaardackel legte seinen Kopf auf die Vorderpfoten. Sein grauer Schnauzer stand keck ab. Die Chefin schürzte die Oberlippe und schnauzte zu mir herüber, sie habe sein Gesicht gemeint. Wie so oft verwechselte sie seinen Ausdruck der Zuneigung mit meiner Enttäuschung. Dieses Grinsen. Dieser kalte Blick. Sie wähnte sich in Sicherheit, aber ich würde sie erwürgen. Auf die Kälte, die ich ihr gegenüber aufbaute, war ich stolz. Ich spiegelte ihre Unverfrorenheit, die diese Person mit ihrem Dackel zu einem arktischen Mammut verschmolz. Meine Präsenz wirkt auf so manche Menschen ihr Zeitalter lang.

„Statt eines Hundes hätten wir Kostüme gebraucht", sagte die Chefin. Dass ich Instrument war, verurteilte ich nicht, wenn ich mich selbst bedienen konnte – aber diese Arbeitgeberin bediente sich meiner.

„Wieso", fragte ich, „bisher hat es keine Besprechung darüber gegeben. Wieso soll ich weitere Kostüme anschleppen?" Ich besaß doch den Pyjama, die Kleider. Oder sollte es mein Kleid sein? Ich war verwirrt. Und wieso soll mein Pudel nicht für den Werbespot in Frage kommen?

„War nicht so gemeint", sagte die Chefin, „doch alle Pläne sind verworfen worden, statt eines Hundes brauchen wir jetzt eine Katze. Katzen und Kinderfutter eignen sich besser zur Bewerbung der Cracker. Wir werden also ein Katzencasting starten. Und zwar heute, und zwar sofort. Die englische Darstellerin wird mit Katze posieren. Fraglich ist noch das Gewand der Darstellerin. Streifen sind für die Hundeversion gut möglich, aber für die Katze? Ein Kleid mit Punkten ist ideal. Ihr Kleid also! Ziehen Sie es bitte aus und nehmen Sie inzwischen den Kittel der Putzfrau."

Die Büros der Produktionsfirma lagen unter dem Dach. Die Wände waren dunkelgrün gestrichen, um das vulnerable Gemüt zu beruhigen und für ein leistungsfähiges Klima zu sorgen. Man attestierte mir, ich verstünde schnell und hätte das richtige Tier gefunden, wenn man nicht die Gattung geändert hätte. Ich hasse es, wenn man Entscheidungen über meinen Kopf hinweg trifft.

Ich solle bitte erst einmal Kaffee kochen, sagte die Chefin. Ich konnte sehr gut Kaffee kochen. Kaffee kochen war etwas ganz Normales für mich. In diesem Produktionsbetrieb war es jedoch eine Demütigung, dafür abgestellt zu sein, weil üblicherweise sogar eine Kaffeemaschine und das Kaffeepulver als Product Placements Geld verdienen. Ich war Produktionsassistentin und nicht einmal Ressource. Der Befehl machte mich zornig. Das Geflüster der Chefin mit einer Geschäftsassistentin kroch durch die Gehörschnecke und die Knöchelchen trommelten Gerüchte, dass ich in der Firma unbeliebt sei und verschwinden solle. Ich trollte mich mit dem Pudel in die Küche, kochte den Kaffee und servierte ihn den Herrschaften ins Besprechungszimmer. Die Auftraggeber des Kind-Hunde-Katzen-Futters gehörten zu einem großen Konzern. Als ich dem Marketingleiter den Kaffee reichte, sagte er mit geschürzter schmaler Oberlippe, wie einen Akzent setzend: „Übrigens danke ich für das getupfte Kleid, es ist ein hervorragendes Kostüm. Ich hätte noch eine Herausforderung für Sie. Möchten Sie die Herausforderung annehmen?"

Die Herausforderung bestand darin, wieder hinunter auf die Straße zu gehen zum nächsten Fleischhauer um die Ecke und Beef Tatar für die Tiere zu kaufen, die zum Casting im Atelier auftauchen würden. Der Drehtag war umgemodelt worden und das Shooting verschoben. Am Nachmittag würden Katzen gecastet, vielleicht ergaben sich Proben mit dem Darstellerkind noch danach.

Terminverschiebungen und Änderungen in der Besetzung, das Umschreiben des Drehbuches und Austauschen von Requisiten waren nichts Ungewöhnliches beim Werbefilm, das ging ruckzuck. Nur ich wurde nicht informiert. Man behandelte mich wie ein kleines Kind und glaubte, ich würde bei allem widerstandslos mitmachen. Sogar eine Katzenpsychologin war organisiert worden, ohne mich zu fragen, ob ich diese Aufgabe nicht übernehmen könnte. Ich streichelte gerne diese anmutigen Tiere.

Ich wunderte mich daher auch nicht, als aus dem Lift die erste Katzenbesitzerin mit Katzenkoffern ausstieg und viel zu früh dran war. Die Katzen mussten nüchtern zum Studio gebracht werden, also hungrig, damit sie beim Casting durch Futter gefügig wären. Ich war in Eile, das beste Fleisch sollte ich besorgen.

Das überraschte Gesicht des Fleischhauers blieb für Sekunden auf mich gerichtet, als hätte ich eine grobe Unanständigkeit von mir gegeben. Ich wollte doch nur zehn Kilo Lungenbraten, fein gehackt. Der junge Mann hatte eine Glatze und nackte Augen, die mich ausgiebig anstierten und langsam mit Empörung durchbohrten. Das Geschäft war hygienisch weiß gehalten, die Vitrine aus Glas und poliertem Edelstahl. In der Auslage drehte sich ein Metallstern über dem Schlachtblock. Das rote, von Fettäderchen marmorierte Fleisch lag aufgefächert auf kaltem Stein, Innereien waren zu einem Bouquet angeordnet und Rindsknochen mit und ohne Mark bildeten ein Bett für Klauen. Fasane und Kapaune hingen mit den Köpfen nach unten in der Auslage über dem Metallblock. Ob dieser zart gebaute junge Mann wirklich selber schlachten konnte, fragte ich mich. Sein scharfer Blick ging mir unter die Haut. Mit einem weiteren Augenaufschlag war ich gemustert und gewogen und für zu leicht befunden, es war klar, dass er nun fragte:

„Wozu braucht ein so zartes Geschöpf wie Sie zehn Kilo faschierten Lungenbraten?“

„Das ist nicht für mich“, sagte ich froh, „das ist für Katzen.“

Dem Fleischhauer verschlug es die Sprache. Mit fast mütterlich gütig gerunzelter Stirn wiederholte er ungläubig: „Für wen bitte?“

Ich antwortete nun direkt und wahrheitsgemäß: „Für Katzen.“

Der Fleischhauer rang mit meiner Antwort und griff nach dem Beil, begann nachdenklich einen Fleischbrocken klein zu hacken. Dann sagte er: „Ich verkaufe keinen Lungenbraten an Katzen. Ich bin ja kein Christ.“

Vielleicht glaubte er, Christen würden jedes Fleisch opfern und Rind an Katzen geben. Ich mag Kühe grundsätzlich. Traurigkeit ergriff mich, als ich an die friedlich wiederkäuenden Kühe auf den Weiden meiner Kindheit dachte, und ich solidarisierte mich augenblicklich mit der Empörung des Fleischhauers, diese Kühe zu töten, nur um sie an Katzen zu verfüttern. Doch ich brauchte Fleisch, und wenn es vom im Schlamm gewälzten Allesfresser war.

Der Fleischhauer zog die Augenbrauen zusammen und fixierte mich, als könnte er Gedanken lesen. Die Dekoration der Nature morte im Schaufenster und wir zwei Lebendigen in der Fleischhauerei – ach, die Stimmung mutete so diskret intim an, dass mir die Tränen in die Augen stiegen. Ich hätte nicht „nein“ gesagt, hätte er mir jetzt eine Tasse Blut angeboten, um noch ein wenig länger bei ihm zu bleiben.

„Okay“, sagte er, „wir werden einen Ausweg finden. Aber ich werde niemals ein Tier töten, um seine besten Stücke an ein Raubtier zu verfüttern, das auch Aas frisst“, sagte er. Dann verschwand er, und als er wieder auftauchte, brachte er eine Kiste mit Gekröse und Fleischwürfeln mit.

Er legte weißes Papier unter den Fleischwolf und begann die Brocken in die Maschine zu stopfen. Die Masse schob sich aus dem Fleischwolf, schlängelte sich in dünnen Nattern aus dem Trichter und häufte sich im Napf zur Frisur meiner Chefin. Immer wieder streifte der Fleischhauer die Masse ab und putzte den Rüssel des Fleischwolfes für die nächste Portion aus. Die Masse duftete nach Majoran und Gewürzen. Der Fleischhauer sorgte dafür, dass ausreichend rotes Faserfleisch beigemengt war, damit es dem echten Beef Tatar ähnlich war.

Der Fleischhauer wollte mir für das mindere Fleisch nichts verrechnen. Ich bat ihn aber um eine Rechnung für den Lungenbraten. Er war ein sehr höflicher und ein ehrlicher Mann. Er lehnte zunächst ab. Ich bestand darauf, dass er das Geld nehme. Er nahm mich ernst. Also schlug er vor, die Summe eines Tages, wenn mein Stress vorüber sei, bei einem gemeinsamen Abendessen durchzubringen. Gerne überreichte ich ihm die Visitenkarte der Produktionsfirma. Ja, ich mag solche Geschäfte! Ich mochte den Fleischer. Schließlich hatte ich einst für Marie die Mittagsmenüs in einer Fleischhauerei liebend gern gekocht.

Die Chefin riss mir das Paket regelrecht aus der Hand, verlangte die Rechnung und meinte, alles gehe drunter und drüber, die Katzen seien neurotisch, an die fremde Umgebung nicht gewöhnt. Ich wurde mit der nächsten Aufgabe betraut. Anstatt die Katzen zu besänftigen, sollte ich das Darstellerkind vom Flughafen abholen. Ich hatte nicht einmal Zeit, mich um meinen Pudel zu kümmern. Ich musste mit den öffentlichen Verkehrsmitteln zum Flughafen fahren. So sparte man Kosten, indem man mich ausbeutete. Die Firma spendierte den Luxus eines Taxis nur für die Rückfahrt, damit das Darstellerkind bei guter Laune gehalten würde und der Ruf des Unternehmens nicht beschädigt. Meine Nerven waren der Firma egal, weil ich nicht ins Bild kam.

In der Ankunftshalle des Flughafens hatte ich noch genügend Zeit. Ich bestellte einen Espresso und mein Blick fiel in den Strudel, den der Löffel in die Corona des schwarzen Sudes rührte. Als blickte ich in die Spindel meines Treppenhauses hinab, sah ich den Körper Roberts fallen, fallen, fallen. Ich zog den Löffel aus der Flüssigkeit, legte ihn hin und trank einen Schluck, bezahlte und ließ den Rest des Espressos stehen.

Das Flugzeug hatte Verspätung. Ich teilte das in einer SMS der Chefin mit. Sie antwortete sofort mit dem Kommentar „Katastrophe!“. Mich konnte die Warterei nicht aus der Ruhe bringen. Das Warten am Flughafen lenkt ab, wenn man zu Hause wirkliche Probleme hat. Ich schrieb den Namen der Darstellerin auf ein Blatt Papier. Als die Maschine gelandet war, stand ich mit anderen Chauffeuren und Abholern hinter dem Geländer Spalier und fixierte die Zone der Ankommenden. Ich hielt das Schild hoch und überragte die wartende Menge.

Als dann die zwölfjährige Engländerin mit einem Rollköfferchen und einer Begleiterin mit Krücken auf der Schwelle der sich automatisch öffnenden Tür erschien, blieb mir die Spucke weg. Dieses Mädchen, Anne, war meiner Marie wie aus dem Gesicht geschnitten. Die gleichen schwarzen Locken fielen über ihre schmalen Schultern. Die starken Augenbrauen, gezupft zu einem schwarzen Bogen, rahmten das Gesicht und festigten den klaren Blick. Die Darstellerin bewegte sich grazil und trotzdem kindlich, sie wirkte wohlbehütet, rein und frisch, weil sie es war. Die weiche Haut, die auf ein duftendes Nachtkissen schließen ließ, auf das dieses Kind sein Lockenhaupt zu betten gewohnt war, um in wohliger Sicherheit kühnste Abenteuer zu träumen, die stets gut ausgehen, strahlte glatt, opalfarben. Ich war vollkommen perplex über diese Unberührtheit. Diese Haut zu diesen Lippen, die noch nie von männlicher Zunge abgeleckt worden waren, verleitete mich zu dem perversen Wunsch, das Kind ausgiebig auf den Mund zu küssen, wie es meine Mutter getan hatte. Diese unschuldige Haut zog mich in ihren Bann, am liebsten hätte ich das Kind untersucht, um mich an seiner Unversehrtheit zu ergötzen.

Anne war in Begleitung einer älteren Frau. Anne hatte sich um ihre Nanny auf Krücken zu kümmern.

Als mich das Kind entdeckte, genauer seinen Namen auf meinem Schild entdeckte, steuerte es auf mich zu, mit seiner Nanny im Gefolge. Die ganze Zeit über hatte ich mich mit dem Schild beschäftigt, konnte aber nun den Namen nicht aussprechen. Ich wirkte unvorbereitet. Mit der Zeigefingerspitze fuhr Anne Buchstabe für Buchstabe ihren Namen auf meinem Papier entlang und versuchte die Konsonantenhäufung zusammenzulauten. Anne war ein Mischlingskind, ihre Mutter Engländerin, der Vater ein Mongole. Sie war eine exotische Schönheit und ihr Name schwer auszusprechen.

Die Betreuerin war erstaunlich freundlich, auch zu mir. Ich übernahm das Gepäck und wir verließen die Halle in Richtung Taxistand. Ich hob den Blick hinauf in den Novemberhimmel und das Gesicht den Regentropfen entgegen, die auf mich herabnieselten. Ich hielt die Augen offen und stierte hinauf, als suchte ich den Punkt, an dem das Himmelszelt hängt. Wir nahmen einen Van für die Fahrt in die Stadt.

Im Wagen drückte ich mich ganz nah an Anne in den ledernen Rücksitz. Wir fuhren an Hinterhöfen vorbei. Kein Garten, in dem das Gerippe einer Hollywoodschaukel fehlte. „Der Regen wird sich nicht lange halten“, sagte der Chauffeur, „aber jetzt sorgt er für anhaltenden Stau.“ Der Chauffeur drehte sich um, während er erklärte, welche Route er in die Stadt wählen würde.

Anne streckte ihren Arm aus und packte die am Boden stehende Tasche, zog einen Folder heraus. Sie zeigte mir ihre Sedcard mit der Liste der Filme, in denen sie mitgewirkt hatte. Auf der ersten Seite des Folders waren die geheimnisvollen Augen einer verschleierten Frau zu sehen. Nicht jedes Augenpaar wies eine derartige Magie auf wie Annes Iris. Lupenreine Brillanten. Natürlich retuschiert. Der Schleier ist ein leeres Zeichen. Es hängt ganz davon ab, wie er gesehen wird und was man hineinschreibt, aber auch, wie jemand aus ihm herausschaut, aus dieser Wechselwirkung entsteht die erotische Spannung.

Annes Augen warben für eine Wimperntusche. Sie war stolz auf ihre Produkte und ich legte ihr meine schlanke Hand auf den schmalen Kinderschenkel und begriff dieses Wunder der Natur mit meinen muskulösen Fingern, begierig, den Körper in seiner Kinderrolle aufzuspüren und in sie zurückzuschlüpfen, um nachzuholen, was mir versagt geblieben war. Anne lächelte unsicher. Die Betreuerin hatte einen strengen Unterton, als sie sagte: „Lerne deinen Text", was ich sofort auf mich bezog, als hätte sie bemerkt, dass ich Anne begrapschte. Ich nahm die Pfoten vom Schenkel. Anne schlug den Folder zu. Sie war sofort wieder zutraulich. Sie zuckte nicht mit der Wimper, als ich ihr wieder meine Hand entgegenschob und nun mit den Fingerspitzen den Unterarm entlangkroch, um ihr den Folder abzunehmen.

Aus welcher Zeit stammte dieser Schleier-Spot? Anne sei doch noch zu jung, um Wimperntusche aufzutragen, sagte ich und näherte mich mit befeuchteten Lippen ihren sagenhaften Augen. Anne war verführerisch. Es galt, ihr bewusst zu machen, was ich seinerzeit bei Marie verabsäumt hatte. Am besten durch einen sanften sexuellen Übergriff, der ihr für alle Zeiten den leichten Ekel vor körperlichen Wonnen eintreiben sollte. Doch die Betreuerin war wachsam und ihr Gehirn besaß die gleichen Zentren wie meines. Sie trug einen Businessanzug, der sie respektabel kleidete, und sie nützte die Macht der Krücken und forderte mich simpel auf, Anne in Ruhe zu lassen und mich stattdessen um sie zu sorgen. Ich ließ meine Wut auf diese Zurechtweisung verebben, als Anne ihre edle Stirn an meinen Oberarm lehnte. Sie entsprach dem Willen der Betreuerin und stillte meinen Trotz, indem sie den Text im Schlummer wiederholte.

Wir fuhren direkt zum Studio. Ich kam mir steif und hölzern vor, als ich die Betreuerin sagen hörte, Anne sei eine der bestbezahlten Kinderschauspielerinnen Englands. Und als die Chefin wie eine Komplizin ihr die Broschüre zu einem anderen Spot reichte, auf der Suche nach der älteren Frau für das Konterfei einer Altersvorsorge, beschloss ich, Anne doch noch ein wenig zu erziehen.

Ich ging in die Garderobe des Mädchens. Ich ahnte, dass sie die Schule schwänzte, um auf Castings Männern hinterherzusteigen, die Filme drehten und ihr den großen Erfolg versprachen. Die Betreuerin beutete das kindliche Verlangen nach Anerkennung nur aus, statt das Mädchen anzuleiten. Also übernahm ich diesen Part und maßregelte Anne mit Aufklärungsunterricht. Anne saß auf der Couch. Ich deutete auf die Beine. Anne war ratlos. Ich klopfte ihr auf die Knie, die Oberschenkel. Die Stimmung zwischen uns war schnell aufgeheizt. Anne folgte nicht auf mein Wort. Sie kniff die Knie zusammen. Sie juchzte, als ich ihr mit dem Gürtel einen Hieb versetzte. Ich hatte dasselbe mit Marie gemacht, Marie hatte nicht gejuchzt, dafür geschrien. „Habe ich dir Angst gemacht?“, fragte ich Anne. Ich wusste ihr nicht anders zu helfen, als sie zu zwingen, das Obst zu schälen und hineinzubeißen unter Hieben.

Wir hätten eine Menge mehr Spaß haben können, aber leider kam schon die Betreuerkuh dazwischen. Was ich hier zu suchen hätte, fragte sie mich.

„Ich übe mit Anne“, sagte ich.

Anne schluchzte. Sie sprach stockend, dass ich „scaring“ sei. Ihre Betreuerin, die unbedingte Disziplin verlangte, wurde immer lauter, so laut, dass auch das Team hören konnte: „Lassen Sie meine Anne in Ruhe, ruinieren Sie nicht mein Geschäft.“

Im Werbefilm reicht eine kleine Beschwerde und schon fliegt man aus der Branche. Ich war irritiert, denn ich verstand die Aversion nicht, die diese Frau gegen mich abfeuerte. Ihr Angriff auf meine Autorität war unhöflich und tödlich. Ich hatte dem Kind doch nur seine Integrität erfahrbar gemacht. Ich war ganz ratlos und bat um Aufklärung.

Die Chefin brachte mir den Zettel mit meinen neuen Aufträgen, ich überflog die Seite und Unverständnis und Ratlosigkeit schwappten ineinander über. Anstatt zum Lunchbuffet eingeladen zu sein, war ich entsandt, die Kalkulation für den Medizinfilm zu erstellen, und dann hätte ich mich auf die Suche nach einem neuen gepunkteten Kleid für Anne zu machen. Die Chefin war mir bisher nur als Salattigerin bekannt, jetzt erschien sie mir als Menschenfresserin. Waren wir uns noch ein halbes Jahr zuvor bei einem Tiefkühlspot nähergekommen, so schien sie mich nun abzulehnen und nur noch als Sklavin zu verwerten. Sie ging zum Buffet, wo Gebäck und Aufstriche warteten, daneben der von mir gekaufte Fleischberg.

Ob das Fleisch nicht für die Katzen wäre?, gab ich fragend zu bedenken. Die Chefin hob mit der Messerspitze dem Fleischberg die Kuppe ab, schnupperte daran und leckte sich angeregt über die Oberlippe, dann schmierte sie das Fleisch auf das Brot. Sie pfefferte den Happen und sagte, die Tiere hätten ihre Portion abbekommen, der Rest vom Beef Tatar sei nun für uns. Sie biss ins Brötchen mit dem Tatar aus Gekröse mit grob gemahlenen Pfefferkörnern. Ich schwieg. „Bevor Sie sich an die Kalkulation machen, probieren Sie, es ist köstlich“, meinte sie.

Wenn sie nur daran sterben würde, hoffte ich.

Ihr Mund wurde zu einer fleischfressenden Tulpe. Sie ging rückwärts schreitend vom Buffet und ich muss noch eine Weile dagestanden haben wie ein entlassener Dienstbote. Mein Herz klopfte bis in den Schädel. Ich hielt mich aufrecht und achtete auf meine Lippenspannung, um nur ja nicht durch Ekel zu verraten, dass das Beef Tatar aus Fleischabfall hergestellt war.

„Bitte“, sagte ich, „ich kann noch Tatar nachholen.“

„Schon längst geordert“, sagte die Chefin. „Übrigens, Ihr Pudel wird gegen meinen Rauhaardackel antreten. Morgen werden wir nämlich doch noch die Hundeversion drehen.“

Ich war allein unter dem Dach im Büro. Dunkelheit, Stille. Der Regen rieselte auf die Schrägfenster wie Grieß. Der Köter der Chefin schlief eingeringelt in seinem Körbchen. Ich kalkulierte die Kosten für die Animation des Medizinfilms. Die Fachzeitschrift lag auf dem Pult. Der Rauhaardackel knurrte, als ich mich aufsetzte, und kläffte bedrohlich, als ich meine Hand nach Maries Interview ausstreckte. Ich hatte genug von diesem Tyrannen, schnappte den Brieföffner, hielt ihn zwischen Daumen und Zeigefingerkuppe fest, holte aus, zielte und feuerte ihn wie einen Pfeil auf die Stirn des Rauhaardackels. Jäh jaulte er auf, sprang vom Schmerz getroffen aus dem Körbchen und verkroch sich knurrend unter dem Schrank. Ich knipste das Licht an, rechnete. Dann erst griff ich zur Broschüre und las die Funktionsweise des Medikamentes nach.

Der Regen prasselte stärker, das Licht fokussierte ich spitzer, so dass die Konturen des Mobiliars im Dunkel umrisshaft schimmerten und das Zentrum der Helligkeit auf das Magazin fiel. Der Rauhaardackel knurrte wieder, diesmal resignierend. Er spürte sein Ende. Ich blätterte. Der Pudel fiel mir ein, seine Chance als Fernsehhund würde steigen, wäre der Rauhaardackel weg. Ich lauschte. Ich hörte seinen Atem. Ich blätterte und schlug die Seite auf. Marie und Paul. Paul und Marie. Paul mit einem Bart, grau, wie struppiges Fell.

Vielleicht witterte der Hund meinen Drang, mich ein für alle Mal aller Probleme zu entledigen. Er winselte, als nähme er schweren Herzens ein Opfer auf sich. Nur ich wusste, welches. Ich erfuhr eine Welle der Erleichterung, als ein Teil von mir sich löste, mich sitzen ließ, als wäre ich das gute Gewissen, das nun wie gelähmt zusehen musste ohne eingreifen zu können, während der andere Teil wie außer mir und ein Killer, angeleitet zur Tat, unbeirrbar lossteuerte. Mein Körper glitt vom Sessel auf den Boden und kroch auf allen Vieren zum Schrank, streckte seinen Arm aus und fischte nach dem Hund. Der Hund sträubte sich nicht, es gab keinen Kampf. Die dunkelbraunen Augen glänzten traurig und der Rauhaardackel knurrte noch einmal, bevor er die Äuglein schloss. Es dauerte nur ein paar Minuten, dann war er tot.

Mein Körper kroch auf allen Vieren rückwärts, richtete sich auf und setzte sich wieder hin, verschmolz mit mir. Dann atmete ich mit Erschauern weiter und schaltete kurz darauf das Licht aus, nur um nicht zu sehen, was mein Körper angerichtet hatte. Der Hund war mausetot.

Ich schob den Kadaver mit dem Fuß ganz nach hinten. Dann machte ich mich auf den Weg, um ein neues Kleid für Anne zu besorgen, doch mein Körper führte mich in Maries Wohnung, praktisch an den Anfang der Geschichte.

Nun lag ich also wieder auf der zurückgelassenen Matratze in Maries verlassener Wohnung. Über mir Schritte. Links von mir durch die Wand der billige Konserventon einer Maschinengewehrsalve, satt, trocken, repetitiv. Rechts von mir die Tür zum weiten Flur, so lautlos, dass nur die Fliesen ihre kühle Materialität hauchten. Vor mir das Fenster, vor dem Fenster ein Gurren. Das Fenster und die Tauben.

Ich schob das Rollo zur Seite und knallte mit der Faust gegen das Glas, verjagte die Tauben. Für einen Augenblick glaubte ich, meine traurige Gestalt da unten stehen zu sehen. Aber nur irgendein Mann stieg da im Trenchcoat herum. Blaulicht streifte durch das Schlafzimmer. Ich hatte mich entschlossen, die Nacht in Maries Wohnung zu verbringen.

Sie hatte hier vermutlich schlecht geschlafen, versucht, Erklärungen für mein Verhalten zu finden. Die Gliedmaßen waren ihr schwer wie Sandsäcke gewesen, und Morpheus hatte sie über die Schwelle in Träume gerumpelt. Wenn sie erwacht war, war sie wie gerädert gewesen, als wäre ich auf ihr gelegen, auf ihrem Brustkorb gesessen, was ihr den Atem nahm, als hätte ich sie gejagt, als hätte sie sich die halbe Nacht durch irgendein Dickicht geschlagen oder wäre steil bergauf gegangen, um aus der Unterwelt ans Tageslicht zu gelangen. Und kaum hatte sie einen Ton von sich gegeben, hatte ich ihr das Maul zugeklebt.

Ich starrte zur Zimmerdecke, drehte den Kopf zur Seite und fixierte das Fenster. Hörte Gekreische aus der Gasse. Schritte. Ein Polizeiwagen stand unten vor dem Hintereingang des Bekleidungsgeschäfts. Das Blaulicht spiegelte sich in den schwarzen Scheiben und ein Herr mit breiten Schultern bediente die Tastatur eines Handys. Ich fasste den Herrn mit den breiten Schultern ins Auge. Er schob den Hut in den Nacken und wendete den Kopf zu mir herauf in Maries Wohnung. Ich trat zurück. An seinem Arm baumelte ein durchsichtiger Plastikbeutel. Darin sah ich den hellblau gestreiften Pyjama.

Auf dem Fensterbrett lag ein Bleistift. Ich schnappte ihn und ging an den Schreibtisch. Durch die Wiederholung der Formel „es war einmal“ war ich als Hörerin und Betrachterin immer auch Schöpferin einer Geschichte. Der einzige Wermutstropfen war, dass ich das Privileg der Deutungshoheit nur besaß, so lange ich privat und individuell blieb. Die Unsterblichkeit kommt nicht durch Ruhm, sie steckt in der Formel „es war einmal“.

Ich gab mich mit geschlossenen Augen dem Beginn meiner Geschichte hin. Der Bleistift kratzte, schürfte seine Spur ins Weiß, um Marie die Wirklichkeit einer Sehnsüchtigen wahr zu machen. Dann läutete mein Mobiltelefon in der Handtasche. Die Telefongesellschaft schickte Informationen über verbilligte Tarife ins Ausland.

Das Alleinsein bedarf der Gewöhnung und ist eine dauernde Übung. Es muss immer wieder Handlung erfunden werden, um die Einsamkeit zu ertragen. Meist gelang es mir, die Handlung durch die Stillbeschäftigung des Schreibens oder den Zeitvertreib des Wartens zu erfinden. Oft wollte ich ein Bad nehmen, nicht um zu entspannen, sondern um Spannung in mein Leben zu bringen.

Ich saß am Tisch in Maries Wohnung und im Badezimmer rauschte das Wasser. Die Badewanne war mannslang und mannsbreit, sie verjüngte sich konisch, hier reinigte Marie den holden Körper. In der Küche hing eine Plastikschürze mit kreuz und quer sitzenden kleinen Bären auf weißem Untergrund. Auf dem Kühlschrank lag ein Stapel britischer Zeitschriften, ein Exemplar hatte ich auf den Tisch gelegt. Ein teigiges Gesicht, blutverschmiert und mit einem Verband um den Kopf, auf dem Titelblatt. Ich fühlte mich mitgenommen. Robert war schwer wegzuschaffen gewesen.

Die französischen Kochbücher erzählen mir von Maries fleischlichen Genüssen. Fleisch hatte sie früher abgelehnt. Nach ihrem französischen Abenteuer hatte sie ihre Ernährung von Grund auf verändert. Anstatt mir ihr Vertrauen zu schenken, schwieg sie eisern über ihren Verführer in Frankreich. Sie war ungerechtfertigt unwirsch, unleidlich und schließlich unverhohlen feindselig gegen mich, wenn ich später ihre Unterhosen nach Indizien für die Monatsblutung untersuchte. Ich musste mich sehr oft gegen ihre Handgreiflichkeiten verteidigen, um meine Integrität zu bewahren und meinen Stolz zu spüren. Die Augen ihres Vaters füllten sich regelmäßig mit Tränen. Er ertrug meine Stimme nicht, wenn ich herumbrüllen musste, damit Marie die Wasserglasränder vom Waschtisch wischte oder die Kalkflecken von den Fliesen putzte, die überflüssig brennenden Lichter abdrehte und den Müllsack richtig vollstopfte. Dafür lobte er Marie für ihre schulischen Leistungen. Dabei waren ihre guten Noten auf meinem Mist gewachsen.

In der Nacht, die ich in Maries Wohnung verbrachte, fiel ich wie ein Stein ins Bett, schwer, klein und alt. Die Augen fielen zu. Trotzdem wurde es nicht dunkel, als wären meine Lider nicht aus Haut, sondern aus Glas. Ich hatte die Augen geschlossen und trotzdem sah ich mich im Spiegel auf dem Bett liegen. Ich beobachtete die auf dem Bette liegende Frau. Was für ein Körper! Das Herz klimperte, ein Geräusch, als stießen Gläser an. Das Haar umfloss mich, Tränen glänzten auf den Wangen.

Ich erhob mich, spürte ein Rieseln durch den Körper gehen, als wäre ich eine Sanduhr. Es kratzte im Hals. Ich schlürfte das Wasser und es schürfte in der Kehle, sobald ich schluckte. So verwandelte ich den Schmerz in Schutt.

Ich stellte mir Marie her, knetete die Reste ihrer Präsenz zu einem Fluidum, um in ihrer Sphäre weiterzuleben. Ich wusch ihre Unterwäsche, kaufte neue Socken, bezog ihr Bett, benützte ihre Seife. Marie war mein Leben, und das Sakrament meiner Schwesternschaft lag im Kübelchen hinter der Toilette. Ich drehte das Licht nicht mehr an. So konnte ich ihre Gestalt besser erinnern, mir das Gefühl ihrer Nähe beim Kochen und Einkaufen und Fernsehen geben.

Ich ging zur Garderobe und holte mein Handy aus der Tasche, wählte Maries Nummer, natürlich vergeblich.

Es wurde Zeit, dass ich etwas für mich unternahm. Der Kommissar war eine zweifache Komponente für das Glück meines Lebens, ich wollte die Beziehung zu ihm schmieden und mich dazu in Form bringen. Ich setzte die Hände links und rechts auf den Boden, beugte den Kopf vor und platzierte den Schädel auf dem Kissen, stieß mich mit den Zehen vom Boden ab und streckte die Beine, drehte mich wie ein Stundenglas einfach um. So floss alles rückwärts. Im Kopfstand lösten sich die Organe, senkten sich federnd in die Gegengewichtung. Die Blutkörperchen rieselten zum Herzen. Mein Herz klopfte nicht, es schaufelte. Um es zu entlasten, schlief ich manchmal im Kopfstand. Ein Ruhekissen verschafft ein gutes Gewissen. Den Schlaf hatte ich als kleinen Bruder des Todes adoptiert, Ungeduld als die kleine Schwester des Lebens.

Da läutete das Mobiltelefon in meiner Handtasche. Eine unbekannte Nummer. Vermutlich Roberts Tochter, die nach mir fragte, mich suchte, mir sein Unglück mitteilen wollte. Seine Tochter war eine Klette. Ich würde zurückrufen und ihr sagen, sein tödlicher Unfall täte mir leid, doch ich hätte ihn schon vor einiger Zeit verlassen, der soziale Tod hätte uns schon geschieden, der leibliche würde mich und sie höchstens im Mitgefühl wieder vereinen.

Die Fenster glotzten mir nach. Ich drehte mich im Kreis. Es gab keinen anderen Ausweg als abzurechnen und mich für alle Zeiten von Marie zu befreien. Ich ging in die Küche, öffnete die Lade, prüfte das Besteck. Da sah ich unter der Plastikeinlage des Besteckes ein Kuvert durchschimmern. Wie war es in die Besteckladе geraten? Auf dem lilafarbenen Umschlag stand mein Name, meine Adresse.

Viele Jahre hatte ich Marie entbehrt und nun zitterten meine Hände, ihre Botschaft nur ertasten und nicht erfahren zu dürfen. Der Schwung ihrer Schrift schien mir, als hätte sich Marie gefreut, meinen Namen zu schreiben. Sie begriff mich also doch noch als Familie. Ich war mir plötzlich egal, ich wirbelte durch die Abwesenheit meiner Schwester.

Ich holte das Messer aus der Tasche und ritzte die Kante des Umschlages auf. Eine persönliche Hochzeitsankündigung segelte heraus. Ich war eingeladen, und noch dazu galt: Die Hochzeitsanzeige war nicht veraltet, sondern brandaktuell und bezog sich auf übermorgen. Wieso hatte Marie den Brief an mich nicht abgeschickt? Oder musste die Frage lauten: Wieso hatte Paul den Brief nicht abgeschickt, sondern in der Besteckladе versteckt?

Ich schlug das Billet auf. Fünfhundert Euro lagen da bereit zwischen Deckblatt und Einladung. Was glaubte Marie von mir? Dass ich Geld brauchte? Keine liebevollen Worte, nicht einmal eine Widmung? Dafür Geld?

Natürlich weil sie sicherstellen wollte, dass ich auch wirklich zur Hochzeit kommen würde. Marie hatte mir meinen zugegebenermaßen üblen Streich in Griechenland verziehen. Sie wusste, dass ich nicht reich war.

Ich war gerührt. Als sich das Schwarz in mein Auge drängte und sich mein Auge auf ihre Schrift einschärfte, erfuhr ich, wie wunderbar es ist, in ein großes Ganzes eingelassen zu werden.

An ihrem Schreibtisch, in ihrem Wohnzimmer, in ihrer Abwesenheit saß ich, legte die Hände in den Nacken und glotzte durch das Fenster auf die Fassade des gegenüberliegenden Golgathas der Fensterkreuze. Blaues Fegefeuer zuckte hinter den Scheiben, sprang um, setzte aus und ein.

Wie sollte nun mein Leben weitergehen?

Jetzt, sagte ich mir und gab mir einen Ruck, ging vom Schreibtisch weg, zog mir die Schuhe an und schnappte das Portemonnaie, steckte es in die Tasche und machte mich auf den Weg, Marie von Paul zu entbinden.

VI

Maries Hochzeitsanzeige lotste mich nach Paris. Die Aussicht, ihre Ehe mit Paul zu verhindern und damit weiteres Unglück, erlöste mich von jeder Schuld. Ich hatte es ein Mal geschafft, die Vermählung zu verhindern, also würde ich es auch ein zweites Mal schaffen.

Am Flughafen war der Teufel los. Reisende drängten sich in mit roten Bändern markierten Gängen vor den Schaltern. Ich hatte keine Zeit zu verlieren und ging direkt zum Schalter der Air France. Der Mann dort sagte, ich möge zurücktreten und warten, bis ich an der Reihe sei. Ich hätte dem Herrn freundlicher kommen sollen. Ich stehe zwar ungern Schlange, aber ich krieche nicht. Schließlich stellte ich mich doch wieder an.

Ich ließ meinen Blick durch die Halle schweifen, weit hinten konnte ich den legeren Mantel und den Hut des Kommissars entdecken, der mit eiligen Schritten die Halle durchquerte. Verfolgte mich dieser Typ? Ich ahnte, dass man mich jagte. Vielleicht war man mir wegen Robert auf die Schliche gekommen. Ich beschloss, sicherheitshalber meine Destination zu wechseln, und kaufte umstandslos ein Ticket nach Brüssel und beschloss, über Brüssel nach Paris zu geraten. Ich bestand auf einem Gangplatz, denn so hatte ich das Gefühl, jederzeit flüchten zu können. Ansonsten gab ich mich unauffällig und hüllte den Kopf in ein Tuch. Dass ich verfolgt wurde, spornte mich an, Marie noch rascher zu finden. Trotzdem ließ ich es mir nicht nehmen, meinen Koffer aufzugeben. Ich hatte keine Lust, das Gepäck hinter mir herzuziehen.

Europa bot, was es versprach, uneingeschränkte Reisefreiheit mit allen möglichen Verkehrsmitteln. Vom Flughafen in Brüssel fuhr ich mit dem Taxi zum Bahnhof. Unterwegs checkte ich an einem Internet-Terminal die Standesämter. Saint-Michel-sur-Orge, Île-de-France, so hieß der Ort, an dem das Paar zur Trauung angemeldet war.

Ich reihte mich wieder in eine Schlange und erinnerte mich an eine TV-Reportage, die ich Jahrzehnte zuvor gesehen hatte. Ein Mann in weißem Kittel erklärte in französischer Sprache das Modell eines Hochgeschwindigkeitszuges und er verglich seine Segmente mit der Physiognomie einer Boa. Und nun, zwanzig Jahre später, kaufte ich mir ein Ticket für diesen verwirklichten Traum eines Hochgeschwindigkeitszuges. Das Bild einer Boa war mir so lebhaft in Erinnerung, dass der Drang, wärmende Vertrauensseligkeit in die Technik zu entwickeln, wuchs, weil ich in ihr das Erbe der Echsen als aus unergründlichen Schichten des Stammhirns zu Tage tretende Urform unserer Allmachtsphantasien erkannte. Zwischendurch kaufte ich Obst und in der Apotheke ein Skalpell, um das Kerngehäuse wegzuschneiden.

Die rot gemalten Lippen der Brüsseler Dame am Schalter spitzten sich aus dem Profil wie ein Hütchen, als sie französisch sprach, die Sprache, in der ich den Rest meiner Suche nach Marie zu veranstalten hatte. Selbst wenn ich mich auf akustisch Wahrgenommenes konzentrierte, wie etwa auf das flatterige Geräusch der weiterblätternden Nummernmaschine, bevor man an den Schalter treten durfte, dachte ich auch stets an das Geld, das ich für Marie seit Jahrzehnten sparte. Erst wenn ich Marie eine Therapie für die bevorstehende Trennung von Paul bezahlen könnte, würde ich den Kopf frei haben, mir einen erfüllenden Job zu suchen. Ob ich Paul als Bräutigam akzeptiert hätte, hätte er sich je bei mir entschuldigt? Paul war zwar Menschenarzt, doch er war und blieb ein unberechenbares Raubtier.

Ich erhielt Sitzplatz und Wagennummer ausgedruckt auf warmem Papier und konnte mich sogleich auf den Weg machen. Zuvor rüstete ich mich noch mit einem Lunchpaket aus.

Eine Dame im Kostüm saß telefonierend im Waggon. Sie parlierte in drei Sprachen und sagte keinen Blödsinn. So stellte ich mir Marie vor: elegant und souverän. Ein grimmiges Grinsen um dieses Mündlein. So grinst man, wenn man gerade Recht bekommen hat und Genugtuung mit etwas Schadenfreude vermischt. Ich lauerte auf ihre Worte wie eine Katze auf Beute. „Fuck la discipline", sagte die Dame. Aus kaffeebohnenartig geformten Nasenlöchern stieß das Lachen der Sitznachbarin, deren Atem mich streifte, was mich sehr störte und von der eleganten Dame ablenkte und mich an die Innentasche meines Mantels greifen ließ, um das Skalpell zu befühlen. Der Tomatensaft in meinem Plastikbecher wellte sich unter dem Luftstoß aus den Nasenlöchern. Ich bot ihn der Sitznachbarin an. Sie nahm ihn und wollte ihn sogar trinken, während sie lachte. Sie verschluckte sich, sabberte Tomatensaft auf ihr T-Shirt. Als hätte ich ihr das Skalpell bereits an die Kehle gesetzt und geritzt. Sie hatte sich mit den Kopfhörern einen anderen Raum aufgesetzt und bemerkte nicht mehr, dass sie blutete, als sie mitsingend aufjaulte. Auf dem T-Shirt stand „Accept the Challenge". Ich fühlte mich von der Schrift verstanden. Die Armlehne trennte mich von der Nachbarin. Platzneid, weil die Sitznachbarin mit dem Ellbogen die Armlehne okkupierte. Wenn sie lachte, durchzwickte mich ein Muskelzucken. Ihr massiver Oberkörper bebte, während der Zug mit Hochgeschwindigkeit über das grüne Hügelland Belgiens fegte. Sie musste sich vor Lachen schütteln, bis ihr die Tränen kamen, was ich irgendwie verstehen konnte, bei ihrer Unförmigkeit. Ich fühlte mich klein neben ihr, fast, als wäre sie meine große Schwester und ich Marie. Ich achtete darauf, dass mein Unterarm auf der Lehne zu liegen kam, sobald sie frei war. Ich hob den Arm, als sie einen Kaugummi auswickelte, um sich den lappigen Streifen zu einem U gebogen in den Mund zu befördern, und schob meinen Ellbogen auf die Lehne. Ich beugte mich vor, suchte über die Kopfstütze des Vordermannes hinweg einen Ersatzplatz, tat so, als wollte ich mich strecken, recken, damit die Armlehnenokkupation nicht rücksichtslos aussah. Ich sah nach links. Grün, gesättigte Luft, das Licht, gelbstichiger Regen ging nieder. Blick nach rechts, direkt in die Augen der Sitznachbarin. Sie schaute und der Mund kaute. Sie trug einen Ehering links. Sie hieß Eva. Alle Ehefrauen heißen Eva.

Sie lächelte und bot mir einen Kaugummi an. Konnte sie Gedanken lesen? Kannte sie meine Befürchtungen? Wie kam sie auf die Lösung, dass ich selber Kaugummi kauen müsste, um nicht ihr Kauen zu hören und sie gleich zu ermorden? Ich nahm den Kaugummi an, dankte herzlich, entwickelte das unverrottbare Gummistück. Ich lehnte mich zurück und kaute. Die Mundbewegungen und das Knatschen des Kaugummis zwischen den Zähnen ergaben die Geräuschkulisse, die mich bei anderen auf die Palme brachte. Ich spähte nach rechts. Jetzt las sie die Zeitung „Eva. Magazin für Ehefrauen". Mein Ellbogen ruhte auf der Armlehne. Meine Okkupation. Ich ertrug diesen Plagegeist nicht mehr. Sie las Zeitung und ich las mit. Ich setzte mich aufrechter hin und blickte aus dem Augenwinkel hinüber. Lauter vertraute Gesichter auf dem Titelblatt. Die schönste Frau der Welt war rothaarig, kam aus England und sah mir ähnlich. Sie war schlank und besaß eine weiße Haut und eine scharfe, kurz geschnittene Nase in den edlen Zügen.

Auf einen Schlag faltete die Sitznachbarin die Zeitung zusammen und da stand mein Horoskop. Ich kaute gemächlich. Der eroberte Eigenraum begann sich mit knatschigen Geräuschen zu füllen. Vielleicht reagierte ich so heftig kauend, weil ich auf meinem Sitzplatz nur eine halbe Person war im Vergleich zu meiner Sitznachbarin. Ich wollte ihr aus Demut Platz machen, denn ich sprach deutsch, nur deutsch, und diese Dame französisch und englisch. Doch dann machte sie mir Platz. Sie erhob sich und besuchte die Toilette. Ich zog meinen Ellbogen zurück und räumte die Armlehne. Ich schaute in die Landschaft – wir fuhren von der Traufe in den Regen. Hügelige Landschaft in einem durch. Das Wetter wurde heller, nicht besser. Für einen Augenblick fesselten mich Schweine, die auf einer Weide grasten. Ich war irritiert davon, erkannte dann aber, dass es fleischfarbene, kurzbeinige Kühe waren.

Nun kam die Sitznachbarin zurück und nahm die Armlehne unter ihren Flügel. Die Zeitung lag auf dem Klapptischchen. Der Streifen mit dem Horoskop war immer noch aufgeschlagen. Das Zeichen des Zwillings forderte mich auf, Details wahrzunehmen und zu beachten, nicht in den Tag zu träumen, sondern sehr genau jede Kleinigkeit wahrzunehmen und ihre Bedeutung herauszufinden für mein Glück im Leben. Ich suchte Zeichen zu meiner Bestätigung überall auf der Welt, auch in „Eva“. Das Horoskop sagte weis, meine Zeit des Erfolgs wäre kurz und heftig. Mond, Mars und Merkur würden in einer Linie liegen und mich egoistisch machen, was ich zu verstecken versuche. Ich lasse Affekte nicht zu, aber für den Erfolg sei es notwendig, zügig vorzugehen. Es könne geschehen, dass ich dabei die Mitmenschen terrorisiere, vor allem Partner und Geliebte. Kein Wunder, dass keine Harmonie aufkommen konnte bisher. Gesundheitlich gehe es mir gut. Mars sei bei vielen Zwillingen Schuld an Zahnproblemen, doch mangle es mir nicht an Biss. Versteckte Eiterherde hätten sich bemerkbar gemacht. Wie wahr, dachte ich. Bei dieser Konstellation dürfe ich nicht auf Glücksfälle hoffen, alles müsse hart erarbeitet werden. Abends, so forderten die Sterne eindringlich, sei es ratsam, zu Hause zu bleiben. Wieso? Was würde mir sonst auf den Kopf fallen? Ich war die Gefahr im Verzug. Vielleicht ließ sich der eindringliche Rat aber auch anders verstehen. Die Botschaft, zu Hause zu bleiben, barg eine geheime Bedeutung für mich. Denn um zu Hause zu bleiben, musste man erst einmal zu Hause sein. Und wo war mein Zuhause? Ich war gut unterwegs und auf dem besten Weg dorthin. Ich wollte weiterlesen, das Ende erfahren, doch die Sitznachbarin schlug das Magazin zu.

Ich erhaschte den Anblick der ersten Hochhäuser der Vorstadt. Ein Fahrrad war im sechsten Stock eines Hochhauses an der Außenseite des Balkons angekettet. Zeichen der Ankunft, Unterkunft, vielleicht des Aufstiegs. Da hatte sich jemand hochgeradelt. Ich stopfte meine Handtasche zwischen meine Hüfte und die Armlehne. Wenn man meine Größe nicht wahrnahm, meine Erscheinung als unbedrohlich empfand, weil man die Angst, die ich vor mir selbst hatte, nicht witterte, dann musste ich das Skalpell in meiner Tasche spüren. Woher hatte ich die Tasche, ja woher denn eigentlich? Kurz befiel mich das übliche Unbehagen, wenn ich Utensilien besaß, deren Anschaffung ich nicht mehr erinnerte. Ich hatte sie einfach. Da fiel mir auf, dass ich den Koffer nicht bei mir führte. Ich hatte vergessen, ihn am Flughafen in Brüssel vom Förderband zu holen.

Die Sitznachbarin beugte sich herüber und streckte den Arm aus, um die Fensterscheibe mit ihrem Taschentuch zu putzen. Die auslaufenden Falten ihrer Achselhöhle zuckten in meinem Blickfeld auf. Ich wurde oft übersehen, weil man sich mir gegenüber überlegen fühlte, weil ich freundlich und schmächtig war, unbedrohlich wirkte. Zu dumm, dass ich meinen Koffer vergessen hatte, denn ich hatte hochhackige Schuhe drin. Ich öffnete die Handtasche. Das Skalpell steckte darin, ein kleiner Ritzer würde die Sitznachbarin für immer an mich erinnern. Ich nahm einen Spiegel heraus, griff nach dem Lippenstift und malte den Herzmund rot aus. Die Farbe profilierte mich.

Meine Tasche sah billig aus, aber das Lippenrot war wie neu. Der Mann zum Beispiel, der auf der anderen Seite des Ganges saß, hob sein angewinkeltes rechtes Bein und legte es so auf den linken Oberschenkel, dass die schmutzige Schuhsohle zu mir herschaute. Als würde er mir die Zunge zeigen, weil meine Handtasche so billig ausschaute, dass er glaubte, ich selbst wäre so billig, dass man mir gegenüber keine Manieren zu beherzigen hätte. Wie kam ich dazu, mir eine Schuhsohle anschauen zu müssen, und ausgerechnet seine? Der Anblick seiner gerillten Schuhsohle war eine Zumutung, nicht umsonst verlangt die gute Sitte im buddhistischen Tempel von den Besuchern, die Füße nicht dem Buddha entgegenzustrecken, sondern auf ihnen zu sitzen. Die Schuhsohle schien immer größer zu werden. Sie wuchs an mich heran. Als deutete sie mir an, mich in sich nähernder Zukunft zu zertreten.

Ich hörte es knirschen wie beim Gehen über Kies. Das Schmatzen und Kneten des Kaugummis in meinem Mund ergab einen regelmäßigen Rhythmus. Ich stellte meine Tasche auf das Aufklapptischchen und verstellte mir so den Blick auf den Schuhsohlenträger. Dann befühlte ich das Messer. Plötzlich regte sich die Sitznachbarin und meldete: „I have been falling asleep."

Ich runzelte die Stirn, überlegte, wieso diese Dame die andauernde Zeit für ein bereits vergangenes Ereignis verwendete. Dann schaute ich aus Verlegenheit auf meine Tasche, entnahm ein Taschentuch und schnäuzte mich. Die Sitznachbarin ließ mich nicht mehr aus den Augen, riss die Lider auf und fragte, ob es mir gut gehe. Jetzt schauten auch die schönen Augen des Schuhsohlenzeigers herüber und der erschreckte Blick wirkte wie aufgesetzt. Seine Augen trübten sich zu grünen Tümpeln. Da spürte ich es tropfen. Eine dicke Perle Blut schwoll in meiner Nase, platzte an den Rändern der Nasenlöcher und ergoss sich platzend über das Philtrum. Ich hatte immer wieder Nasenbluten, die Gefäße hielten den Beschleunigungsdruck, mit dem ich durch das Hügelland auf Paris zufegte, nicht aus.

Jeder Mensch besitzt etwas Schönes an sich. In meinem Fall war es das Blut. Die Sitznachbarin kreischte. Eine weitere Passagierin wandte sich um und ich fand sie sehr schön, die Wölbung des Jochbeins unter weißer Haut, der Schwung im Gesicht sah gezeichnet aus. Die Dame im Kostüm, die von der Hüfte aufwärts ein filigranes Skelett besaß, als wäre es ein Korsett aus Fischbein und geschnürt gewesen, hob das leider dicke Gesäß vom Sitz und trug sich auf ihren Beinen heran. In meinem Rachen floss das Blut ab und sammelte sich im Schlund. Ich schluckte Blut, während ich die Schönheit der Farbe meines Blutes mitschluckte. Die Dame im Kostüm reichte mir Taschentücher, die Sitznachbarin wollte, dass ich den Kopf nicht zurücklegte, sondern nach vorne beugte. Nasenblut sollte man nicht schlucken, aber sollte ich mich beflecken? Das Gewicht meines Gesichtsfleisches lag flach, beugte ich mich vor, zog es sich dem Erdmittelpunkt zu. Der Mann mit den profilierten

Schuhsohlen war Arzt. Er legte seine Hand in meinen Nacken. Dann kam das Blackout.

Als ich aufwachte, saß der Arzt neben mir und sagte, er würde bei mir bleiben, bis mir wohler sei. Ich warf einen Blick auf meinen Schoß. Ich war sittsam auf eine Wartebank in der Öffentlichkeit gebettet. Ich stellte fest, mir sei wohl. Er sagte, ihm sei nicht wohl, wenn er mich so ansehe.

Darauf rief jemand gellend auf Französisch: „Philippe! Philippe!“ Ich blickte auf und Tauben schossen im Trapez der Eisenkonstruktion des Gare du Nord. Eine knielang gewandete Frau erschien am Kopfende des Bahnsteigs und wedelte mit ihrer um den Hals hängenden gestrickten Boa. Die aus Glas und Stahl konstruierte Riesenkuppel überwölbte die Bahnsteige und die Ankunftshalle. Ich fühlte mich wohler, als der meine Ohnmacht überwachende Philippe aufstand und sich, mir alles Gute wünschend, entfernte, der winkenden Schlange zu. Philippe stolperte. Jaja, da lag eine Bananenschale. Nun hatte er sogar die Erklärung.

Ich stolperte auch, nicht weil ich ausrutschte, sondern weil ich schwach auf den Beinen war. Die Fotografie eines verschollenen Kindes klebte auf einem Pfeiler. Überall verschwanden Kinder. Die Achtjährige lächelte. Dem Datum nach war das Kind schon seit Monaten verschollen. Ich trank in kleinen Schlucken das kalte Wasser, das mir irgendjemand in einem weißen Pappbecher reichte. Ich hielt die Tasche fest und zählte das Geld nach. Dann wurde es Zeit für mich. Ich versuchte, mich in Marie einzufühlen. Wohin hatte sie sich gewendet?

Ich strebte zur U-Bahn. Ein weiteres Kindergesicht lächelte mich aus der Grube zwischen den Schlüsselbeinknochen einer jungen Frau an. Eine Hexe streifte scheu an mir vorbei, das Gesicht umflort von knittrig trockenem Silberhaar. Ihr in die Augen schauend, überkam mich das Gefühl, nicht wahrhaftig zu sein. Die Folge davon war Schwindel, ich könnte nicht einmal mehr sagen, welche Farbe ihre Augen hatten. Sie trug einen Knirps. Sie ließ ihn liegen. Ich nahm ihn auf.

Dann folgte ich einem Tschador, links und rechts führte die Verschleierte je ein Kind an der Hand. Unwillkürlich sah ich in der verhüllten, entweiblichten Gestalt den Tod. Das schwarze Tuch entsprach allen Toden. Der Tod ist anonym, welches Geschlecht er hat, ist unergründlich, immer nur das Gerippe und ein Fetzen als Umhang. Die Unergründlichkeit der verhüllten Gestalt flößte mir Angst ein, und weil ich Angst hatte, hatte ich kein Mitleid mit dieser Frau, sondern wurde wütend auf ihren Gehorsam, ihre Unterwürfigkeit, ihre Ohnmacht. Die Verhüllung verwies sie in die Namenlosigkeit, ins Nichts. Namenlose aller Welt, benennt euch! Namenlose aller Welt, ich nenne euch sonst Opfer!

Unten am Bahnsteig bemerkten die Kinder der Tschador-Trägerin, dass ich sie entdeckt und einen Narren an diesen Blicken, die mich neugierig und so aufmerksam musterten, gefressen hatte. Die Kinder bissen in Waffeln. Die Verschleierte warf ihre Augenbrauen hoch und hielt sekundenlang Blickkontakt. Mit einem Seitenblick auf die süßen Kinder und einem Lächeln zurück zu ihr schickte ich ihr ein Kompliment und wir nickten einander zu. Sie kniff aus Sympathie kurz die Augen zusammen.

Ich trat dann für einen Rollstuhlfahrer zur Seite. Ein in eng sitzendem Anzug schwitzender Mann taumelte nach Gleichgewicht, als wir uns in die Kurve neigten. Über den Köpfen warb ein Werbebanner für Pressefreiheit und zeigte einen nur mit Unterhose bekleideten Knaben hinter einer Hecke hockend, zwischen zwei mit Gewehren bewaffneten Schützen, geduckt, ratlos, verzweifelt, entsetzt lauernd, mit geweiteten Augen auf die U-Bahn-Passagiere herabstarrend. Der Hinterkopf eines Vaters, der sein Gesicht in der Schulter seines getöteten Kindes vergrub, war noch in Fetzen vorhanden. Zur humanitären Hilfe wurde aufgerufen, „Spenden Sie Geld“, die Kontonummer war angegeben. Ein neues Frauenmagazin im Pocketformat maß ehrliche zweiundzwanzig Zentimeter. Normalverbraucher suchten darin Nebenjobs und betrieben Gemüseanbau, denn sie konnten nicht dauernd Tote und Verletzte zählen.

„Du lernst von Tauben mehr“, sprach ein Mund auf Deutsch neben meinem Ohr. Was sollte das heißen, von Tauben zu lernen? Was konnte man von Tauben lernen? Wie sie sich gebärden oder wie sie gurren? Lernen zu hören, ohne ein Gehör zu haben? Meinte der Mund also, dass man von den Tauben Verstehen lernen konnte? Was konnte ich dann von Blinden lernen? Erkennen?

Als ich mir meiner Sehkraft bewusst wurde, starrte ich in den Schlund eines Gähnenden.

Ich steckte in der U-Bahn und suchte Zeichen, verließ mich auf meinen Spürsinn. Maries Adresse auf der Einladung war unvollständig, ich wusste nur den Namen des Ortes, Saint-Michel-sur-Orge. Ich wollte zu Marie, der werdenden Gattin.

Wirklichkeit findet im Detail statt. Aber wie bin ich, wenn ich sie wahrnehme? Wie produziere ich Wirklichkeit und wie viel davon ist gut? Geh ich in die Irre?

Der Blick fiel auf Lippen. Sie waren mit Kontrastrand ins Gesicht geschrieben, die Lider auf Halbmast, die Mundwinkel wurden spitz und schoben sich in die Wangenpolster, weiße Zähne erstrahlten, ein rosa Zünglein schnellte vor und formulierte mit. „Moi non plus."

Mein Französisch war gut genug, um mich ermutigt aus der Irre zu führen und eine kühle Abrechnung zu unterlassen, um meine Aggression auszuagieren und eines Tages mein Leben wirklich zu befreien. Ich fragte Madame, wie ich auf kürzestem Wege nach Saint-Michel-sur-Orge käme. Ich war noch nie in Paris gewesen, doch das U-Bahn-System war logisch aufgebaut und auf einen Blick zu dechiffrieren. Der Bahnhof am Montparnasse war nicht mehr weit.

Dumpfe Geräusche, Gerüche nach Eisen, Staub, Kanal und Äther mischten sich mit dem Kaugummigeruch des über mir sich öffnenden Mundes und einem neuen Geruch nach Brand und Gas. Andere Passagiere stießen ebenfalls die Worte aus: „Qu'est-ce que c'est?“ Ich und alle hoben rümpfend die Nase in die Luft und schnupperten beunruhigt, einander fragend, woher der Brandgeruch komme. Die Seine blitzte durch die U-Bahn-Tunnel-Schlitze. Zwei flämisch redende Männer schienen nicht beunruhigt und sprachen über das Gemälde „Anbetung des Lamm Gottes“ von van Eyck. Dann aber schnupperten auch die Flamen. Die Nasenflügel fielen ein, legten sich zusammen, um prüfend mit verengten Nasenlöchern den Brandgeruch zu orten.

Aus dem Loch in der Brust des van Eyck'schen Lammes schießt Blut in einem dünnen Strahl heraus und fließt in einen Kelch. Das Lamm steht auf seinen dünnen Beinchen auf dem Altar im Dom zu Gent und schaut den Betrachter wie teilnahmslos an, verblutend und angebetet werdend, in einer Haltung der Beherrschung. Es hat alle Schuld auf sich genommen und erlöst den Betrachter sogar von seinem Voyeurismus. Mitleiderregend ist das Lamm, so unschuldig und so tapfer, sich zu opfern. Aber wieso darf ein Lamm angebetet werden und ein goldenes Kalb nicht? Es sind doch beides Tierkinder. Das Gold wurde vom Tier getrennt und auf den Kirchenfürsten gehängt, und das Kalb wurde durch ein Lamm ersetzt. Der Pelikan als Christussymbol benimmt sich wie eine Mutter, die sich die Brust aufhackt, um mit ihrem Blute die eigene Brut zu füttern, eine Form der Aufopferung, die ich vorbildlich nenne, anbetungswürdig auch in einer Stunde der Krise, wenn wir in der U-Bahn eingesperrt blieben.

Ich vernahm schwach den Refrain eines Beatles-Songs aus den Kopfhörern eines Rollstuhlfahrers, der ruhig blieb, nur den Sound aufdrehte, während Kinder zu weinen begannen und die Augen der Dame im Tschador hin und her hasteten wie bei einem panischen Reh: „Get back, get back, get back to where you once belonged." Ich legte beruhigend die Hand auf ihre Schulter und hielt den Blick, nickte ermunternd zu. Die Falten um ihre Augen zeigten, dass sie lächelte.

Als später für Sekunden der Eiffelturm im Lichtschlitz des U-Bahn-Tunnels aufblitzte, befiel mich ein Hochgefühl und ich hätte ewig mit der U-Bahn fahren können. Bei der nächsten Station aber mussten wir alle aussteigen. Das Gerücht, dass ein Anschlag und eine Explosion den Grund für den Brandgeruch dargestellt habe, verbreitete sich wie ein Lauffeuer. Zu Panik bestehe kein Anlass, tönte es aus dem Lautsprecher.

Menschliches Versagen ist oft auf die unmenschliche Gesellschaft zurückzuführen und letztlich als Systemfrage zu behandeln. Die Menschlichkeit der Menschheit ist, systemisch gesehen, eine Frage der Lohnhöhe, sagen manche. Ich neigte dazu, an die Liebe zu glauben, die nicht von der Lohnhöhe abhängig ist. Marie würde das bestätigen, denn ich liebte sie nicht wegen ihres Geldes. Ich liebte sie wegen Paul.

Andenmusik empfing mich. Diese kleinen rhythmisch hin und her wippenden, ponchobekleideten

Männer, die panflöteten, während teigig wirkende, in dunkle Anzüge und Mäntel gekleidete Wachstumsmanager vorbeischritten, gab es überall auf der Welt. Auf einer weißen, noch zu vermietenden Werbefläche im U-Bahn-Gedärm las ich die Aufschrift eines Banners: „The Freedom of Speech." Darunter stand die Telefonnummer, unter der man sich die Fläche pachten konnte.

Es regnete. Und ich war glücklich, weil es regnete. Die Hexe mit dem Ginsterhaar war eine gute Fee. Sie hatte mir den Schirm überlassen. Nun leistete er seinen ersten Dienst. Ein Schirm ist ein Dach über dem Kopf. Einen Knirps zur rechten Zeit zu finden ist Glück, und glücklich ist, wer es empfinden kann. Eine Pfütze lag zu meiner Linken. Auch in diesen Zufälligkeiten sind innere Zusammenhänge, richtungweisende Zeichen zu sehen. Knirps, Regen, Pfütze, mein Gesicht als Spiegelung. Ich stand unter meinem tragbaren Zuhause, fühlte mich zwar wie gespickt, als die Tropfen auf das Spiegelbild einstachen und in der Pfütze zerplatzten, stieg aber darüber hinweg, denn mich lockte schon das nächste Zeichen auf den Weg zu meiner Schwester.

Zum ersten Mal in meinem Leben blieb ich vor einem Brautladen stehen und bewunderte die zu Bräuten hergerichteten Puppen. Ich betrat den Laden. Fraglos und wie selbstverständlich hob ich das rechte Bein über die Schwelle und zog das linke nach. Eine sehr schlanke Verkäuferin mittleren Alters flötete mir einen schönen Tag zu und verstand meine Bitte, mich erst einmal nur umzusehen. Die Kleider waren gar nicht geschmacklos. Ich strich über die seidigen Stoffe. Mir gefiel das rot-weiß-rote am besten. Das Rot war nicht blutrot wie in der österreichischen Fahne, es war aus weinrotem Samt und der lange Rock aus dem perlmuttschimmernden Weiß eines Gletschers.

Ich rief die Verkäuferin: „Madame, s'il vous plaît!“ Schon kam sie dahergetrippelt und mir fiel ihr rostig rot geschminkter Mund auf. Makellos gepflegte Hände, ohne Nagellack, ohne Schmuck. Das Haar war schwarz, zu einem Dutt zusammengerollt und von einem Stäbchen gehalten. Die Verkäuferin löste das Kleid vom Haken und hielt es vor ihren Körper, damit ich sehen konnte, wie es fiel. Ein klassisches Brautkleid und doch auch nicht – man könnte es auch abends zu einem feinen Dinner anziehen, sagte sie, oder in die Oper. Ich war noch nie in der Oper gewesen.

Ich bekam Lust, das Kleid anzuprobieren. Die Verkäuferin hängte das Kleid in die Garderobe. Strümpfe, Ober- und Unterwäsche legte sie vor. Ich hatte noch nie echte Seidenstrümpfe angefasst. Die Strümpfe waren teuer und empfindlich, eine Laufmasche war schnell angerichtet. Die Fingerkuppe glitt zart über das Gewebe. Könnte man diesen Hauch mit echtem Seidenraupengarn flicken?

Die Verkäuferin stellte Schuhe in die Umkleidekabine, wunderschöne rot-weiß-rote Schuhe. Ich fühlte in ihnen einen Halt, als stünde ich auf sicherem Boden. Was der Bräutigam tragen werde, fragte Madame. Ich dachte nach und legte die Fingerspitzen ans Kinn, während ich mir einen Mann vorstellte. Was trug so einer wie Paul? Welches Gewand wohl mir gepasst hätte, wäre ich ein Mann gewesen?

Die Beleuchtung war nicht gerade schmeichelhaft. Meine Augenringe und geschwollenen Unterlider traten hervor. So entstellend waren der anstrengende Tag, die Nacht, die Reise und meine Jahre ohne Marie gewesen. Die Verkäuferin warf einen Schleier über mich. Mir gefiel diese Tüllwolke, die meinen Kopf mit vernebelnd weißen Schwaden zierte, was sich steif anfühlte, wie verkalktes Riff aus dem Adergeflecht meiner Prinzessinnenphantasien.

„Was kostet es?“, fragte ich. Ich sah bildhübsch aus darin.

Die Verkäuferin schmunzelte, räusperte sich und legte die Hand aufs Herz. Da es ein besonderes Kleid ist, von einem noch unbekannten Designer, sei es nicht teuer, aber auch nicht billig, der Schleier, ach, der würde nichts kosten.

Im Spiegel wirkte ich plötzlich wie eine Imkerin. Der Tüll begann zu jucken und zu stechen. Die Wimpern verhedderten sich im Netz, was mich die Lider erschreckt aufreißen ließ und dazu brachte, meinen klaren Blick mit Schlieren zu trüben. Die Verkäuferin zurrte den Schleier fester. Sie war unbeeindruckt von meinen Zuckungen und meinte, dass Frauen jeden Alters Schleier trügen. Ich hörte an ihrem unbekümmerten Ton, dass sie ernst meinte, was sie sagte.

Ich ging in die Kabine und schlüpfte in das bräutliche Kleid. Ich wäre gerne statt Marie an den Altar getreten. Ich überlegte, ob ich Paul gefallen würde. Ich sah überlegen aus. Ich betrachtete mich auch von hinten mit dem Handspiegel und fuhr die zarte Haut um den Mund und um die Augen mit der Fingerkuppe ab. Ich schämte mich meines hohlen Gefühls, driftete in die Grube der Schlüsselbeinknochen, fragte mich, was in mir vorging, dass ich so weit kam, in einem Brautkleid zu stecken.

Ich riss den Schleier vom Kopf und öffnete den Reißverschluss, entleibte das Kleid. Sekunden später lag der Stoff schlaff in meinem Arm. Ich warf das Kleid auf den Stuhl, zog meine Hose über die Hüfte und den Pullover aus Kaschmir an und trat aus der Kabine. Die Verkäuferin hielt den weißen Strumpf hoch wie einen Nuttenstiefel, und wie aus Milch floss er in den Karton, aus dem er zuvor herausgezogen geworden war, und wurde von knisterndem Seidenpapier aufgesaugt. Die Verkäuferin warf die Augenbrauen fragend hoch und schien an meinem Gesicht abzulesen, dass ich mich gegen das Kleid entschieden hatte.

Ich bedankte mich für die Beratung. Sie nahm meinen Dank freundlich zur Kenntnis und sagte seufzend: „Dieses Kleid hat kein Glück. Es bleibt liegen. Viele probieren es, aber keiner nimmt es.“

Erstaunt horchte ich auf, und als mein Blick auf das Kleid fiel, so achtlos hingeworfen, wie es auf dem Stuhl lag, sitzengelassene Hülle, tat es mir plötzlich unendlich leid. Ich wollte nicht übrig bleiben, ich verzehrte mich ganz vor Sehnsucht nach Erlösung, nach Aufnahme in die Lebensgemeinschaft mit Marie. Ich war das Kleid, das Marie passen sollte.

Die Verkäuferin nahm das Kleid an den Schultern hoch, schüttelte es in seine Form zurück und fädelte es auf den Bügel. Erst gestern, sagte sie noch und hängte es zurück auf die Stange, sei es probiert worden, von einer österreichischen Dame in Begleitung eines wählerischen Herrn. Die Dame hatte einen perfekten Mund, der Mann hatte einen Bart, ein schönes Paar. Ich drückte die Handtasche an den Leib. Ich war auf Maries Fährte. Die Information genügte mir und ich entschlüpfte dankbar dem Geschäft.

Ich liebte Zeichen. Wo es keine Zeichen gab, bildete ich mir Zeichen ein. Ein leeres Blatt war nicht schlicht ein leeres Blatt, es fehlt etwas. Aber was? Nichts fehlte. Alles war aufgeschrieben, weil alles möglich war, wenn nichts davon da stand. Die Bäume mit all den Blättern, unbeschriftet, aber grün und raschelnd. Jedes Blatt die Menge unendlicher Möglichkeit verdorrend und wieder hervorbringend. Das war das Zeichen der Wiederkehr.

Ich kannte Damen und Herren, die sich wochenlang darauf freuen, einander für einen Augenblick lang zu sehen, und dann begann die Langeweile und sie wünschten nichts anderes, als so weit wie möglich voneinander entfernt zu sein, um in Sehnsucht zu leben und aufeinander erneut zuzustreben.

Auf der Place, wo ich mich nach dem Besuch im Brautladen ausruhte, zeigte allein die Farbe meines Weins, dass es sich um einen teuren, dichten, fast schwarzen Blutstropfen aus französischer Rebe handelte. Der Preis dafür war hoch. Eine Dame winkte. Als ich nicht reagierte, rief sie mich. Als sie erkannte, dass sie mich verwechselt hatte, wollte sie sich erkenntlich zeigen. Sie wollte mich einladen auf meinen Wein, aber mein Französisch war zu schwach für ihre Erklärungen, und das kränkte mich. Ich sagte entschlossen: „Non!"

Ich studierte die Speisekarte und zupfte an meinen Haarspitzen. Sie lockten sich. Ich schloss die Augen und genoss die Sonne. Koffer rollten über das teure Pflaster wie Kugeln im Roulette. Ein kleines Täubchen, nicht verfettet und auch nicht schmutzig, ernährte sich von Baguettebröseln zu meinen Füßen. Ich behandelte alle Tauben gleich und trat überall nach ihnen, aber diesmal machte ich eine Ausnahme. Ich beobachtete das pickende Tier. Ich war der Taube egal und die Taube war mir egal, so begründete ich das aufflammende Glücksgefühl: Wir waren einander gleich gültig. Mich wärmt dieser Gedanke auch in Bezug auf Marie. Ich wollte nicht mehr um Aufmerksamkeit buhlen und gegen eine Taube kämpfen. Alles wäre gleich gültig, wäre ich Marie gleich gültig. Die kleine Taube lehrte mich Gelassenheit. Sie pickte neben meinem Fuß die ihr zugeworfenen Baguettebrösel auf. Ich war bereit, mit ihr zu teilen, ohne mich zu zerfleischen. Ich genoss das Baguette, die Taube genoss die Brösel. In meinem Herzen spürte ich Stiche der Liebe, als wollten Pfeile aus meinem Herzen hinaus auf die Taube zuschnellen. Sie pickte, während ich mit mir haderte, ob ich sie mit meiner Liebe spicken sollte. Ein Leben lang war sie hier auf der Île-de-France herumgeflogen und flatterte nun über Dachdecker hinweg. Diese Taube verband mich mit Paris. Sie pickte von meinem Baguette die Brösel auf und würde die Brösel dann irgendwo verdaut zu Boden fallen lassen, und vielleicht würde ein Blümlein daraus wachsen und womöglich würde Marie es eines Tages pflücken und an ihr Herz drücken.

Eine unersättliche Gier nach Freude ergriff mich, ein Zutrauen in meine Unternehmung, Marie heimzuholen, als ich das Bahnhofsgebäude im Süden der Stadt betrat, von wo ich weiter fuhr nach Saint-Michel-sur-Orge. Als ich ankam, die entzückende kleine Straße betrat, war ich sofort an französisierte Drehorte in Filmen mit Louis de Funès erinnert. Es gab hier Autos, jedoch keinen Autolärm, als wäre die Tonspur zum Bild gerissen, nur Vogelgezwitscher und das Knattern des Mopeds des nun mit Lederhelm um die Ecke biegenden Gendarmen. Leider war ich nicht in einem Film, denn mir flog beim Betrachten des Gendarmen etwas Spitzes ins Auge. Die Wirklichkeit drückte sich physisch aus, oder ein, wenn man so will. Ich schloss das Lid und presste den Fremdkörper mit der Fingerkuppe in den Augenwinkel. Ein Holzsplitter. Ein Sägespan? Er haftete auf meiner Fingerkuppe. Der nächste Windstoß wehte weitere gerüschte Späne mit rotem Lackrand durch die Luft. Dazu war das Sägen, Kratzen und Schleifen zahnloser, aber dafür zahlreicher scharfer Messerchen, die Holz sägten, kratzten, schliffen, hörbar.

Hinter dem Brückenpfeiler tauchte ein Hotel auf. Es war viel schäbiger noch als das Hotel, in dem ich in Paris residierte. Nebelschwaden hoben sich aus dem feuchten Straßengraben und umschweiften es. Geisterhaft schwebte das Hotel vor mir. Die feuchte Luft roch nach Wald, Pilzen, Hölzern und Moschus. Eine Distel mitten auf dem Gehsteig, eine École maternelle am Rand der Hauptstraße. Meine Unkonzentriertheit hätte mich fast von der Absicht abgebracht, Marie aufzustöbern. Es gab so viele interessante Dinge auf der Welt. Ich hob das Kinn und sah hinauf zum leuchtenden Hotel. Eine neben mir hergehende Passantin meinte, das Hotel rieche weder übel noch gut, es sei ein Straßenhotel, wie man es aus allen Ländern kenne. Im Grunde hätte ich sie als Marie-Ersatz akzeptieren können. Sie stieg aber auf mein Lächeln nicht ein. Wer ist wessen? Konnte ein Hotel duften? Dieses Hotel duftete, oder es duftete um das Hotel herum.

Ich kam den Mauern näher und roch das Ziegelwerk, wie es mich wohlriechend lockte. Da zuckte ich vor dem Rest eines auf dem Asphalt klebenden Taubenflügels zusammen und schreckte zurück. Was bedeutete der Taubenflügel? Ich hockte mich hin. Verkrustetes Blut. Splitter am Flugknochen. Im Luftzug sich neigender Flaum der verdreckten Daunen. Eine

Deckfeder ragte auf und vibrierte im Wind. Ich zupfte am Flügel des Vögelchens und zog den Kiel aus dem Knochen. Verworfen lag unten im Graben ein Stöckelschuh ohne Stöckel. Oben auf dem Bahndamm donnerte ein Zug dahin. Ich war traurig über das Werden und Vergehen allen Lebens am Rande, des Inmitten, des unregelmäßig Angeordneten. Selbst Kanten, das den Beton Spaltende, das im Graben Liegende rührten mich und das Tempo, mit dem ich auf etwas zuschritt, das mir erst im Nachdenken einleuchtende „Erst", als ich so entlanggehend erst nach mehreren Kilometern begriff, dass ich mich auch von allem entfernen könnte und den Ort sofort verlassen.

Unter der Brücke hindurch setzte ich meinen Weg in die hügelabwärts sich erstreckende Reihenhaus-Siedlung fort, wo ich nach Marie weitersuchen wollte. Trotz der gerasterten Ordnung dachte ich an den Heuhaufen, den ich nach der sprichwörtlichen Stecknadel durchsuchte. Ich ließ mich von der untergehenden Sonne wärmen. Am Ende der Straße blinkte ein Licht. Ein Paar flackerte schemenhaft. Die Sonne ging im Rücken unter.

Als ich den zwei schwarzflammigen Silhouetten näherkam, blitzte das Reflexlicht der Katzenaugen an den Taschen. Unwillkürlich fiel mir ein Tag im Gebirge ein, wo die Sonne derartig das Schneeweiß bestrahlte, dass im Kontrast dazu der dunkelblaue Himmel blauschwarz erschien, wo die metallischen Stöcke der Skifahrer aufblitzten wie fliegende Fische. Jungpappeln neigten sich einander zu. Wie lange war ich schon unterwegs, wie lange schon hundemüde? Aus welchen Richtungen kam der zweiböige Wind?

Ich wollte mich auf einer Bank ausruhen, doch eine alte Frau zog mein Augenmerk auf sich. Sie wartete am Straßenrand und schien unentschlossen. Ein Auto brauste heran, und erst, als es nahe war, gab sich die alte Frau Luft schnappend und sich ein Herz fassend einen Ruck und machte einen zu allem entschlossenen Schritt auf die Straße. Die Bremsen quietschten. Ich schoss hoch. Ein Schrei ging durch die Luft. Gleich darauf war es totenstill, doch dies ist eine Lüge. Die Natur lärmt immer weiter, auch nach Unfällen, nur das Gehirn stellt sich tot vor Schreck, bis die Lebensfunktionen wieder einsetzen und das Atmen wie üblich vonstatten geht. Die alte Frau stand auf der Straße, breitbeinig, die Fäuste in die Hüften gestemmt. Kein Haar war ihr gekrümmt. Der Wagen war ein paar Dezimeter vor dem fragilen Körper zum Stillstand gekommen. Die alte Frau protestierte mit erhobener Faust gegen die motorisierte Automobilität. Unerschrocken rief sie dem Autofahrer entgegen, dass es Gesetz sei, vor Schutzwegen das Tempo zu drosseln. Das weiße Gesicht, die dunkelrot geschminkten Lippen verbanden diese vom Körper eingekerkerte kämpferische Seele mit dem Geist eines Subjekts lebenslänglich gelebter Revolte. Die Verbindung aus Beharrlichkeit und Eleganz schwor ich mir still zu erinnern, sollte ich dieses Alter erreichen, dann würde ich mich ebenso eher überfahren lassen, als aus Feigheit den anderen den Vortritt zu lassen, der ihnen nicht zustünde. Sie war mir Vorbild und blieb es bis heute.

Mit Leichtigkeit und Elastizität schritt die Alte mit ihrem Stock den Hügel hinan, den Weg in die privaten Gefilde hier residierender Menschen. Hinter einem vorhanglosen Fenster stand ein Mann in weißem T-Shirt mit vor der Brust verschränkten Armen, auf die Alte heruntergaffend. Welch herzloser Blick. Woran erkannte ich, dass es sich um den Sohn handelte? Die Alte ging, plötzlich gekrümmter, an einem vor dem Haus geparkten schnittigen Wagen vorbei, der ihr den Weg verstellte. Sie wurde immer buckliger und der Blick des Mannes immer mißbilligender, bis er seine Lippen schürzte und über den Balkon seine Spucke schnalzte. Hier war ein Familiendesaster zu analysieren. Ich suchte Spuren, fand kleine Späne von Bleistiftspitzern.

Ich lief zum Bahnhof zurück. Der grelle Pfiff des Bahnhofsvorstehers erklang. Die Passanten hatten sich in Voyageure verwandelt, sie schauten und riefen, und als der Zug davonrollte, winkten sie mir auffordernd, nachzulaufen und aufzuspringen. Ich nahm die Beine in die Hand, als ich das Grinsen sah, und erkannte, dass sie meine aussichtslosen Bemühungen nicht ernst nahmen. Das Achselzucken. Die Augen. Die Zungen. Was für ein Zug war das überhaupt? Ich keuchte aus und sah ihm nach.

Ich war wieder beim Ausgangspunkt angekommen, ich fühlte mich erwartet und angesichts des angekündigten Regens geradezu gerettet, bevor ich zuschlagen würde.

Die Theke war wandlang, drei Männer standen daran wie aufgefädelt, tranken Bier und rauchten Gauloises. Alle drei waren unrasiert, etwa fünfzig und fertig, wie man gemeinhin sagt, wenn keine Aufbrüche, höchstens Abbrüche zu erwarten sind. Der Kellner, ein gepflegter Mann, erfasste mich mit fragendem Blick. Ich sagte laut und klar: „Deux cafés, s'il vous plaît." Da ich allein war, war er für einen Moment irritiert, er hob die Augenbrauen und fragte mich, ob ich die Kaffees in einer Tasse wolle. Ihn mich mit Mademoiselle ansprechen hörend, zögerte ich mit der Antwort.

Aus dem Radio drang die Stimme eines schnellen Sprechers. Ich verstand sein vielfach wiederholtes „l'éducation" als politisches Thema der Saison. Das Heulen der Kaffeemühle, das Klick-Klack beim Abmontieren und Befüllen des Filters und das Fauchen des aus der Düse zischenden Heißwassers erzeugten in mir das Gefühl von Geborgenheit, da jemand etwas für mich zubereitete. Wie eine Mutter war der Kellner. Ich fühlte mich wohl und fragte, ob ich ein Zimmer mieten könne. Er wollte zuerst nicht mit dem Schlüssel herausrücken, die Zimmer seien nicht mehr auf dem neuesten Stand, sagte er. Dann zog er doch das Meldebuch unter dem Telefonbuch hervor. In schnörkelloser Schrift setzte er meinen Namen auf eine frische Seite.

Da öffnete sich die Tür mit der Aufschrift „privée“ und eine noch junge Frau erschien in der Tür. Der Kellner blickte über den Brillenrand, legte den Stift hin, schlug das Buch zu und sagte: „Meine Tochter.“

Ich beneidete sie um ihren Vater. Er kochte Kaffee, servierte mir den doppelten Espresso in einzelnen Tassen und meinte noch dazu, es möge mir munden. Die junge Dame näherte sich und behauptete scheu, sie sehe mir an, was mir fehle.

„Nämlich?“

„Ein Zimmer mit Blick auf die Kathedrale Notre-Dame!“

„Notre-Dame steht aber in Paris und wir sind nicht in Paris“, erwog ich.

„Alle Gäste, die hier im Hotel wohnen, möchten mit Blick auf Notre-Dame wohnen“, entgegnete die junge Frau. „Ich werde mich bemühen, Ihnen ein Zimmer mit Blick auf die Kathedrale zu geben.“

Der Kellner hob die Schultern und ließ sie ratlos fallen, wie um mir zu sagen, dass seine Tochter leider verrückt sei und man nichts dagegen machen könne. Er lächelte milde und nachsichtig, als sie angab, sie selbst wohne im schlechtesten Zimmer, denn sie sei der Ausbund des Teufels. Sie zeigte dabei auf die Tür mit der Aufschrift „privée“. Dann beugte sie sich über die Theke zu mir herüber und deutete mir, näherzukommen. Sie vertraute mir an: „In den Zimmern mit Ausblick auf Notre-Dame fließt Weihwasser aus den Wasserleitungen.“

Ich schwieg. Sie klimperte mit dem Schlüssel. Ich folgte ihr und wollte mich für ein paar Stündchen hinlegen. Das Zimmer lag am Ende des Ganges. Ein tropfenförmiges Lämpchen blinkte rot. Ich schritt durch den Gang. Ich blieb vor der Tür 66 stehen und sperrte sie auf, stieß die Tür auf und betrat das winzige Mansardenzimmer. Es war in einem ärmlichen Zustand. Der Boden war mit Plastikbelag beklebt. Die Wand hinter dem Waschbecken war mit Plastikfliesen tapeziert. Die Tischplatte zeigte dasselbe rostrote Plastikkachelmuster. Das Waschbecken war weiß und mit dunkelblauem Zwiebelmuster verziert. Eine Dusche gab es nur auf dem Gang und daneben auch die Toilette. Der Boden war dort an den Rändern zerfressen. Die Toilette bestand aus einem Keramikloch, das es aus der Hocke zu treffen galt, wie in einem Gefängnis.

Schon beim ersten Schritt klebriger Halt. Ich trat ans Fenster und schaute auf die ein paar Meter entfernte Fassade, stieß das Fenster auf und setzte mich auf das federnde Bett. Ich würde hier meine Schuhe nicht ausziehen, beschloss ich, selbst wenn man diesen Boden frisch aufgewischt hatte, könnte man die jahrelang eingewirkte Klebrigkeit des Plastiks nicht fortwischen. Im Zimmer roch es süßlich. Das ganze Hotel schien verrostet, vermodernd, zerbröselnd, und doch von einer öligen Schmierigkeit zusammengehalten. Nur die belebte Bar in der Eingangshalle war intakt. Das Hotel lag im sanften Abendlicht, die Platanen rauschten im Wind. Die verrückte Tochter des Kellners half mir mit Waschzeug aus. Das gab mir die Gelegenheit, mich zu bedanken und sie nach den Bewohnern des Ortes auszuquetschen.

Der Schädel ist ein in sich geschlossener Raum. Die Decke fiel mir im Kopf auf den Kopf. Ich ging zum Waschbecken und drehte das Wasser auf, benetzte meine Fingerspitzen und betupfte mich mit dem Kreuzzeichen. Meine Hände wuschen einander in Unschuld.

Als es an der Tür klopfte, schlug ich mit der flachen Hand auf die Matratze. Ich riss die Augen auf. Mein Gewicht, das mich an Schulterblättern, Hüfte, Waden und Fersen in die Matratze drückte, lastete in mir. Ich hörte wieder das regelmäßige Anklopfen. Das Fenster stand offen und ein Wind blies Kälte herein. Der Vorhang blähte sich auf. Unter gewaltiger Anstrengung überwand ich mich, setzte mich auf, horchte. Der Windhauch im Bauch des Vorhangs knisterte mit dem Stoff. Die bleichen Giebel des gegenüberliegenden Hauses, das die Tochter des Kellners als Notre-Dame bezeichnet hatte, leuchteten herein. Dann ging ich zur Tür. Niemand war draußen. Ich legte mich wieder hin und hörte wieder das Klopfen. Ich erhob mich abermals vom Bette und öffnete nun vorsichtig die Kastentür. Ein baumelnder Kleiderhaken darin. Wieso baumelte er? Wie konnte er von allein in Bewegung geraten? Ich bekam Angst und ging in die Halle. Ich wollte unter Menschen sein.

In der Eingangshalle hüpfte ein Spatz auf dem Steinboden herum. Von draußen drang Flugzeuglärm heran. Der Kellner pfiff vor sich hin. Zwischen den raumteilenden Philodendren nun einen Cognac servierend, trat er an meinen Tisch und musterte mich, als ich ihm auf Französisch antwortete, dass ich nicht Französisch spreche. Er fühlte sich auf den Arm genommen. Woher ich denn komme, fragte er. Ich antwortete wahrheitsgemäß: „Autriche."

Plötzlich wurde der Kellner streng und der schön gezeichnete, gut durchblutete Mund fiel ein wie Laub. Er fragte, ob ich hier jemanden besuche.

Das „Non" schoss mir zu schnell aus dem Mund. Ein Aufschrei des Entsetzens war das fast. Der Kellner legte seinen Kopf schief und musterte mich wie ein Schulmeister, der seinen besten Prüfling beim Schwindeln erwischt hatte.

Jedes Häuschen hatte hier seinen Reiz und war von einem Heckchen umhäkelt. Ich streifte den betonierten Sockel der eingefriedeten Grundstücke entlang, kletterte über Buchsbaumzäune, beobachtete einen Mann, der in einer Baumkrone saß und einen Ast absägte. Er trug einen Schnurrbart, es war Paul.

Ich umkreiste das Grundstück. Nun durfte ich keinen Fehler machen. Ich spazierte nachdenklich auf den Waldrand zu. Eine Frau mit Kinderwagen näherte sich mir. Eine weitere junge Frau löste sich vom Waldrand. Eine dritte Frau tauchte aus dem Wald auf, sie hatte verbundene Handgelenke, wie ich leicht unter den zurückgeschlagenen Ärmeln sehen konnte. Alle drei

Frauen schoben Kinderwagen. Ich wollte beiseite treten. Ob ich die Kinder gesehen hätte, fragten sie. Da fiel mir erst auf, dass alle Kinderwagen leer waren. Ich hatte nicht einmal Zigaretten dabei. „Ich habe keine Kinder gesehen“, sagte ich. Doch wie seltsam taub war mir in den Ohren, als hätte ich einen Hörsturz erlitten, und es war mir plötzlich kalt, als mich die Astzipfel einer Trauerweide peitschten. Die Frauen waren verschwunden, sah ich Geister?

Bevor ich Marie heimsuchte, wartete ich, bis sie allein war. Kein Auto. Kein Passant. Kein Fernsehapparat. Weiche Laternenlichtkegel. Lautloser Niesel. Alles war ruhig, nur ein Plastiksack knisterte. Ein Mann kam mir entgegen, blieb aber auf der anderen Straßenseite, das mondbleiche Gesicht mir ständig zugewandt. Auf gleicher Höhe legte er den Kopf zur Seite, mit dünnem Stimmchen piepste er: „Wissen Sie, wo der Bahnhof ist?“ Ich schüttelte den Kopf. Weit konnte der Bahnhof nicht sein, wir befanden uns in der Rue du Départ.

Der Regen wurde heftiger. Ich flüchtete unter ein Dach. Es war Zeit, zu Marie zu kommen. Ich hockte mich hin, legte die Arme um die Knie, lauschte und betrachtete die trommelnden Regentropfen auf dem Stein der Terrasse. Ich riss den Kopf hoch. Das Grollen des nahenden Zuges. Der Nacken schmerzte. Ich schloss die Augen, massierte den Nacken. Das Grollen näherte sich. Der Boden vibrierte. Ein Spatz schoss über die Terrasse. Ich legte die Hände auf die Ohren. Der Donner zog über mich und meine Ohren hinweg.

Das Geräusch schnitt ins Wohnviertel wie ein auf dem Teller quietschendes Messer.

Ich würde Marie nun aus dem Dorfcorpus filetieren. Vor dem Haus stand auf einem Schild, das Spielen auf der Straße sei verboten. Ein Dackel bellte in der Nachbarschaft. Er streckte das Maul durch den Zaun in Maries Garten und kläffte. Die Fassaden der Nachbarhäuser waren in Steingrau gehalten. Diese unaufdringliche Farbe gefiel als Grundton lebbarer Häuslichkeit. Die Diskretion schien dieses Wohnviertel auszumachen. Hier knallte nichts durch, nichts drängte sich in den Vordergrund. Hier wurde das Einfamilienhaus nicht zur Haft, nicht versteckt, nicht verklärt, sondern ausgekostet. Hier konnten Kinder gesund aufwachsen, man konnte gut für sie kochen und das Gekochte gemeinsam essen. Man holte das Beste aus sich selbst heraus, und dazu war ein Haus notwendig, das gut geheizt werden konnte, in dem es hell war und die Zimmer hoch genug, damit der Geist sich ausdehnen durfte.

Eine die Autoreifen beschnuppernde Katze schaute auf und sprintete jäh über die Hecke durch den Garten, über die morsch werdenden Hasenställe des verfallenden Nachbarhauses hinweg, in das verwilderte Paradies am Rand. Ich erfreute mich an der Vitalität dieses Miniaturtigers.

Auf der anderen Seite des Bahndammes hatten die meisten Häuser Thujenhecken als Diskretionsgewächse. Hydranten waren lackiert. Sonne, Mond und Sterne funkelten auf Furnierholz-Eingangstüren. Keramiknamen und Seilzugvorrichtungen, Kuhglocken stanken nach Messingputzmittel. Ein Chrysler am Straßenrand. Ich bemerkte, dass ausgerechnet rund um den Chrysler Hundescheiße lag. Der Wagen gehörte bestimmt zur marmorierten Villa. Wenn ich „bestimmt" dachte, was meinte ich damit? Alles, was ich benannte, war von mir bestimmt. Aber was bestimmte denn mich?

Der Hang des Bahndamms war mit Natursteinen gepflastert, gemauert, befestigt, die Steine stammten aus dem Aushub des Straßenbaus, dem Boden dieser Straße entnommen und als Fundament für den Bahndamm geordnet ins Dorf implantiert. Die grobe Textur des Steins schimmerte rot, löchrig, schuppig, rostig, wirkte an mancher Stelle flaumig wie Fell. Giraffenfellmuster. Grießkörniges Streichelgefühl. Die Fugen waren mit hellem Mörtel geschlossen. Der kehlige Ruf eines Flamingos aus dem Vorgarten eines Häuschens. Der frische Kadaver einer Ratte. Für Fliegen war es noch zu kalt um diese Jahreszeit. Das frische Blut glänzte. Ich freute mich, dass der Zug pfiff. Wie schön dieser Ort gewesen wäre, wäre ich hier aus freiem Willen gewesen. Sprach ich von Freude? Von Glück? Wohnte man deshalb an diesem Ort? Die Wohnstraße der Rue du Départ erzeugte zumindest den Wunsch, hier zu leben, und ich ertappte mich dabei, dass ich auf die Frage: „Willst du hier bleiben?", aus vollem Herzen antwortete: „Ja, ich will." Ich hatte das schwindelerregende Gefühl, auf der Brücke eines Schiffes zu stehen. Der Drang, an das Geländer heranzutreten, hinaufzuklettern. Eine vorwärtsgerichtete Sehnsucht stachelte mich an. Ja, ich wollte nach Hause, dorthin, wo am Horizont alle Geleise zusammenschmolzen.

Der Wind wehte mir um die Ohren. Im Hotel waren die Vorhänge teilweise zugezogen. Der Kellner saß am Fenster und tippte. Ja, wenn das so leicht gewesen wäre, sich das Unglück von der Seele zu schreiben.

Am nächsten Tag war Hochzeitstermin. Mein Magen knurrte. Ich musste etwas essen, trinken, aber ich wollte nichts beißen. Ich machte mich auf die Suche nach einem Supermarkt.

Der Bus war voll mit Tragetaschen und nur wenigen Menschen. Da entdeckte ich Paul. Er blätterte in einer Zeitung. Ich wandte mich sofort ab. Meine Sonnenbrille versteckte das halbe Gesicht. Ich hörte ihn atmen, stoßweise und heftig. Ich konnte ihn riechen. Er verwendete noch immer dasselbe Eau de Cologne, mit dem er meine Nase verseucht hatte. Der Geruch klebte für immer fest. Ich steckte meine Hand in die Tasche und griff das Skalpell.

Dann nahm ich die Verfolgung auf. Paul führte mich zum Supermarkt. Er schob den Einkaufswagen durch die Regale zu den Spirituosen und studierte Champagner-Etiketten. Er bemerkte mich nicht. Er hatte eine gute Figur und hätte sich Diskontkleider leisten können, aber er trug feinstes Tuch. Marie hatte als Kind aus Müllsäcken Regenmäntel gebastelt und ihr eleganter Gang allein hatte den Sack in aufregende Haute

Couture verwandelt. Ich schloss die Augen, fühlte die Anspannung, als zöge jemand das Uhrwerk meines Körpers auf. Ich tickte schon richtig. Pauls Handy klingelte. Er griff in die Innentasche seines Sakkos und hielt den Apparat ans Ohr. Ich war außer Hörweite. Ich näherte mich, überschritt die Grenze, positionierte mich hinter seinem Rücken und studierte die Konservendosen.

Pauls Stimme war hart wie gewohnt. Er sagte: „Ich weiß nicht, wann ich nach Hause komme heute Nacht, vermutlich erst spät. Ich werde nach der Sauferei ein Taxi nehmen. Wir feiern im Bristol. Und was treibst du, Jungfrau?"

Ich lachte spitz auf. Paul hatte mich gehört, sofort schaute er her. Ich winkte schnell einer Verkäuferin, nahm eine Dose Thunfisch und eilte auf sie zu. Ich hörte noch, wie er besorgt sagte: „Sperr die Türen gut zu!" Das war mein Zeichen.

Die Fenster stierten zur Straße. Licht sammelte sich in den Fugen der Strebepfeiler. Das Haus hatte ein dramatisches Profil. Die Fenster im ersten Stock waren finster wie die Angstaugen einer Norne. Marie war also an diesem Abend allein zu Haus. Sie würde sich nicht betrinken, aber ich würde mit ihr poltern.

Ich hatte mich auf den leisen Sohlen meiner Sneakers angeschlichen. Der Wind rauschte durch die Baumkronen. Die aufreißenden Wolken ließen den Mond die Sträucher ausleuchten. Ich schaute über die silbrig schimmernde Gegend, nirgends war ein menschliches Wesen in dieser so menschlich anmutenden Topographie zu sichten. Der Blick durch das Fenster zeigte die Bühne des letzten Aktes. Marie lag auf dem Diwan. Ich hätte nicht so friedlich geschlafen, hätte ich vorgehabt, einen Schänder zu ehelichen. Marie fror. Sie zog sich die Decke bis unters Kinn hoch. Sie hatte die Arme um sich geschlungen. Sie war reich, aber sie wirkte bescheiden. Sie war gebildet, aber sie wirkte auch darin bescheiden. Sie war schön, aber sie wirkte bescheiden mit den mir entgegengestreckten Nasenlöchern.

Eine Kältekammer hätte ihr gut getan, um Momente totaler Empfindungslosigkeit zu erreichen und so das Glückshormon zur Ausschüttung zu bringen. Kälte tut gut, weil sie das Babel der Gefühle einfriert und durch Kristallisation in Gestalt bringt, zumindest eine Struktur schafft. Auf der Scheibe wucherten Eisblumen. Ich behauchte den Kelch. Mein Atem war ganz weiß. Ein Käuzchen rief im nahegelegenen Wald. Ich spürte den Wunsch zu verschwinden, zur Mikrobe zu schrumpfen und ein schuldloses Glück zu versuchen, als Erreger in Maries Physis einzudringen. Bewegungslos lag sie da, und jetzt erst, als mein Blick wieder hochkletterte, streckte sie die Hand aus und ballte sie zur Faust, die sie in die Leiste legte.

Marie konnte viel älter aussehen, als sie war. Vor allem, wenn sie das Seitenlicht von links überfiel, wie in diesem Moment, als es ihr von der Leselampe ins Gesicht knallte. Ich sah nur alt aus, wenn die Sonne scheinte. Maries Ohrringe blinkten. Ich rüttelte sanft an den Fensterläden, dann schlich ich zum nächsten Fenster. Bücher standen auf dem Sims. Die Umschläge zeigten Porträts der beschriebenen Personen. Die Konterfeis genialer Menschen waren auf mich gerichtet. Diese Köpfe erreichten die ganze Welt. Ich hätte gern ein Buch geschrieben mit Maries Konterfei auf dem Umschlag, damit ich sie aufschlagen und verstehen lernen könnte, die Schwester der Angst.

Ein Schreibtisch stand am Fenster, das Richtung Süden zeigte. Die Sonne musste tagsüber grell auf die Schreibfläche fallen. Kaum dachte ich das, zogen Wolken vor dem Mond vorbei und schob sich der Schatten von rechts nach links gegen die Schreibrichtung über das Blatt. Marie war Rechtshänderin. Wie eine Hexenmeisterin braute ich ihr den Himmel zusammen, um mir das Paradies zu erhalten und sie mit mir in Einklang zu bringen, in sinfoni, wie es auf Griechisch heißt.

Ich rüttelte auch an anderen Fenstern, ich spähte und die Schwester schlief. Unmerklich wischte ich das pfotige Gefühl auf der Haut meiner Handinnenfläche am Fensterbrett ab. Ich legte die Hände zu einem Trichter und rief sie, doch das Glas war zu dick. Also klopfte ich. Damit sie es hörte, klopfte ich fester. Sie bewegte sich nicht. Vielleicht war sie tot? Das wäre vielleicht auch nicht schlecht, dachte ich, zumindest wäre es eine Lösung gewesen. Paul hätte dann mit Haut und Haaren mir ganz allein gehört. Marie reagierte nicht. Ich fasste in meine Tasche und barg das Skalpell, bevor ich mich ans Einbrechen machte.

Von weither trug der Wind wieder Verkehrslärm heran, übertönt von einem Tschilpen über den aufäugenden Lichtern eines träge schleichenden Autos. Ich ging meinem Atem folgend weiter, das heisere Bellen eines ausgesperrten Hundes und das vielatmige Schnauben eines Rudels himmlischer Reiter im Rücken. Was war das denn wieder für ein Rascheln? Was für ein Säuseln? Ich eilte im Zickzack durch den Garten. Woher kam das Knicksen und Knacksen? Die Birke im fahlen Licht wirkte wie ein Gerippe. Papier knisterte. Ich war auf Hauswurfsendungen getreten. Weiden zierten angepriesene Villen in zentral gelegenen Toplagen der Umgebung von Paris.

Eine Fliege krabbelte auf der Innenseite des Fensters. Vielleicht könnte diese Fliege ihre Eier in Maries Körper legen und an der Entwicklung der Larven könnten Gerichtsmediziner seinen Todeszeitpunkt bestimmen. Ich spürte meine entsetzliche Macht, über ihr Leben und ihren Tod zu bestimmen. Natürlich war ich stolz darauf, so weit gekommen zu sein. Die Entsetzlichkeit, mich als nahenden Tod zu begreifen, ist mir erst heute spürbar. Beziehungen verwirklichen Macht. Ich bin Macht. Marie war zu Höherem erzogen als zum Untergang. Deshalb lasse ich mir, nur weil ich einen Hausfriedensbruch begangen habe, nicht auch eine Geisteskrankheit nachsagen.

Ich führte das Skalpell in den Türschlitz. Nun würde ich klären, wer ich war. Nämlich eine gute Seele. Die Tür sprang auf. Marie hatte nicht auf Paul gehört.

Ich betrat das Vorzimmer und wurde von einer Wäschespinne empfangen. Schnüre und Wäscheleinen lagen zusammengerollt neben dem Gestell. Draußen glitzerte der Stadtfluss, bis das Morgengrau ihn in eine mausgraue Schlange verwandeln würde. Ich bewegte mich leichtfüßig, als könnte es kein Straucheln geben. Ich fühlte mich nicht schuldig, aber mulmig war mir schon. Ich war dabei, jede Distanz zu durchbrechen. Ich war Roberts Mörderin, das stimmte. Meine Schwester aber war mein Besitz. Jedermann weiß, dass das Einfühlsamkeitsgetue eines Menschen genauso wenig wert ist wie sein Ausfühlsamkeitsgetue, wenn es nichts abverlangt. Menschen finden einen im Grunde nett, solange sie Lust haben, einen nett zu finden. Wenn sie nett sind, sind sie nett, aber worin liegt der bleibende Mehrwert?

Ich atmete still dieselbe Zimmerluft wie meine schlafende Schwester. Maries zartrosa Lippen wirkten verkniffen wie sich einringelnde, einander berührende Raupen. Ich saß einer armen, kleinen, einsamen und auf schillernde Männer fixierten jungen Frau gegenüber. Grau und dennoch gefallsüchtig. Sie hatte mich ausgestochen. Sie hatte einen brillanten Kopf, und dennoch konnte jeder Dahergelaufene ihn ihr so arg verdrehen. Diesen Schädel hätte man doch längst abreißen müssen.

Die Hand, die nicht länger unberingt bleiben sollte, rutschte über die Bettkante. Mir würde dieses Luder keinen Laufpass mehr geben, ich würde ihr die Hand nämlich abschneiden, dachte ich. Bevor sie aufwachen, kreischen oder sonst einen Widerspruch ausstoßen könnte, holte ich die Socken von der Wäschespinne, um sie ihr ins Maul stopfen zu können. Diese Geste würde sie persönlich nehmen.

Marie war größer als ich, wendiger und selbstsicherer. Ein Hieb und ich wäre geliefert. Ich legte die Fingerspitzen ans Kinn und positionierte meine Handkante so, dass sie auf ihren Mund zugerichtet war, um ihre Gemeinheit mit einem gezielten Schlag abschmettern zu können. Mir wurde immer heißer, Wut breitete sich aus in meinem Verlangen nach Freundschaft, Treue, Liebe, Dankbarkeit. Marie hatte mich nicht zu ihrer Hochzeit eingeladen, das hatte sie nun davon. Wahre Liebe war keine Freiheitsberaubung. Meine Wegweisung war eine Verschwörung.

„Na dann", sagte ich mir, mich mütterlich zurücklehnend und Marie anlächelnd, die Hände reibend, „dann wollen wir mal zur Tat schreiten." Bestenfalls handelte es sich hier um kapitalistisches Begehren, je nach Kräfteverhältnis und Opportunität, dagegen war die wahre Liebe wahrlich verrückt. Gegen die Gesetze des Fortkommens, gegen die Gesetze des Fortpflanzens verstieß diese wahre Liebe und gegen jede Form der Arterhaltung, was doch auf die Möglichkeit eines richtigen Lebens im falschen hinwies, eines warmen Lebens in der Eiseskälte menschlicher Beziehung. Vorausgesetzt, man setzte nicht die Liebe als Kampfmittel gegen das falsche Leben ein.

Ich ließ Marie nicht aus den Augen, verfolgte jede Regung mit größter Aufmerksamkeit. Ich summte den

Hochzeitsmarsch, als ihre Lider zuckten. Sie schlug sie auf.

Ich war gefasst auf ihre Reaktion und schneller als Marie. Ich fesselte sie mit der Wäscheleine, stopfte ihr die Socke in den Mund, schleuderte sie in die Kissen auf dem Diwan. Natürlich bäumte sie sich auf, da führte kein Weg dran vorbei. Ich streichelte sie zärtlich und ausgiebig. Marie weinte und muckste herum.

Als ich eine Pause machte, vernahm ich ein Rauschen und Rattern in den Ohren, als würde ein Karren abtransportiert. Als würden wir Mutter auf ihrer letzten Reise verabschieden. Ich küsste Marie heftig, doch nur auf die Wangen, sie warf den Schädel hin und her. Ich beherrschte mich, sie nicht an der Wange zu verletzen, das Messer zu zücken und ihr Gesicht zu zerritzen. Mein Blick umschmeichelte sie. Ihr aufschießendes Blut färbte und erwärmte die Wangen. Mein Gesicht wusch ich in ihrem Blut. Ich befahl ihr, die Lider zusammenzukneifen. Meine Phantasien jagten mich. Heiratsanträge. Kapellen. Hochzeitstorten. Ich wünschte mir ein Häuschen, wo wir abends friedlich miteinander reden könnten, ich mit Paul als meinem Mann und Marie als unserem Kind. Marie schloss die Augen nicht. Ich schlug ihr mit der flachen Hand ins Gesicht, dann gehorchte sie.

„Warum hast du mich verlassen“, brüllte ich mit einer mir fremden Stimme. „Früher hat bei dir mehrmals täglich das Telefon geläutet. ‚Hallo‘, hast du gehaucht. Ich habe dich nur gefragt, wie es dir geht, und schon hast du die Verbindung mit einem Klick unterbrochen. Ich habe wieder deine Nummer gewählt, aber du warst bald ganz weg. Ich hätte dir die Möglichkeit gegeben, mich nicht das Gesicht verlieren zu lassen, indem du mich gefragt hättest, wie es mir geht, und mich ein bisschen geliebt, und mich nicht an diesen Satyr verraten. Du hättest erraten können, wer da in der Nähe spukt, unerlöst und auf ewiger Suche nach dir. Und hier bin ich. Ich habe einen Kondensstreifen am Himmel gefunden, der mich zu dir geleitet hat. Nachts bin ich um dein Haus herumgeschlichen und bin bis ins Schlafzimmer eingedrungen. Ich habe mich euch Schlafenden auf die Brust gesetzt. Wie frisches Austernfleisch unter den Tropfen ätzenden Zitronensaftes, so habt ihr gebebt unter mir. Ich hätte euch beide ersticken können, hätte euch Mund und Nasenlöcher zukleben können. Dafür, dass du mit meinem Schänder ins Bett steigst. Aber Erziehung ist besser als Mord. Ich hatte eine Erscheinung in jener Nacht: Über dem Hausgiebel ragten die Bergspitzen und auf diesen die Fichtenwipfel in den blauen Himmel über der Heimat, und ich habe ein altes Weiblein im Garten stehen gesehen, das seine knorrige Hand an die Rosenköpfe gelegt hat. Es hat die vorstechende Nase in den Kelch gebohrt, als über den Gartenzaun hinweg plötzlich die Stimme von Mutter erschallte. Sie ließ sich bei ihrer Rosengartentätigkeit nicht unterbrechen. So lange die Nase riechen kann, riecht sie. Gartenzaun, Mutter, Röslein, Gipfel, Wipfel. Die Mutter hat ihre Nase aus den vertrocknenden Blütenkelchen herausgezogen. Ehrfurcht riecht nach Angst. Bewunderung nach Liebe. Die Frau war alt, sie hat gerade noch stolz das Kinn gehoben und würdevoll gesagt: ‚Liebe Renate, sei ein gutes Kind.‘ ‚Sie wird heiraten‘, habe ich zur Mutter gesagt. ‚Soso‘, hat da die Frau geantwortet und mir wieder erlaubt, näher ans Beet zu treten, da sie den schlafenden Mann selber streng mustern wollte. ‚Er sollte für dich sein‘, hat Mutter gesagt, ‚denn du bist die Erstgeborene! Nimm ihn ihr weg!‘ ‚Nein‘, habe ich unbeugbar gesagt. ‚Ich will Marie.‘ Und hier bist du, Marie“, hauchte ich.

Marie stöhnte, mehr brachte sie nicht heraus, wegen der Socke im Maul. Nach dieser Tirade brauchte ich eine Pause.

Das französische Haus war aus kaltem Stein. Die Wände strahlten die Kälte aus. Das Holz im Ofen glühte nur schwach. Ich stand auf, ging zum Holzstoß, nahm ein Scheit und legte nach. Rieb mir die Hände. Ich kramte in meiner Tasche nach der Feder, die ich dem Taubenflügel ausgerissen hatte. Ich suchte Tinte, öffnete die Laden des Schreibtischs. Keine Tinte. Ich fasste den Entschluss, den Rest meiner Geschichte in Rot zu schreiben. Ich nahm das Messer und schritt ins Nebenzimmer. Dummerweise hatte ich Maries Hände so gefesselt, dass ich nicht an die Pulsadern herankam. Hätte ich die Fesseln aufgeschnitten, wäre es zu Kampfhandlungen gekommen.

Ich ging zurück in Pauls Arbeitszimmer, entnahm dem Bücherregal ein medizinisches Buch und schlug nach, wo die am stärksten durchbluteten Zonen des weiblichen Körpers aufzufinden waren. Mein Blick schweifte über Maries gefesselten Körper. Ich erkannte meine Grausamkeit an. Doch zwang mich nun das Medizinbuch, ihre erogenen Zonen ausfindig zu machen. Hier sprudelte das Blut. Wusste ich, was ich tat? Ich weiß es nicht. Ich musste konsequent sein, das bedeutete, meine Schwester zu beschneiden und damit für Paul unschändbar zu machen.

Der Kampf dauerte nicht lange. Maries Hose war rasch zerschnitten. Das Skalpell glitt durch den Lustpunkt. Die Farbe der Liebe ist Rot. Ich schloss die Tür zu Maries Folterbank, auf der sie nun mit gespreizten Beinen lag, weil ich eine Nackenrolle zwischen die Knie gestemmt hatte.

Mein Magen knurrte. Ich suchte die Küche. Ich zitterte der Genugtuung entgegen. Die Lust auf Rache war gestillt und legte sich in mir. Nun war endlich Ruhe. Ich riss mir ein Päckchen Nudeln auf und stellte Wasser auf den Herd. Dann riss ich ein Streichholz an und führte die Flamme in die Nähe des ausströmenden Gases. Die Flamme erlosch, noch bevor sie das Gas erreichte, und ich wiederholte den Vorgang. Als die Zündholzschachtel leer war, stand ich auf und ging zu Marie.

Sie war ohnmächtig. Ich spritzte ihr Wasser ins Gesicht. Als sie zu sich kam, fragte ich sie, wie das mit dem Gas funktioniere und ob sie Binden im Hause habe. Dann sank sie wieder in Ohnmacht.

In der Küche kroch weißer Dunst aus dem Topf. Es roch nach Waffeln, obwohl ich nur Nudeln in Salzwasser kochte. Ich schnitt Fleischtomaten in Scheiben, briet gehackte Zwiebeln und löschte sie mit Wein, bevor ich die Fleischtomaten hineinlegte und mit Kräutern bestreute. Dann durchsuchte ich den Kühlschrank nach weiteren Zutaten. Das Mobiltelefon quakte. Es lag auf dem Küchentisch. Ich schnappte den Apparat und warf ihn an die Wand. Das Ding zerlegte sich noch im Aufprall. Hunde bellten. In den Nachbarhäusern brannte Licht.

Ich wechselte Maries Binden. Sie blutete noch stark. Ich fragte sie, ob sie Hunger habe. Mit dem Knebel im Mund konnte sie nicht antworten. Da fiel mir ein, dass in afrikanischen Ländern, wo Frauen mit Glasscherben beschnitten wurden, sicher nicht so sauber gearbeitet wurde wie hier. Marie winselte. Das ertrug ich nicht. In der Küche aß ich mich satt. Dann war mir nach frischer Luft und ich zog Maries Mantel über.

Marie war leichenblass. Sie würde den Schrecken überleben, den ich ihr bereitet hatte. Aber vergessen würde sie mich nie. Ließ ich sie am Leben, würde sie mich suchen. Sie würde meine Vergewaltigung nicht ungesühnt lassen. Ich dachte an daheim. Meine Wohnung, mein Leben. Dass Marie mich ins Gefängnis stecken würde, lag auf der Hand. Marie war mein Zuhause und meine Freiheit, wenn ich ihre Fesseln löste, so band ich sie für immer an mich.

Ich setzte Marie meine Sonnenbrille auf, weil ich die vor Entsetzen geweiteten Augen nicht mehr sehen wollte. Dann zog ich das Skalpell aus der Tasche und ritzte die Fesselung Band für Band auf. Zum Schluss zog ich die Socke aus dem Mund. Marie fiel in sich zusammen, als hätte ich den Stöpsel aus einer Luftmatratze herausgezogen. Sie sank zu Boden und legte ihre Hände wimmernd auf den Schoß. Ich verließ das Haus.

Luft umfing mich zärtlich. Ich nahm den Weg in den Wald. Hier tummelten sich die Früchte und Geschenke der Natur. Ich wusste, dass gleich wieder die Trübnis hereinbrechen würde. Ich ging den Weg in den Wald, trat ins Gebüsch, bog Zweige auseinander und drang durch das Dickicht auf eine Lichtung. Sie werden sich jetzt fragen, was weiter geschah? Nichts Besonderes.

VII

Nachdem ich ohne Komplikationen zurück nach Wien gereist war, erwartete ich die Festnahme schon am Flughafen. Doch da war niemand, der mich abholte. Ein Taxi brachte mich nach Hause.

Ich stieg die Treppe hoch. Vielleicht hatte ich nur schlecht geträumt und nichts Übles war passiert. Doch ein Papierstreifen verklebte die Fugen meiner Tür. Die Wohnung war versiegelt. Natürlich war mir das egal, ich sperrte die Tür auf. Der erste Weg führte mich auf die Toilette. Ich entleerte meine Blase, bevor ich auf den Balkon trat. Ich knöpfte den Mantel auf, ließ ihn über die Schultern gleiten und fädelte erst den linken dann den rechten Arm in einer pirouettenartigen Drehung aus den Ärmeln.

Da läutete das Telefon. Ich hob ab. Es war die belgische Airline. Man habe meinen Koffer auf dem Flughafen gefunden, er sei jetzt in Wien und wenn ich zu Hause wäre, würde man ihn gleich vorbeibringen. Ich bedankte mich für den Service. Ich hatte Mühe, meinen Atem rhythmisch und tief zu halten. Eine Marionette kann aus eigener Kraft den Schwerpunkt nicht überwinden. Sie braucht den Spieler. Zumindest der Kopf, und das, was sich in diesem Kopf abspielt, schwebt auf dünnem Hals, und der schmächtige Körper hängt daran wie ein Tau an der Boje, der Kopf ein roter Ballon, der Zopf, die Wirbelsäule entlangkriechend, eine Schlange, so sah ich mich nicht nur, sondern spürte mich als Leibhaftige.

Ich verbrachte viel Zeit vor dem Spiegel. Darin lag ein Hauch Irritation. Wo der Sehnerv den Augapfel trifft, steckt der blinde Fleck. Was vertuschte sich dort?

Jetzt würde ich mir keine Todesarten mehr, sondern Lebensarten ausdenken. Ich hatte mich gelöst von den Verpflichtungen. Ich war so gut wie frei. Ich war nicht mehr im Ausnahmezustand der Einsamkeit. Ich hatte entbunden. Und dafür hatte Robert das Leben lassen müssen. Mir war schwer ums Herz. Der arme Mann.

Der Koffer wurde gebracht.

Es war zwar ein roter Koffer, aber nicht meiner. Ich öffnete ihn trotzdem.

Tüll flutete aus dem Koffer, floss über die Kante, und ich schnappte den Tüll und riss ihn heraus. Ob es ein Brautkleid war, das ich jetzt in Händen hielt, oder das Tanzkleid einer Eisprinzessin, ließ sich schwer sagen. Jedenfalls lagen unter dem Tüll weiße Eislaufschuhe mit silbrig blitzenden Kufen. Ich probierte die Schuhe, sie passten. Ich zog mein Kostüm aus und schlüpfte in das Tüllkleid. Auch das Kleid passte.

Um sich in die Ordnung einer Welt wieder einzugliedern, müsste ich Sühnearbeit leisten, nachvollziehbar machen, was geschehen ist, eine Spur zurückverfolgen. Vielleicht ein Kirchlein erbauen und den Mörtel mit meinen Tränen mischen, um Stein auf Stein zu mauern.

In Handschellen wurde ich durch Gänge in die forensische Psychiatrie geführt. Meine Fußsohlen brannten, als wäre ich über glühende Kohlen gelaufen. Ich war zwar verhaftet worden, aber nur wegen der Züchtigung Maries. Mein Mord an Robert ist bislang unentdeckt. So mache ich auch einmal etwas perfekt.

In Therapien denke ich über Stalking und Abhängigkeit nach, dann über das Betrachten des Leids anderer. Nach den Sitzungen und Verhören werde ich zurück in mein Zimmer gebracht und setze mich an den Schreibtisch. Ich sehe zwischen den Gitterstäben hinunter auf die Gasse, wo hinter den parkenden Autos Passanten nichts von mir wissen. Die Straßenbahn rattert vorbei. Ich habe Marie nicht so verletzt, wie ich dachte. Man hat versucht, mich zu beruhigen. Es gibt also noch immer etwas zu tun.

Und hier sitze ich und zeichne auf, was geschehen ist. In ein paar Jahren werde ich wieder draußen sein. Meine weißen Hände tanzen wie Fingertierchen über die Tastatur, gehorchen wie dressierte Lipizzaner. Ein Sprünglein im Gedankenritt und ich bin wieder ganz bei Marie und ihrer Arroganz, als sie damals, das Kinn mit der Handknospe stützend, sagte: „Fixiert sein ist irre.“ Paul gilt als unschuldig, solange ich lebe, und ich muss das zu vermuten lernen.

Lydia Mischkulnig
Macht euch keine Sorgen
Neun Heimsuchungen
112 Seiten, fest gebunden mit Schutzumschlag
€ 15.90/sfr 29.00
ISBN 978-3-85218-583-5

Wenn die sorgfältig geplante Abschiedschoreographie eines Pärchens am Bahnhof in Unordnung gerät, weil der Zug auf sich warten lässt – wenn ein Abzeichen am Jackett einer Toten die Frau in der Wäscherei in Verwirrung stürzt – oder wenn die reizende ältere Dame mit dem süßen Lächeln auf den Lippen noch einmal jung wird, bevor sie sich zum Sterben hinlegt – wenn die Wirklichkeit ihre Masken ablegt und beginnt, ihren eigenen Gesetzen zu folgen: Dann sind wir in der literarischen Welt von Lydia Mischkulnig angekommen.

„Ungeschminktheit gehört zu Mischkulnigs größten poetischen Tugenden. Sie ist eine rücksichtslose Schreiberin" – was Helmut Gollner über Lydia Mischkulnigs Roman *Umarmung* schrieb, gilt auch für ihren neuen Erzählband: Ohne Respekt und Zurückhaltung schreibt sich die Autorin in die Realität hinein, mit unbestechlichem Blick für die Momente, in denen das Alltägliche ins Absurde kippt, in denen doppelte Böden einbrechen und kein Sicherheitsnetz mehr Halt gibt.

„... so wie Mischkulnig schreibt sonst keine. Sie hat sich befreit von den großen Vorgaben, jetzt lässt sie ihre eigene Sprache los auf die Welt ... Erzählung um Erzählung schreibt sie ein großes Plädoyer für die Unabhängigkeit und die Einzigartigkeit eines jeden Individuums. Dafür soll ihr ein Platz in der Ehrenloge deutschsprachiger Literatur sicher sein."
Literatur und Kritik, Anton Thuswaldner

„Die österreichische Schriftstellerin Lydia Mischkulnig beherrscht die Kunst, Witz und Irritation zu vermählen, und entdeckt in ihren neuen Erzählungen das Morbide im Alltäglichen."
FAZ, Daniela Strigl

Bettina Balàka
Auf offenem Meer
Erzählungen
128 Seiten, fest gebunden mit Schutzumschlag,
€ 16.90/sfr 29.90
ISBN 978-3-85218-625-2

Simone verachtet ihre Schwieger-Großmutter – eine Frau, die davon träumt, Adolf Hitler im Jenseits endlich einmal die Hand zu schütteln, und die Simone, der Enkelin eines Widerstandskämpfers, ihre „nicht-arische Physiognomie" vorwirft. Aber was tun, wenn diese verhasste Ewiggestrige einem am Totenbett ihre Villa vermacht, ein prächtiges Haus mit großem Garten, ideal für eine junge Familie – mit dem einzigen Haken, dass es sich dabei um „arisierten" Besitz handelt? In der Theorie ist es ja leicht, das Richtige zu tun und die korrekten Einstellungen zu vertreten – aber wenn die Wirklichkeit ihre Fallstricke auslegt, sehen die Dinge schon ganz anders aus ... Bettina Balàka erzählt von kleinen Helden und großen Feiglingen, von scheinbarer Freiheit und vermeintlichen Fesseln – und von der absurden Logik der Geschichte.

„Gewissensqualen oder auch nur -blähungen, Mut oder ideologische Blindheit – Bettina Balàkas Geschichten umkreisen solche Konflikte unvergleichlich scharfsinnig und dabei ironisch."
NZZ, Judith Leister

„Spätestens mit ihren letzten beiden Büchern – dem Roman ‚Eisflüstern' und jetzt mit dem Erzählband ‚Auf offenem Meer' – hat sich Bettina Balàka in die erste Reihe der österreichischen Gegenwartsliteratur geschrieben. Wer von Marlene Streeruwitz, Daniel Kehlmann, Robert Menasse et al. spricht, darf von Bettina Balàka nicht schweigen."
Ö1, Günter Kaindlstorfer